狐變

司馬中原 著

國家圖書館出版品預行編目資料

狐變／司馬中原著.— 初版 —
臺北市：風雲時代，2012.07
面； 公分
ISBN 978-986-146-906-5 (平裝)
857.7 101012214

狐變

作　　者：司馬中原
出 版 者：風雲時代出版股份有限公司
出 版 所：風雲時代出版股份有限公司
地　　址：105台北市民生東路五段178號7樓之3
風雲書網：http://www.eastbooks.com.tw
官方部落格：http://eastbooks.pixnet.net/blog
信　　箱：h7560949@ms15.hinet.net
服務專線：(02)27560949
郵撥帳號：12043291
執行主編：朱墨菲
美術編輯：許惠芳

法律顧問：永然法律事務所　李永然律師
北辰著作權事務所　蕭雄淋律師
版權授權：司馬中原
初版日期：2012年8月

ISBN：978-986-146-906-5

總 經 銷：成信文化事業股份有限公司
地　　址：台北縣新店市中正路四維巷二弄2號4樓
電　　話：(02)2219-2080

行政院新聞局局版台業字第3595號
營利事業統一編號22759935

定 價：220元

狐變

目錄

狐變

1

事情的起源是這樣的。

有關狐仙的種種傳說，早在我童年歲月裏，就已經在我心上播種萌芽了；家人在古老的宅子裏，夜晚如豆的燈光下面，講述眾多有關狐仙的事蹟時，總先四處窺瞥，然後，小心翼翼的卡起一隻碗來，據說那是蓋住狐仙的耳朵，讓牠們聽不見人們背後對牠們的議論，且別說聽那些神奇怪異的故事了，單從家人臉上的驚怖神情，就已經使人汗毛直豎，覺得周圍寒氣森森，彷彿即將有怪事發生啦！不過，你也不用駭怕，做孩子的直接預感，並沒有那麼百靈百驗，要不然，我也不會年過半百，還安穩的坐在這兒，對你講說那一籮筐的怪異舊事啦！

家父在當地的集鎮上，比較算是見多識廣的鄉紳人物，早歲帶過北洋馬隊，後來轉業從商，到過南方北地許多大碼頭，中年棄商，耕讀自娛，過了半生多采多姿的日子，據他說，十七歲那年，他宿在族中叔祖家的南樓，那是他初次遇著狐狸。秋涼的夜晚，他獨宿南樓，外面是大片荒蕪的大園子，古木陰森，蒿草沒徑，傳說那兒曾鬧過狐祟，那時他年輕氣盛，腰裏還插有一柄德造七道渠的手槍，自以為天不怕地不怕的，趁著三分酒意，獨宿南樓，原就帶有幾分向狐狸挑戰的意味。

「我也算是個聊齋迷，慣把蒲留仙頂在頭上的。」父親用低沉的聲音回憶說：「但

我總覺得書本上傳講的不算數，除非讓我親眼看見狐仙。叔祖敬齋公他老人家勸我啦，要我不要仗血氣之勇，去開罪狐仙，他保證狐仙傳說，決非空穴來風，力證蒲松齡並非是個說謊的人。『蒲留仙寫聊齋，不是煮字療飢啊，』敬齋公說：『南樓原是我藏書臥讀的地方，若不是鬧狐，我會讓它荒落成這樣嗎？』

「我的性子夠執拗，無論他怎麼說，我仍然堅持著，要獨自留宿在那裏。天黑之後，我燒了一壺好茶，點燃了一枝蠟燭，倚在枕上看書。

「窗外有月光，夜風捲動一些乾葉子，秋蟲密密繁繁的叫著，此外並沒有什麼動靜；看書看到三更天，我有些睏了，就吹熄蠟燭，躺下身睡了。一片月光落在窗台上，把磚砌的窗櫺的影子，清楚的篩落在書桌上，慢慢的在眼裏模糊起來。

「似醒非醒，似睡非睡的光景，我聽到許多奇怪的聲音啦！一會兒是狂烈的風吹著簷和樹，呼嗚呼嗚的，無數砂粒子一直撲打著窗櫺。一會兒是屋裏的桌椅碰撞聲，花瓶落地摔碎聲，彷彿連身下的床鋪也搖動起來……鬼東西，牠終於來了！我機警的把右手捺在七道渠手槍的槍柄上，把兩眼睜開，從黑裏望出去，乖隆冬，牠，一隻大黑狐，大模大樣的端坐在靠窗的書桌上，月光照著牠的脊背，毛茸茸的影子十分清楚。

「牠的臉正衝著我，兩隻灼亮的綠眼盯著我看。牠用嘴巴噓噓的吹著口哨，我這才發現，窗外根本沒起風，屋子裏的家具也沒移動，一切怪聲音，都是牠的口技。我瞇起眼假裝睡著了，心想：有什麼花樣你儘管玩罷，倒看你能玩出什麼來，弄火了我，認準你的腦袋賞你一槍，你這台戲就唱完了！

「那隻黑狐不知是否知道我的想法，牠還在表演牠特殊的口技，吱呀，門開了，吱呀，門又關了，踏踏的腳步聲繞著床徘徊，彷彿真有人走進來的樣子，就差一點沒掀開我半蒙著頭的被子。嘩嘩嘩，書櫥裏的書瀉落下來，被微風播弄著。茶杯竟然在桌上咯咯的抖動起來。

「我想開始掏出手槍，但半邊身彷彿完全麻痺，不聽使喚了，明知手仍捺在槍柄上，也感覺得到槍柄堅硬的紋路，但全身不能動，手更不能動，好像被那隻黑狐用什麼樣妖異的魔法噤住一樣。一向膽大的我，也惶急恐懼起來，我像被一條無形的繩索綑住全身，根本失掉抵抗，看樣子，只有任憑擺佈的份兒了。

「來了來了！牠無聲無息的跳過來，蹲在我枕頭旁邊，朝我噓氣，那種冷颼颼的風，逼得我無法呼吸，牠把長尾巴掉過來，撢灰似的撢著我的鼻子，我發覺牠是在有恃無恐的嬉弄我，我氣得牙癢，卻無可奈何，後來也不知怎麼地，居然就睡著了，一覺醒來，紅日滿窗，室內一切東西都沒曾移動過，回想昨夜的情形，恍惚是一場噩夢。我對叔祖敬齋公提過當時遇到的情事，他老人家居然也說我是在作夢，只有我心裏明白，那根本不是夢，每一點細節，都是事實。」

聽父親在燈下說起這則故事時，他已經年過五十，鬢髮和鬍鬚都有些花白了。南樓遇黑狐，只是他千百個遇狐經歷當中的一個，因爲是開頭的一個，我記得非常清楚。在我童年的夜晚，經常聽到父親講這類的故事，有時候，他讓廚子替他準備幾碟精緻的小菜，溫上一小壺酒，細品淺酌之餘，打開他的話匣子，有時候，他坐在斑竹椅上，輕搖著摺扇，身邊小几上備有一杯苦茶，他談上一段，便歇下來，呷口茶潤潤喉嚨。寒夜有客來訪時，就著爐火，父親和來客天南地北的談論著，我就坐在一邊當上了聽眾，他們所談的，不僅是一則一則的故事，中間也間夾著許多品評和議論。

鎮上很多士紳，都知道父親對狐狸很有研究，其實，他不僅是研究狐，對人世間各類靈異事物、神秘事物，他都有極大的興趣，偶爾，他會對少數知己好友表示，假如日後得閒的話，他打算專寫一部研究狐狸的書，題名為「狐學」呢。

「您何止能寫狐學，簡直能寫大部頭的『靈異大全』啦！」來客掀髯大笑起來。

依照母親的說法，父親半生的經歷，可說是千奇百怪、洋洋大觀，早年他去山東收購煙葉，經常一留好幾個月，在日照縣的山區裏，他親眼見到一個農婦，牽了一隻吊睛白額的大蟲，替牠套上軛架，那老虎就乖乖的耕田，問那農婦，笑說自小就在家裏把牠養大的。他在另一個縣裏等待辦貨，曾經租過妻，據說當時有租妻風俗，經人仲介，言明租期和金額，寫妥約書，兩造畫押，臨時的妻子就會進門，如果期滿不再續的話，得讓原夫把她帶走。

「你爹租過一個叫萬三兒的，回來後，還經常誇她能幹，說是有機會再去，還要租她呢。」

2

父親在軍中時，也在荒野上遇見過魔物，據說魔物是死後埋葬的牲畜變成的，北方有一種迷信的說法，說是家畜死掉之後，不可全屍掩埋，否則牠們會化爲魔物，成精作怪，半夜裏出現在荒野上，攔住夜行人的去路。通常，母親提了一個頭，拿眼望著父親，父親就會作旁證似的，把那段故事接下去，現身說法的描述一番。

「咳咳，是那樣的喲，那時我當馬隊的隊長，一夜，帶幾個弟兄出駐地的南關，月黑風高走夜路，一般人都怕怕的，我們騎馬帶槍，可是膽豪氣壯的。走到小河叉邊，路是低窪的，兩邊全是野蘆葦，被風絞得沙沙響，忽然間，我的馬人立起來，發出一陣驚惶的嘶叫，害得我幾乎摔下馬，我再怎樣鞭牠，牠也停蹄不動了。

「馬是通靈的牲畜，牠跟隨我很久，我曉得牠決不會無緣無故停蹄不走的，我這一停，身後的幾個馬兵也都停住了，大夥雖沒說什麼，可都覺得怪怪的，心裏犯著嘀咕，認爲前頭有怪事發生啦！

「當時天上無月，星光黯糊糊的，路面是一片白沙沙的影子，我的隨身衛士程步樓眼尖，靠近我耳邊說：『隊長您瞧，有個黑乎乎的玩意兒，在前頭擋住路啦！』我定睛再看，可不是嘛，一個比狗熊還高大十倍的影子，發出咻咻喘息聲，一步一晃的壓過來啦。我的反應算快的，一眼看過去，就知那是個魔物，這和我在南樓遇狐一樣，也算頭一回，讓我見識了這種早在傳說裏聽過的怪東西，不過，南樓遇狐時，只有我一個人，這回遇上魔物，我可是帶有好幾個猛悍的弟兄啊！

「那個怪物晃晃盪盪的壓過來，停在離我馬頭不到十步遠的地方，哇哇，真是上阻天下阻地的那麼高大，咻咻的喘息聲直像牛吼。這回我身子並沒麻痺，順過我的扁柄馬槍，乒乓五四的就開了槍，我這一開槍，兩旁的弟兄也跟著開了槍，夜晚很岑寂，槍音嘩嘩啷啷的一直波傳四野，撞向天邊去。

「我滿以爲這麼一響槍潑火，定會把那魔物給嚇退的，哪曉得一陣密密的槍火潑出去，槍子兒卜卜的彷彿射在敗革上，那魔物兩邊晃動，卻一步也沒退後，我沒辦法，只好掉轉馬頭，招呼弟兄們循原路退回去，走到半路上，遙見大陣的火把飛滾過來，原來是大隊長聽到了槍聲，以爲我遇上股匪接上了火，親自帶隊趕來應援的。我把適才遇到魔物的事，向他作了報告，他一向不信邪，要我帶他過去看看，我們趕到小河叉遇著魔物的地方，火把照得燭天明亮，路上空盪盪的，哪還有魔物的影子?!幸好我所帶的幾個弟兄，都異口同聲證實他們聽見的，大隊長才沒責備我。

「第二天一早，我仍帶了原班人馬，到昨夜遇魔物的地方，沿著路邊尋找，遇到可疑的土堆，就要弟兄用洋鍬挖掘，結果總算刨出一頭已經化成骨骼的死牛來，才知道昨夜遇上的魔物，是牛的精魂變的，只要敲碎牠的骨骼，牠就不會再化魔嚇人了。」

3

這類的故事，固然怪異得緊，但父親卻很少主動的講述它們，大都是母親先提了個頭，逼得他不能不接著講下去，我從經驗中體會得出，他最大的興趣，還是集中在對狐狸的研究上。

「一般人常說狐狸，狐狸，這好像人常說：松柏、楊柳一樣，其實，松是松，柏是柏，楊是楊，柳是柳，並不是一個種類。狐和狸，根本也是兩種不同的動物。」父親認真的說：「像山狸子，和狐完全不一樣，果狸子、黃狼子，都和狐差別太大，單說狐，也有紅狐、灰狐好些種，大體上說，那都是不能通靈變幻的野狐，在西洋各地，那些小說上寫的，都是野狐，只有在中國，和少數鄰近中國的國家，才有傳說裏的仙狐。」

「那，仙狐跟野狐怎麼分呢？」說到緊要的地方，我也會歪著頭發問的。

「哦，那是很容易分的，單從牠們的趾爪，就看得出來，仙狐的趾爪和人一樣，是生有指甲的，野狐的趾爪和貓狗一樣，是鉤爪，又彎又尖的鉤爪。」父親說：「仙狐生存的歷史，也許比人類還要長，牠們是有智慧的，非常通靈的族類，介乎人獸之間，牠們的壽命極長，懂得修煉，有牠們神秘的法術。幼小的仙狐沒什麼道行，牠們的皮毛是黃色的，有時候，也經常落進獵人的網罟，或是被人誘捕轟殺，但長到千年的仙狐，毛色就變白了；修到萬年之後，牠們的毛色就會變黑，成為黑狐，所以民間形容狐，才有『千年白，萬年黑』的說法。狐能幻化成人形，能口吐人言，和人交語，那並不是黃毛小狐能辦得到的，牠們至少要修煉幾百年，肚裏有了丹丸，才談得上變化呢！」

露冷霜寒的秋深時節，父親常會備些酒菜，邀約兩、三位他的好友，在燈下品酒談狐，其中有一個以針灸聞名的子揚大伯，一位主持乩壇的徐二先生，還有一位通今博古的葉老爺爺，當然，偶爾也會有旁的人，至少這三位是每聚必到的常客。

當然，這三個人都親眼見過幻化成人形的狐，也有過多次怪異經歷的，他們和父親同樣肯定狐仙的存在，並且確信牠們具有法術，葉老爺爺是個樂觀豁達的老人家，出語詼諧，常逗得聽話的人哈哈大笑。

「古人寫狐的筆記那麼多，哪會全是空穴來風的？臨到蒲松齡寫聊齋，可說集鬼狐之大成，據說他當年爲寫這部小說，在村外的三叉路口，搭了個涼棚子，成天坐在那兒，棚裏備有供人歇腳的桌椅和茶水，招呼著南來北往的客人進棚歇息，蒲松齡就藉這個機會，央請旅客們講說些奇聞異事給他聽，他是有聞必錄，這樣集聚了若干年，他才寫得出聊齋來的。」葉老爺爺一面說話，一面理著他的花白鬍子。「我們要是指蒲松齡說謊，那是指所有說故事的都在說謊，那時寫書耗精神，刻書印書要賠錢，爲了說謊耗神又賠錢，天下哪有這種傻事？何況我們這些人，都是和狐仙打過交道的，假如那些後生小輩，本身沒經歷過靈異的事，閉起兩眼亂嚷嚷，硬指我們撒謊，那不把人鬍子氣翹才怪呢！」

「狐當然是有的，」子揚大伯接著說：「但把所有的通靈的狐都稱作狐仙，其實大有問題。由於牠們像人一樣，本身資質有高低，心性也有不同，有的循正道修煉，參成正果；有的急功近利走邪門，煉什麼陰陽採補，盡幹傷天害理的勾當，那不能叫狐仙，該叫狐妖、狐怪、狐狸精，古今筆記小說裏記載的，以這類行跡不端的歪狐居多，說來也讓人感慨呢！」

「其實人世也一樣，就如俗語說：好事不出門，壞事傳千里。據說狐族的家規族規很嚴，在狐的社會裏，牠們敬老尊賢要比人世強上許多：但狐族的族口眾多，難免有不肖子孫干犯禁令，致遭天譴的。」徐二先生說：「有些有學問的老狐，稱得上狐學究，牠們並不是專賣野狐禪，用玄虛狡黠誑人的，牠們對人間古代的經典，不但讀得透熟，而且能夠消化，和人對答時，出口成章，經常難倒人，牠們的行爲舉止，溫實敦厚，有古聖先賢的風範，不像世上的酸丁腐儒，食古不化，滿腦子冬烘，但不論那些老狐肚裏有多少學問，小狐也不會全聽的，牠們跳踉成性，沒那種道行，哪會聽得懂啊！」

「狐唸書，是純爲求知；人唸書，常爲功名利祿。」父親說：「靠記憶，靠背誦，生吞活剝把書本朝肚裏塡，求得的是整塊整塊的死學問，比起狐學究的靈通活化，那當然差之千里啦！古代筆記裏，有士人拜狐爲師，聽老狐師講經論道的，老狐師的講述方法，和目下團館的塾師全然不同，牠有時嬉笑怒罵，有時幽默詼諧，從反面著手，刺激你、啓導你，以求真懂；後來那士人參加考試，寫出來的文章有奇氣，有靈氣，有仙氣，中試是中試了，但只能名列榜末。」

「那是為什麼呢？」徐二先生問說。

「因為試官一本正經弄慣了，從沒見過這種玲瓏剔透、活潑有致的奇文，比起他們自己寫的老八股強得太多，心裏難免有些嘔酸妒嫉，便以有欠正經為由，存心抑他一抑，讓他坐坐紅椅子啦！」

聽多了他們談狐，覺得全不像聽街坊上傳說那麼恐怖。父親和他的好友們，總把狐看成和人一樣的族類，有時把狐來比人，有時又用人去比狐，既不捧狐也不貶狐，較之鄉野上許多盲目崇狐拜狐，甚至假狐仙名號混飯吃的人要高出很多；逐漸逐漸的，狐在我的心目裏，距離愈來愈近，除了一份原始的神秘感之外，我覺得談狐和談人一樣，親切還多於恐懼。我總想著，有一天我也會有那樣的機緣，和一些仙狐為友，學學牠們的通靈透達，聰慧狡黠，日後長大了，真能遇上聊齋裏青鳳那樣溫柔美麗的狐女，該是做人最大的福分了。若說我童年就是個慕狐的人，那是沒錯的，上一輩人的熏陶，對我有極大的影響。

狐最可愛的地方，在於牠們的空靈透脫，牠們對生和死的參悟力，比人類強得多。每隻狐自小就在族群的感染下，存著求仙慕道的心，但一切的修為，都要先從能脫胎換骨，幻變成人形練起，有個老狐感慨萬千的對人說過：

「我們不幸投生為狐，在求仙學道這方面，要比人至少差池了幾百年，有些慧根不深，心術不正的狐輩，即使修煉千年，還是不能成丹得道變成人形。你們得天獨厚，一下子就做了人，和仙佛靠得那麼近，但你們枉費了天賦的資質，不但不求仙慕道，反朝墮落處行走，讓外間的功名利祿，把心腸薰得漆黑，讓外間的聲色犬馬，使原本聰明的腦袋抹滿漿糊，我愈活得久，看多了你們人間的事，愈覺你們自誇爲『萬物之靈』的人，蠢笨得出奇，也許千百代之後，人要延請狐師來開導啦！」父親念念不忘的「狐學」，大概就是這樣寫法罷，他認爲狐族可愛的地方，可多著呢！

「當然嘍，中國的北方有狐，南方有五通，若干筆記裏，有很多寫邪狐、惡狐、狡狐、妖狐的事，誤使人感覺狐是精怪類的邪物，這是不公平的，」父親對朋友發他的議論說：「我看了許多年的誌怪小說，發覺狐採邪門修煉方法，像陰陽採補之類的，吸人的精髓，助牠們早日成道，這是狐族危害人最深的一門邪法。傳說有隻煉採補的妖狐，作祟人間，被害者的家屬，延請了一名大有道行的法師，把那妖狐捉住了，用符咒禁鎖著，嚴加審訊，法師對牠說：『我把你這隻妖狐，該用五雷劈殺，你爲了修煉，行採補的邪法，不知戕害了多少條人命，可說是罪大惡極，我今替天行法，你還有何話可說？』

「那狐叩頭哀叫說：『法師，我仍有話要說，我爲急速修煉，行陰陽採補之法，深知有罪，但行採補術之前，我所選的，都是些歪道邪行、色中餓鬼，我變成面目姣好的女子，招搖過市，這些傢伙一見著，就像饞貓見了魚，餓狗見了骨頭，盯我、黏我，死咬著我不放，他們抱定了「牡丹花下死，做鬼也風流」的念頭，分明是爲外間色相所迷，立意自殺的，您怎能把所有罪過，全推在我頭上呢？法師您查查看，世上的正人君子，我有害過沒有？我害的是世上的人渣，他們找著我來的呀！』

「我要是那個法師，也不會用五雷劈牠：本來，人就有許多的不是，哪能全怪罪狐呢？

「我不知諸位有否發現，在古今的誌異小說裏，談到各種各類的狐，其中有目不識丁的，也有談詩論文的，其中只有一種狐沒曾見著，那就是應試爲官，可見狐仙講求長生、得道，自在逍遙，討厭人間狗屁倒灶的官場；在狐族世界裏，只有家族，沒有什麼王侯之類的名目，倒是頗有道家根底的，這才真是狐族最可愛的地方呢！」

「嘿嘿，你說這話，真說到我心眼裏去了。」葉老爺爺摸著鬍子，笑得挺開心：「我們人類講『法天則地』，全都是自欺欺人的，臨到利害當頭的辰光，什麼天，什麼地，什麼孔，什麼孟，全都扔到腦後窩去了。筆記小說上記載著：甲乙兩個狐族，因爲細故打起群架來，最後由兩族最老的狐仙出面，談判講和：從天心談到地道，從孔子談到孟子，他們對聖人之道有了質疑的地方，便一同去拜訪隱居在園子裏的老儒，請老儒出面替他們排難解紛：老儒本著和爲貴的本旨，詳解聖賢的話，把兩造的彎子扯直了，兩個狐族，便歡天喜地的解甲罷兵，跳踉而去。過了幾天，擔的擔，抬的抬，替老儒送了麥菽瓜果之類的謝禮來；可見狐族非常講道理，也懂得景佩真有學問的人。全不像時下的年輕小夥子，書沒唸上幾本，跳上桌面亂吼亂叫，提到夫子就叫孔老二，這般的沒體統，真是人不如狐啦！」

「老爺爺說人不如狐，算是做人的一大諷刺。」子揚大伯說：「按理講，人的悟性，說什麼也比狐要高，結果卻適得其反，這是什麼原因呢？是人把原本單純的事情弄得複雜了，為穿衣吃飯忙，為升官發財忙，繁文縟節的人生事務一大堆，心性那一竅全被堵塞住了。狐的日子過得簡單，誰聽說過狐族製造過錢的？牠們身上穿的是老一套——自己的皮毛，地上生的果蔬夠牠們吃的，牠們不為聲色所迷，不為外物所惑，自然反璞歸真，大開靈悟之門。很多黃皮小狐，自幼就懂得拜天拜地拜月亮，吸天地月華，增長牠們的靈性，除了修道長生這條路，牠們別無所求；牠們的悟性，當然是蠢物人類難以相比的了。」

「最氣人的一點，是狐族求學，遠比人要認真。」葉老爺爺又說：「無拘老塾館或是洋學堂，你們瞧瞧那些學童好了，呆的呆若木雞，巧的踢跳狼號。人類蓋學堂，立塾館，花大把的束脩請老師，聘教習，認真八百的，把吃奶力氣都施出來教孩子，簡直是拿春風灌那些頑童的驢耳，弄得左耳聽，右耳出了。筆記小說裏，出現過一位飽學的老狐，五經四書，倒背如流，諸子百家，無所不曉。有人怪問他這些學問他都打哪兒學的？他笑說：『我也都是在你們塾館裏開的蒙。在我還沒能幻化人形之前，學得好苦。既沒筆墨，又沒課本，全是聽一句記一句，通夜對著月亮，在心裏覆誦。及後能變人了，就借人家的藏書閣，偷偷的看書，逐漸的，書讀多了，能融匯貫通了，這才發現那些老塾師把經書講錯的地方太多了。說來也沒什麼，我們不幸為狐，修煉千年，讀書萬卷，才增得這麼一丁點悟性，也夠可憐的啦！你們人的壽命，原不比狐短，但酒色財氣把原壽耗去十之八九，只賸下短短幾十年的光陰，如果自幼懶惰成性，不去困而學之，一旦長大成人，進入忙碌世界，哪還有空去學？只怕到頭來，連我老狐這丁點根底都還沒有呢！』……你們瞧瞧，老狐的這番言語，你管它是真是假，就算姑妄聽之，對人何損呢？」

實在說，父親和他的友輩燈下談狐，唯一癡迷的聽眾就是我。也許是太癡迷了，就像那老狐當年聽書一樣，聽一句記一句，雖然時光遠去五十年，我仍能記得他們當初所談論的一切。

4

父親研究狐性，曾寫下許多筆記，後來那些寶貴的資料，都被戰火給毀了。不過，我仍能記得他言談中透露的一些斷簡殘篇，他認為：狐確是靈性最高的動物，牠們的智慧和人類相差無幾，而牠們的壽命，卻遠較人類長久，這裏所指的，當然只是仙狐。

在這世界上，仙狐只出現在中國，而且在長江以北的地區，也有極少數流遷嶺南，進入泰、緬等國；另一支由東北播遷，到朝鮮、日本等國，從那些國家的筆記、傳說，或文學作品之中，可以偶現狐蹤。

當然，父親只是一個隱逸的鄉紳，早年讀過幾年老塾館，自稱為學欠根底，他對狐的研究，也不是系統性、學術性的，他嘲說那只是他個人的興趣，標準的野狐禪，正因如此，他才敢放膽狂言，直接揭現出他個人的感覺。

「在中國，有仙狐的存在，該算是國人的幸運。千百年來，人和狐相互感染激盪，使我們的文化發展，增加了更多的靈悟之氣；可惜的是，世人言狐，只著重牠們怪異傳奇的那一部分，或是以科學皮毛的立場，一味追探狐仙的究竟有無，其實，這都是本末倒置。如果我們研究古今有關狐的傳說，以靈性進入其中，用狐來比人，或用人去比狐，你就會感悟更多，焉知中華文化裏面，有一部分不是狐創造出來的，上萬篇狐的故事，帶給人太多現實裏頭得不到的智慧，狐之有功於人，是可以確定的。

「世上有些愚夫愚婦，過分迷於狐的法力和靈異，把牠們奉若神明，也未免太過分了，仙狐可為人友，可為人師，但牠們絕非是神，只是和人可以相通的異類而已。那些吃神鬼飯的人，更形可惡，他們打著狐的名號，編出許多謊話，無非是迷弄鄉愚，藉機斂財，他們把狐加了許多名號，叫什麼黃花仙姑、菜花仙姑、黃花三郎、長尾真君，到處跳大神、行關目、建造狐廟、供奉香火，這些做法，才真是名副其實的徹底迷信，早就應該掃除的。

「我確信狐的腦子結構，和人類不一樣，牠們腦子裏，有一種放射性的靈波，牠們平常並不比人聰明，但牠們遇上外間事物的刺激時，腦子裏的連鎖反應極快，一刹間的靈悟就像閃電破空；這是人類無法相比的。有些老狐，活過千年，不知看過人世多少的滄桑變幻，牠們生命中累積的經驗，自然具有文化和歷史的根性，這也是人類區區數十年難以達致的境界。人類通過教育，雖也學了點兒文化的皮毛，歷史的梗概，比仙狐通過本身的生活，那實在相差得太遠了，於今人類課堂上，學的編年性的歷史，只有帝王的家系，將軍帥爺的功績，治世名臣的行誼，那哪能算得汪洋浩瀚的生活史，壽命特長的仙狐，畢竟是一路活過來的靈物，怎能以等閒視之?!」

以上這些話，在我記憶裏，父親確曾說過，說這是他對仙狐的基本看法，也是促成他寫「狐學」的理由，當初他講話時，應該不是這種語態，至少大意如此。

奇怪的是，他的「狐學」還沒動筆，我就已經步上他的後塵，直接和狐仙打上交道了。那年，母親買了十幾隻炕孵的小雞，把牠們放置在一隻竹籮筐裏，夜晚就放到床面前，就近照護著，我們居住的老宅院，黃鼠狼很多，那些貪婪的夜行客，是偷雞的能手，紅冠綠尾的大公雞，平素意氣軒昂，一遇上黃狼子，就只有丟命的份兒，鄰舍養雞的人家，把雞舍砌得嚴嚴的，傍晚雞歸窩之後，挑燈檢查，把雞舍的門關妥，以為這可萬無一失了，誰知黃狼子硬是無孔不入，只要有一丁點小洞，牠們像會縮骨法一般，照樣能扁著身子溜進去拖雞；鄰舍半夜裏聽到雞的驚叫，一片混亂的拍翅聲，急忙穿衣趿鞋，掌燈出門，到雞舍一看，小門搭扣被衝斷了，遍地血滴和飛舞的雞毛。我說這一大段的意思，你該明白，小雞在黃狼子眼裏，像小孩子的糖荳一樣，一口一粒。甭說黃狼子了，就是家蛇家鼠，也會把牠們當成點心消夜的。

那夜我是被尿逼醒的。月光從天窗瀉下來，一條長方形的光柱，正斜射在裝小雞的竹籮筐上，我正想下床，忽然聽到屋頂的瓦面上有了細微的聲音，緊接著，有東西在抓刨嵌在天窗玻璃四周的石灰，我被嚇呆了。最先意識到的，是身穿夜行衣靠的江洋大盜，想趁夜入宅行竊來了。但立刻就判明那只是幻想，那條月柱中，已經出現小狐的黑影啦！一隻，兩隻，哇，很多隻。牠們居然把天窗玻璃揭開，露出尖喙朝下窺看了。

我記得父親說過，凡是誠心修煉正道正術的狐仙，都是茹素的；只有小狐嘴饞，喜歡吃雞。屋頂上這群夜來客，準是貪嘴的黃皮小狐啦！

屋頂距地面很高，空空盪盪的。我瞇眼看著，心想你們這些貪婪的小狐，看你們口涎黏黏的，怎樣才能下來吃到小雞呢？不過，這疑惑很快就解開了，牠們是連串的啣著尾巴下來的，每隻小狐輪流叼走一隻小雞，那條狐串子上上下下許多回，把小雞全給叼光了。我沒有出聲喊叫，也並非駭怕什麼的，只是被小狐表演的偷雞特技驚呆了，就那麼癡癡迷迷的看著。

在那古老的集鎮上，凡是深宅大院的人家，大都是人狐共居的：人畏言「狐」字，而狐也避著人。所謂狐作祟，鬧狐患的事情，實在非常少見，像小狐偷雞這類的事，根本是宗小事。第二天，母親發現小雞沒了，我才把昨夜所見的事，源源本本道出來，父親聽了也笑笑，輕描淡寫的說：「不要緊，我這就寫封短信，告訴胡老頭，讓他多加約束他那貪嘴的子孫就是了。」

他果真寫了張便條，張貼在南屋倉房的門上，他笑對母親說：「妳儘管再買些炕雞來養，保險小狐不會再來偷吃啦。」

母親接著買了另一群小雞，小狐真的沒再來偷吃過，可見胡（狐之諧音）老頭的家教真是很嚴的。

不過，狐族住在宅裏，我們也頗有不方便的地方：像南屋的糧倉，聽說老狐帶領狐子狐孫就住在裏頭，我們家人存糧取糧，都有一定的日子；入倉前，先要在門上貼上紅紙帖子，上寫：「某日某時入倉，敬請迴避」等類的字樣，而且都是取糧的工人進倉，閒雜人等，不准跟進去，尤其是喜歡嬉鬧的孩子；這樣一來，南倉房便成了我的禁地啦！

七歲那年夏天，我趁著倉房門沒落鎖，便懷著探險犯禁的好奇心，偷偷的溜了進去。倉房的四面窗戶，都用木板封釘嚴密了，只有兩方天窗透光，兩座糧倉摺子圈得很高，旁邊架著簡便的木梯子，我順著木梯爬上去，坐到接近橫樑的糧倉上面，四面張望著，我奇怪這個傳說是狐仙居處的地方，怎麼見不著狐的影子呢？大白天，天窗的光亮壯了我的膽子，我站在高處蹈舞，學唱平劇武家坡，又大聲吼叫：

「妳，九尾妖狐，替我滾出來，小爺我是濟公的徒弟，會收妖捉怪的。」

我快活的跳嚷了一陣，四邊根本沒有任何動靜，我以為妖狐是怕我了，突然想起把手指勾住嘴角扮鬼臉，再把膽小的狐群嚇唬一番。我在扮鬼臉時，手指興奮得一直抖動，它們竟然不聽我的使喚，兩隻大拇指指腹朝上，竟然伸進了眼眶的下方；慢慢的，把兩隻眼珠子從眶裏挑了出來。

確實的，它們仍有兩根筋連在眶裏，我的拇指挑在眼珠的後面，一點也不覺得疼痛，而且還能像玩彈珠似的，挑在手指上隨意轉動看東西。我這大半生，稀奇古怪的際遇，自信不會比我父親少，但把兩隻眼珠子挑到眶外來玩，從頭到尾只有那麼一回，事後回憶起來，自己也覺得荒謬透頂，因爲從生理學、現代醫學的觀點來看，這根本是不可能的事，但它卻是千真萬確的。

就在我在不由自主的狀況下，單獨玩著挑出眼珠遊戲的時刻，我耳朵裏聽到空空洞洞的、蒼老的笑聲；緊接著，我眼裏出現了異象，那是一張老人的臉，下巴尖尖的，留著一撮花白的山羊鬍子，只是那麼一張臉，我沒看見他的身體。那張臉彷彿浮在波浪上，向我靠近，擴大又擴大；一刹之間，他又退後，縮小又縮小，那臉上露著並不帶惡意的笑容。

這樣最多經過一袋煙工夫，我便聽到家人惶急的叫喚我，長工打開倉門，發現我留在糧摺上方，便飛奔上梯，把我抱了下來。出門見到母親，我仍在玩著挑出眼珠子的遊戲：母親嚇壞了，趕緊抓住我的手，用力把我的眼珠揉進眶裏去，告誡我說：「不得了，你開罪了狐大仙啦！」

那件事由母親焚香祝禱了事，我的眼並沒有受到任何傷害，父親說那只是老狐仙和我開玩笑，用的是幻術，使我自己感覺到以手指挑出眼珠，實在沒有這回事，只是我的幻覺，母親見到的，也只是幻象而已。

「下回不要再去南倉房，去惹那胡老頭啦！」父親說：「你若真有幾分狐緣，你不去找他們，他們日後自會來找你的。」

「你們這一老一小真是絕配呀！」母親說：「老的迷狐多年，一心要寫『狐學』，小的才把抓大，又要結什麼狐緣，日後你乾脆替他物色個狐女來做媳婦兒，生一窩狐子狐女，那可真是人狐一家啦！」

「妳瞧著罷，世上鬧狐的事還多著，聊齋續集，還是有人會寫出來的。說不定『狐學』這本書，會由我開頭，由他來執筆完篇呢！」

5

在我童年的眼裏，父親的形象是很偉大的，他身材高瘦，面貌清癯，兩眼炯炯有神，透射出靈性的光彩。他穿著飄拂的藍布長袍，手扶著木杖，在街頭踱步時，像一隻意態瀟閒的仙鶴，寫「狐學」那全是他的事，我作夢也不敢想。不過，若說我真有幾分狐緣，那倒不假。

當年的秋間，父親決定送我去上學。當時抗日戰爭已經在激烈的進行，北邊戰場和南邊戰場戰火滔天，只是一時還沒蔓延到家鄉小鎮上來而已；感受到戰時氣氛，有些大戶人家紛紛先逃下鄉去了。居於鎮西的小學停辦，連幾處塾館也散館了。在蕭條的鎮上，還留有多數人家，及齡的學童，總得有人出面團哄他們；小學裏原有一位資深的老師唐興才，臉上有麻粒兒，街上人都暗稱他叫唐麻子。他被鎮上士紳請出來，設了一個臨時的補習班，半新半舊的教學形式，介乎洋學和塾館之間。補習班的地址，還在東義和酒坊的後進草屋裏，那座酒坊，規模宏大，在四鄉八鎮，論佔地之廣，房舍之多，還沒有另一家能比的。抗戰開始後，東義和酒坊的主人回到他魯中的原籍去了，酒坊也歇了業，前後多進近百間的房舍全空著，變成無人的廢屋。我們坐在學堂的窗前，朝裏面眺望，每個人都覺出那隔著一片草地的廢屋，有一種陰森的氣氛。

「你曉得，這裏鬧狐呢！」年長我三歲的學姊說：「聽說酒坊的主人曾找道士來驅過狐，都不靈驗，才被逼離開的。」

當孩子們聚在一起時，就沒有什麼可怕的了。下課後，我們常從虛掩的小門，鑽到那廢宅裏面去探險，有人說起這爿大酒坊，從前門到後門，一共十多進，還不帶跨院和廂房，更有人數過，一共有九十九間房。

根據古老的傳說，民間的房舍不得超過百間，否則定會失火。即使是大白天，我們許多孩子朝裏面走，也覺得周遭裏著怪異，那些房子的門窗都被木板封塞了。屋裏的光線黝黯，到處結滿蛛網，房角堆著殘磚碎瓦，生銹的鐵器，青石塊鋪成的院落，雜草叢生在縫隙中，顯得滿目荒涼。

在倒數第三進院落的右邊，屋裏有一口深井。有人丟一塊碎瓦進入，停一會兒才聽見瓦片落在井面的回聲，可見那口井實在很深。通常，我們的探險都只到那兒為止，不敢再朝深處走了。我們在那兒玩捉迷藏、老鷹抓小雞、打彈珠之類的遊戲；上課前，再循原路回到教室去。

一天，我在上學途中，看到路邊地攤上出售一種新奇的小玩意，叫賣的人說那是用阿摩尼亞原料做成的。許多小狗、小雞之類的，色彩鮮明，樣子也好看，一個銅板可以買三個。叫賣的人在一隻玻璃瓶裏，裝著許多毒蠍，他誇稱被毒蠍鉤到的人，只要用這小玩意塗抹，立刻便能消腫止疼。

我看著好玩，便花了三個銅板，買了九個放在書包裏。到學校之後，想到唐老師會查書包，就把那些小玩意掏出來，裝在口袋裏，趁著上課前，單獨溜進廢宅去，把那些東西藏在有古井那棟屋子的牆角瓦片下面。放學後，我等同學們都走了之後，才悄悄拐回來，潛進廢宅去取回我的寶貝。

那時天並沒黑，斜陽的光，仍從天窗上瀉下，我翻開牆角的瓦片，發現我所買的小玩意全不見了。我有些懊惱，以爲是被別的同學先取走了。正在這時候，忽聽一聲咪嗚，一隻靈巧的小花貓從牆角跳出來，嘴裏啣的，正是我失去的小玩意；緊接著，又出現了另一隻，我數算出，一共五隻可愛的小貓咪，繞著我騰跳，每隻小貓嘴裏，都啣著我買的小玩意。

我起先只顧捉貓，沒想到旁的；我越抓，牠們跳得越高，在天窗投落的斜陽光柱中，牠們騰跳的動作優美緩慢，有一股夢幻的意味。這使我駭怕起來，因爲貓從來沒跳成這種樣子的。就在我猶疑之間，牠們一隻接一隻的，居然都跳進黑黑的井口裏，不見了。

那根本不是貓咪，是小狐變貓來戲弄我的。我心裏這樣想著，便一溜煙似的拔腿狂奔，回家後，竟然發寒發熱的生了一場病，從那之後，我就沒敢再到廢宅裏去過。我那學姊關心的追問，我才吐露出這個秘密。

「狐拿走我那些小玩意，有什麼用呢？」我說。

「當然有用囉，」她說：「牠們住在牆洞裏，那裏面的毒蠍很多，牠們難免被螫著，那些小東西，能替牠們消腫止痛啊！」

無論事情顯得多麼怪異，這總不能說我親眼看見狐仙，只能說那些貓咪，可能是狐仙變的；要不然，牠們不可能一隻一隻跳進井口的。

學期快結束時，一天散學後，我已經走到回家的半路，忽然想起我的硯台和石板都忘在教室抽屜裏，晚上寫功課要用，我必得跑回去拿。秋後晝短，天色真的朦朦黑了，我不敢單獨回教室去，便扯住學姊，央她陪我，兩個人總能壯壯膽子。我們喘息著跑到教室門口，忽然從裏面走出一個穿紫花衫褲的女孩來，她年紀約莫有十一、二歲，長髮，前額覆著彎俏的瀏海，一張秀麗的瓜子臉，好靈活的一雙黑眼，真是絕美絕美的。

她和我們面對面走過時，朝我點點頭，笑出一口細白的牙齒，她並不是我們的同學，爲何在散學後單獨跑進教室來呢？

「你瞧，她往廢宅裏去啦！」學姊指著說。

一點也不錯，她的背影正穿過那片草地，朝廢宅的小門走去，晚風把她的紫花衫子兜得飄漾飄漾地，她走路的樣子，也像在草尖上飄著。

「趕快拿東西走罷！」學姊說：「天快黑啦！」我在書桌抽屜裏取了硯台和石板，忽然發現到桌上還有一包用手絹包著的東西，打開來一看，原來正是被五隻貓咪啣走的我的小玩意，一共九件，一件也不少。

「啊，她是狐仙，把東西送還給你的。」

「不，她明明是人嘛！」

「是人，怎會住在廢屋子裏？你明明知道，那裏面是沒有人住的啊！」

我跟麻子老師唸書，就到那天爲止，回家哭鬧著，再也不敢去上學了。後來我懊悔過，童年的膽子怎會那麼小？就算那紫衫女孩真是狐仙變的，她是那麼美，對我又沒有一絲惡意，而且把我買的阿摩尼亞製成的小玩意，全都送還給我，我爲什麼駭怕成那樣，連學都不敢上了呢？

6

經歷過這些事之後，我雖然駭怕，但對狐更加好奇了。家宅後門外是一片沼澤，沼澤邊的丁頭屋裏，住著一個姓周的年輕寡婦，人都叫她周嫂的，她就是拜狐的巫婆。集鎮上，這類的巫婆很多，最有名的，是東街的朱三娘、北街的湯四奶奶，和這個叫周嫂的婦人，街坊有些遇上狐祟的人家，常常跑到周嫂宅裏來，請她作法消解。巫婆實際上像是狐仙的代理人，她們能使狐仙附到她們身上，和病家對語，要求病家許下願心，牠就下令作祟的狐離開那宅院，不再作祟。通常，狐仙附體時，巫婆就跳著，唱著，搖鈴打磬的，顯得非常熱鬧。

我到巫婆周嫂的屋裏去看過，正間是供著許多狐仙牌位的香堂子，香爐裏燒著滿把的線香，常年久月的，香煙把樑頂都薰得黑沉沉的。供果、法器、小鞋、小髻、小衣、小帽，滴溜搭掛的掛了許多串，這些都是要賣給病家，當成許願禮物的。

周嫂對著叩頭蟲似的病家，唱的聲音很曼妙，跳的姿勢也很好看。有時一場小小的關目能行上半天，她的表情隨著說和唱，不斷的變化著，一會兒咬牙切齒，責罵病家不該開罪狐族；一會兒又好言安慰，說仇冤總要化解的；一會兒又要東要西的，逼著病家去張羅；假如讓她上台去唱戲，真算是塊好材料，能把病家唬得一愣一愣的。

臨到病家燒豬還願的日子，那可是場大熱鬧，燒豬的關目，照例由巫婆出面主持，她得再延請巫童的班子，協助她唱酬神戲，那是和京劇全然不同的一種狂熱的戲曲，花樣繁多，那些巫童們，個個年輕力壯，身手矯健，翻觔斗、豎蜻蜓、跳花、跑關，樣樣來得，迷信不迷信是另一碼事，我們做孩子的，哪有放著大好的熱鬧不看的。

燒豬這關目，要比大開水陸道場更好看，通常都選一處大廣場，先在廣場一角豎立起一支高可數丈的禾木旗桿來，然後響鼓升旗，巫門的長旗是黑布底子，上寫白色的符咒，三面都鑲著狗牙形的穗子，升到旗桿頂，被天風一絞動，便凌空飛舞，遠遠看上去，活像一隻張牙舞爪的大黑蜈蚣。

黑旗下面，升有一長串的紅色冬瓜燈籠，名曰「天燈」，夜來時燭火點亮，閃出一片喜氣的輝煌，旗桿的最頂上，紮有飾物，像米篩、蘆花之類的。廣場的正中，用十多張八仙桌，疊架成三層高的法壇，壇上放著一張太師椅，主持關目的巫婆就端坐椅上，她身後，還有兩個小童，一個替她張著纓絡垂懸的羅傘，一個替她捧著放列法器的平底木盤，她的座位前面，放著一隻盛放米糧的角形板斗，斗裏遍插著五顏六色的紙旛。

圍繞著高聳的法壇，圍起一圈白色的布幔，幔上畫有城樓和城堞，設有四座拱形的城門，門上紮有城樓，弄得有模有樣的，城堞間祥雲繚繞，紙紮的天兵天將都立在上面，這座城，代表著傳說中的天界。

在天界的另一邊，就佈置成陰曹地府模樣了。閻羅王、赤髮判官、手持鋼叉，腰圍虎皮裙的鬼王、抖著鐵鍊，執著拘魂牌子的鬼卒、牛頭馬面、黑白無常，雖全是紙紮的，但紮工精巧，看上去像真的一樣。

曲折的奈何橋、高聳的望鄉台，是用長板凳和桌案搭成的，外面圍以繪有彩圖的白幔；鬼門關、惡狗莊、刀山劍林、十八層地獄的圖景，都林立在奈何橋的兩邊，看上去陰森恐怖到極點。

介乎天堂和地獄之間的，就是人界了。

人界的一邊，設有供狐的祭壇，空場中放著一隻很大的鐵鼎爐，爐裏燒著大塊的檀木火。巫童們個個精赤上身，穿著黑褪褲和薄底靴，手執鐵環綳製而成的狗皮鼓，一致排列在鼎爐前面，這種狗皮鼓邊緣的鐵環，繫有一圈小鬧鈴，藤鞭擊打鼓面時，鼓的咚咚聲和鈴的啷啷聲同時交響，巫童們擊鼓的技術頗高，能打出翻花的鼓點子，有時徐緩，有時急速，以配合他們的行動和歌唱。

他們在跑開行法之前，總是要行烤鼓和試鼓的儀式，這種動態的儀式，和京戲班先演猴兒戲一樣；一個巫童打起螃蟹溜兒，一路飛滾翻騰著出場，在鼎爐的烈火上烤著鼓，試驗敲打著。另一個巫童翻著空心筋斗接著出場，他前翻，後翻，平著身子打飛旋，落在鼎爐邊烤鼓試音，第三個，第四個……一群巫童都以鼎爐為中心，交叉翻滾，各出奇招，一霎時，人影紛飛，鼓聲不絕，顯示出正戲就要開場了。

一般燒豬還願的節目，是估量著病家的財力安排的。比較富有的人家，連續鋪排三日夜的節目，也是常見的；一場拜狐的法事下來，真能耗費一半的房舍和田產，巫婆和巫童中飽私囊，當然是皆大歡喜啦！

巫童所唱的正戲，是受巫婆的差遣，先行拜狐、頌狐，然後代表狐仙狐神，下到陰司，去查病家的祿馬陽壽，查他的功過得失：如果病家在陽世罪孽深重，閻羅也難作主時，巫童們就回馬奔向天庭。下陰司的情節，俗稱「過陰」；上天庭叩求玉皇的情節，俗稱「跑大關」。他們的戲詞兒有很多大本，幾天幾夜也唱不完。有些經驗豐富，反應靈敏的巫童，還能觸景生情，隨口編唱新詞：唱聲、和聲、鼓鈴伴奏聲，加上他們的動作和表情，頗能生動的緊扣住觀眾的心弦。

醉心研究「狐學」的父親，對這些是不屑一顧的。一聽到巫鼓聲，便流露出深痛惡絕的神情來。

「狐害人，遠不及人害人嚴重啊！」他嘆息說：「就算仙狐有些靈異，也不過對生命的看法，比人透達，在道術上略有修為罷了；狐哪有那麼大的能耐，昇天入地，和諸天神佛一爭短長呢？這些全是巫婆憑空編揑出來的，利用民間自私愚昧，撒下漫天大謊，不知有多少人被害得傾家蕩產，這些靠尾巴神吃飯的傢伙，罪過可大啦！」

對於巫童所唱的戲文，父親也有他的看法：

「要是把它們當成鄉野的戲曲來看，倒是頗有可取的。他們的唱聲沉宏嘹亮，唱曲平白易懂，別有野趣；狗皮鼓的節奏明快又生動，算得上是很好的民間藝術；但若把它用作斂財的工具，那就太可惜了。」

母親也提過，父親當年在北洋的勢力籠罩下，偷偷的參加了黃黨（註：指革命元勳黃興）。以三個指頭（註：指三民主義）、五粒鈕子（註：指五權憲法），在北地廣結人緣，他對破除迷信，一向盡力。年輕時，還假裝生病，當眾捉弄過巫婆。

「你把當時的情形，說給孩子聽啊！」母親說。

「那時也實在太年輕，做事太不替巫婆留餘地了。」父親有些自嘲的笑說：「那年秋天，我在吃桃子，把桃核含在嘴裏，朋友不知情，以為我腮幫腫起來了，他的誤認使我靈機一動，乾脆捧著半邊臉叫痛。那時，湯四奶奶還沒出道，是她姑母老湯婆子領著香堂子，人都說她是狐仙名下的紅人，我啣著桃核，口涎咧咧的裝病，著人去請老湯婆子來宅看病。她下差，看病，旋風般的跳起大神來，指說我腮邊的無名腫毒，是被鬼風掃著了，要求神拜斗，要許給大仙一座小廟堂，否則不會好的。

當時，街坊上圍觀的人很多，等她一口咬定我的病情時，我笑著，把桃核吐在掌心，拿給大夥兒瞧看說：『我哪兒有病？我是故意把桃核啣在嘴裏，試試老湯婆子究竟有多少道行的。她這全是打著狐仙的名號，大睜兩眼說謊，你們可都瞧著了！』……那老湯婆子老臉被我窘得像豬肝，雙手捂臉跑走，她的狐堂也砸了，後來，她真的是被鬼風掃歪了嘴，中風不語拖了好幾年才死的。一半也許是被我氣死的，直到如今，湯四奶奶還在記恨著我呢！」

「你爹後來也整過朱三娘的冤枉。」母親說：「有一回，朱三娘下差跳神，狐靈附體，旁人對她說什麼，她彷彿都不知道，你爹在一邊大聲喊說：『朱三娘，妳家的母豬跑掉啦！』朱三娘一聽，頓時就慌張的醒過來，問說：『糟了，我家的豬怎會跑掉呢？』……她這一說話，圍觀的人全哄哄的大笑起來，朱三娘這才明白，她是著了父親的道，什麼狐靈附體的把戲，已被當場拆穿了。」

「嗨，那都是多年前的事了。」父親說：「那時候，真以為拔掉迷信的根，好像拔草一樣，拔掉它的根，它就不會再生；誰知那時的想法，只是如意算盤，真要使民間做到信而不迷，太難了，太難了。」

「到頭來，你只教訓了兩個巫婆，使她們略加收斂點兒，不敢過分張牙舞爪而已。」

7

據說父親是在五十歲那年才生我，我童年期看父親，已經是個老人了。他清瘦，鬧胃疾，但腰桿挺直，兩眼有神采，並沒有老態龍鍾的樣子。不過，他所說的種種故事，都發生在我出生之前，聽是聽進去了，感覺卻很遙遠。也許在人的一生中，到了鬢眉變白的年歲，是感慨最多的時刻罷！

我們那兒崇拜狐仙的風氣，並沒因爲少數人力倡掃除就有所改變，父親和他那些談狐的友輩，並非完全站在科學的立場，嚴加反對任何沒經「驗證」的事物，而是少數喜歡研探靈異事物，不失儒家以「人」爲本的立場，應該算是站在迷信與科學之間的讀書人。正因如此，把一般迷信仙狐的鄉人弄迷糊了，他們搞不清信和迷之間的分際。

父親胃疾復發那年冬天，抗日戰火愈益逼近家鄉。他每隔幾天，就會嘔血，大號的青花痰盂，一嘔就是半盂；人躺在病榻上，對於夜晚談狐的興致仍絲毫不減。子揚大伯在病榻邊照料著他，爲他針灸止痛。葉老爺爺一把年紀了，還親自迎風冒雪的騎驢去縣城藥鋪，為他購買梨膏，燈下相聚時，他們的談話更見深沉了。

「有清一代的大儒紀曉嵐，該算是博見多聞的學問家了，他在中年之後，陸續寫下的那些閱微草堂筆記，對人間的氣數、命運、因果，多用理性的態度接納，寫出許多發人深省的事例來。至少我認為，這條路子的方向沒錯，值得繼續走下去的。」父親略帶喘息說：「如今，世道荒亂，鬼子又跑來興兵黷武，想整理民間的迷信思想，導之以正，這副擔子太沉重，遠不是你我之輩能擔得了的了！只有日後看下一代的孩子們，看他們怎麼區處啦！」

「你這話，換我說還差不多，」葉老爺爺說：「我是七老八十，眼看要朝棺材裏爬的人，你還早著呢！至少，你要寫出你的『狐學』來，替下一代鋪鋪路啊！」

「很多事，老天爺是不會盡如人意的，」父親的聲音很低沉：「如今，我拖著帶病的身子，誰知道還能活上多久；再說，一旦鬼子打過來，到處兵荒馬亂，我就算能逃到窮鄉僻壤去，面對著漫天烽火，我哪還能定下心寫什麼『狐學』呢？」

「這倒是實話。」徐二先生在一邊說：「抗日打鬼子，比什麼都要緊。」

那年隆冬，家鄉傳出許多異象來。其一是大亂塚裏陰兵出隊，碧綠碧綠的火把列有幾里地長，在朔風怒號的夜晚，火把的綠光，映出高高矮矮的人形的影子，他們避開原有的道路，從積雪未消的曠野上飄過，有人驚於這種前所未見的怪異景象，鳴鑼傳告，叫喊說：

「噯，西圩外的野地上過陰兵啦！大夥兒快到圩頂上去瞧看哪！」

起先，集鎮上的人都不敢相信這回事；過陰兵，早先只是傳聞，並沒有誰真的見過，大夥也都抱著姑且去瞧瞧再說的心理，拎著燈籠照路，繞過西大塘登上圩崗的。一向對於靈異事蹟非常關心的父親，當然不願放過這機會，抱病策杖，帶同我一起趕到圩崗上去了。

西邊圩崗上，聚集了至少幾百人，大夥兒全被圩外曠野上的景象嚇呆了；綠陰陰的燐火成千上萬的連結飄搖，把半邊天都映綠了，隨著西北風，流來淒鳴的號角聲，馬匹的噴鼻聲、扁擔的吱咯聲、車輪的滾動聲、人形的影子朦朦朧朧的朝北方開拔，距離圩頂我們站腳處，最多不過百十丈遠；古代有航海經驗的人，常說起海市蜃樓的景象，也有人橫過沙漠時，在沙漠上的空中看到類似的幻景；但這是開闊的平地，南邊正是綿亙幾里的大荒塚，從來沒有人看見過如此真切的「過陰兵」的奇景，它就逼在人的眼前，怎能硬指它是虛幻的呢？

「隱觀大爺，」街坊的人湊過來，尊稱父親的名號說：「您看這究竟是怎麼回事啊？」

「嗯，鬼子來犯中國，原就是天怒人怨、鬼哭神號的事，」父親一臉冰霜說：「戰火就要蔓延過來，地氣大動，鬼魂悲憤難安，它們的精魄也嗚角出隊，拉出來抗日保土啦！」

「您說的不錯，」那人振臂大吼說：「街坊們聽著，孤魂野鬼都懂得衛國保鄉，咱們活在世上為人，怎能單求苟全，咱們也該拉鄉隊、挖地壕，和鬼子拚啊！」

過陰兵並不是過一夜，連接很多天的夜晚，陰兵都出現在不同的地方，東門外的大隊，整整過了兩個更次，集鎮上的居民抬出香案，焚燒紙箔祭奠他們，和白天過大軍時提壺攜漿送慰勞品一樣。鎮上的鄉隊原是有的，只是人槍不多，受了過陰兵的激勵，全鎮的精壯都扛出私家槍械，紛紛的投入，更有些青年，直接跟隨過境的大軍，換裝入伍去了。

緊接著過陰兵的異象，就是全鎮的狐族大搬家。牠們揀著冷月照光的寒夜，從古老的屋宇裏面，大群大群的急竄出來，朝鎮西的延壽巷方向聚合，很多人先聽見窸窸窣窣的碎步聲，從窗口門縫朝外窺看，瓦櫳上、牆頭上、房腳邊、大街小巷裏，到處是一群一群的狐，牠們排成很整齊的縱隊，一隻接一隻，頭啣尾尾啣頭的朝前跑，偶爾遇著夜行人也不顯驚畏，只是略為彎曲閃過而已。

狐搬家的那幾天的夜晚，很多人家煮了整籃的雞蛋、鴨蛋，放置在牆角暗處，當做送別的乾糧，父親也牽起我的手，從我們宅子的樓窗，望著窗外奇怪的景象。

「狐為什麼要搬家呢？」

「傻孩子，」父親摸著我的髮，他細長的手指有些僵涼。「狐是極通靈的東西，牠們有超常的預感，知道這兒就要打仗了，牠們這是遷移避禍啊！」

「你不是說，牠們有道行，有法力的嗎？」

「嗨，千年老狐，畢竟是少數。」父親指著說：「你看，窗外竄動的，全是黃毛小狐，兵凶戰危的人爲劫難，牠們怎能擋得住呢？」說著，他又像想起什麼，仰天長嘆說：「其實，人類的問題，全要靠人類本身來解決，和狐族並不相干，假如狐族有紛爭，人照樣愛莫能助，不是嗎？鬼子窮兵黷武，把天下搞亂，害得狐族都跟著受累遭殃，早晚會引起天怒的。這也是人間因果，他們日後若不敗亡，就顯不出天理啦！」

「你迷信天理嗎？」我說。

「當然我信。」父親浴在冷月光中的臉廓，彷彿罩了一層霜。「對於世間奇幻靈異的事，我寧可信其有，像『過陰兵』，像眼前的狐搬家，這可是我們父子倆親眼看見的，這能說它是假的嗎？信是信，迷是迷，根本不是一回事。你日後讀書明理，遇上怪異，要能信而不迷，那才是對的，人畢竟還是這世上的主人。如今很多人一味迷著科學，科學當然是好，但科學也在起步朝前走，在實驗，在突破，在變化，它不是絕對的，更不是萬能的，你還記不記得迷信科學的宗表叔的故事啊？」

「嗯，」我點頭說：「我記得。」

宗表叔是祖母娘家的族姪，從鎮東十五里的宗家槍樓搬到鎮上來的。他是鎮上的洋派人物，在上海攻讀大學醫科，畢業後，留在滬上大醫院裏實習數年，升到主治大夫，後來回到鎮上開業。他的醫院就在鬧狐的東義和酒坊的緊隔壁，醫院的名字就用他本人的名字，叫「榮華醫院」，規模不大，但是鎮上只有三家醫院，數他使用的設備最新。

由於東義和酒坊鬧狐，大大的影響了他的生意，他常對街坊上的人說：

「嗨，狐狸有什麼可怕的，我們看到很多英國的古典小說，那些鄉紳貴族，每年秋天，都聚合許多人，騎馬帶槍，驅著成群的獵犬，到森林裏面去追逐狐狸；換到咱們這個迷信落伍的國裏來，放騷的狐狸卻被捧成仙，當成神了，真是邪門兒！」

「你真的不信狐的靈異嗎？」有人問過他。

「嗐！」他執拗的說：「就算一棍打死我，我也不會相信的，你們不信就瞧著，看我捉到狐狸，是怎樣處置牠？——我要讓牠們嚐嚐科學的滋味，我這人，說話一向算數的。」

他說話確實算數：他設置了捕狐籠子，裝了誘餌，也備了一支短柄獵銃，專門留著轟狐用的。不久之後，他果然捉著了一隻黃毛小狐，他把牠全身縛住，用大罐的鹽水針替牠打點滴。

「嘿，我要讓牠一寸一寸的死。」他說。

當然，那隻誤投羅網的小牝狐，變成他實驗科學的犧牲品，他用四罐鹽水針結果了牠；更用鋒利的手術刀切下狐狸的頭，拴以繃帶，懸掛在醫院的門口，頗有古時候斬下人頭，掛上高竿，懸首示眾的意味。這還不算，他還賣弄文章，用白紙紅字，寫了一篇以「宗榮華醫師」署名的「討狐檄」，貼在門左的磚壁上，使全鎮的街坊鄰舍都能奇文共賞。

據說他那篇「討狐檄」，寫得氣勢磅礡，一部分相當的精彩，一部分滑稽突梯；文白夾雜不說，文詞也粗略欠通。但鎮上許多好事青年，紛取紙筆把它抄錄下來以廣流傳。「討狐檄」傳到識家眼下，赫然發現，所有精彩的部分，全是剽襲歷史上駱賓王《討武曌檄》而成的，只有文詞欠通的部分，確屬我們這位以科學家自命的宗表叔的創作。

我當時的年紀實在太幼小，只記得徐二先生到宅裏來，取出一份抄來的「宗榮華醫師討狐檄」，當著父親和幾個朋友的面，逐句朗讀時的場景；有人大罵宗醫生文理不通，是個科學鬼，以「鬼」鬥「狐」，該寫進聊齋續集。有人認爲科學教育太偏，寫白字的大學生，根本不配談論科學。有人認爲剽襲古人，品格有虧，駱賓王地下有知，會到閻老西那兒告他公然辱古。而宗表叔創作的那一部分，則使大家夥笑得幾乎斷了腸子。

「哈哈，明天就得裝假牙啦！」葉老爺爺說：「我的大牙滿地滾，他卻接不上，宗榮華那兔崽子，沒學過牙科呀！」

「掉牙還算福氣，」徐二先生說：「我是被他的妙文弄得柔腸寸斷，眼看就要『魂歸離恨天』啦！」

等大夥兒淚流滿面，打滾翻身的笑完之後，父親呷口蓋碗茶說話了，他說：

「你們都笑，我卻想笑笑不出來，倒不是因爲宗榮華醫師是我表弟；我想到的是：以他這麼殘忍的做法，老狐不會饒過他的，按紀曉嵐所創的『氣機相感說』而論，人和狐所秉的都是一理，他平白無故的殺狐，而且懸首示眾，族中老狐定會報復的，日後『榮華醫院』的風波，定會鬧大的。」

我的這段回憶，也只能把當時的情形，約略的描述個大概，即使追問我，我也無法把那篇「討狐檄」的奇文，逐句背誦出來了。只隱約記得，其中有個「雖以『狐』爲名，終屬『犬』『爪』之類，爾是何小丑，竟敢跳樑。須知科學掛帥，今非昔比；事求實據，理性爲先！本醫師替天行道，處妖狐以鹽水之刑，榮華對華夏光榮，決難容異類猖獗……。」至於令人笑掉大牙的文句，因爲他畢竟是我表叔，而且今已作古，不說也罷。

我那宗表叔，用鹽水針處決了第一隻小牝狐之後，緊接著，又捉住一隻黃毛雄狐，這一回，他改用硝鏹水，潑完後實施剝皮手術，用以證明他的外科手術，是乾淨俐落，刀法精準的。

不過，當年的夏天，「榮華」醫院裏的怪事，就不斷的發生了。最先是替一個患寒熱症的病人注射，一針下去，那病人就在診療室裏翻了白眼，病人的家屬親友，一條聲的嘈鬧起來，大喊蒙古大夫整殺人了。宗醫師被這突來的事件弄得一頭霧水，力辯這並非他的過錯，他自認診斷得很仔細，病人確患寒熱症，他只替對方注射一劑退燒針，再開了金雞納霜丸，怎知一針下去，病人就被弄翹了，他查看過對方的瞳孔放大，停止了呼吸，心臟也不再跳動，就醫學立場判定，病人確是死亡了。他用聽診器一再細聽，又忙著施行人工呼吸急救法，折騰得滿頭大汗，但那個病人連頭也歪扭到一邊去了。

要是做醫生的直認不是，堆起笑臉說好話，大不了賠錢辦喪事，也不會當場鬧開的。

偏偏宗大夫是個死硬的石頭，死也不承認他有錯，把病人的親朋家屬弄火了，一聲喊打，就猛摔猛砸的幹了起來，醫院裏的玻璃玩意兒，哪經得起推拉砸撞的，片刻工夫，把個榮華醫院砸得水流花落，狼藉不堪；說也怪得慌，那個躺在診療室，明明已經魂歸離恨天的病人，經這一砸撞，竟然幽幽吐出一口氣，睜開眼問說：「這是怎麼啦？」

病家的親朋家屬一看，不得了，不該莽撞行事，把人家的醫院給砸了，三十六計，走爲上計，有人扶起病人，一鬨就逃之夭夭啦！宗大夫眼看醫院被砸得七零八落，便會同保甲，一起到鄉公所去投訴，鄉裏的李鄉長是位好好先生，問明原委後，苦笑說：

「這個病人不是本鄉的，當然我會行文照會鄰鄉的盧鄉長，查問這件事；但病人暈死在你醫院裏是事實，要是他不及時甦醒過來，只怕砸了你的醫院，你還得賠償他的喪葬費用呢！假如損失有限，我看還是息事寧人算了。」

當地有人知道那病人家境的，也勸宗大夫說：

「那個病人周五原先替人打短工，家裏只有兩間東倒西歪的破屋，一個呆婆娘，一窩光臀孩子；就算你有理索賠，他也賠不起的，不如自認倒楣，還落個心安理得呢！」

我們那位宗表叔，最後還是認栽了，醫院停業兩個月，重新添購家具和藥品。他跟人提起，他倒不十分介意財物的損失，最令他大惑不解的，是病人周五分明斷了氣，已經死掉了，怎麼最後又還魂活回來?!

有人想起他虐死小狐的事，警告他說：

「我看這事太蹊蹺，十有八九是狐仙施術在作弄你，報復你虐殺牠子孫的仇，你若不及早把事情扯直，恐怕這只是開頭，日後還有得鬧呢！」

不提狐字，宗大夫還不生怒氣，一提狐大仙，他可氣得橫眉豎眼，連連拍著桌子罵說：

「我姓宗的是至死不信邪魔的，寧可把身家性命都賠上，也要和狐狸幹到底！其實，狐狸根本沒有作弄我的能耐，是你們拿狐來氣我罷了。」

街坊的鄰舍知道宗大夫的脾性，一旦執拗起來，九條牛也拉不轉的，也就不再勸他了。「榮華醫院」重新開業，怪事連連發生，宗大夫發現，鎖在藥櫃裏沒開封的藥品，全都被掉換得亂七八糟了。宗大夫以為，按物理學而言，這是不可能的，尤其是封在真空小玻璃瓶裏的針劑，怎麼能跑進別的真空瓶裏去？這麼一來，對他來說真是天下大亂，使他不敢開藥方，不敢打針，根本無法營業了。

宗大夫的太太，我管她叫表嬸的，是個精瘦體弱的小婦人，平素就精神萎頓，經過這麼一折騰，連著暈倒，生起病來。宗大夫替他太太掛鹽水針，打到第三罐，太太全身浮腫斷氣了，據說斷氣前，喉管發聲，像幼狐的哀叫。宗大夫心裏起了大駭懼，氣急敗壞的跑來找父親，請求父親幫他想想法子。

「我還有一兒一女活在世上，這樣下去怎麼辦呢？」他的精神快要崩潰了，聲音近乎懇求。

「我雖說是研究狐的，但遇上這種爲難的事，也拿不出什麼好法子啦！」父親說：「按照氣機相感的原理，世上的活物都是通靈的，你怎麼對待牠們，牠們就會怎麼回頭對待你。於今之計，你少不得要到東義和酒坊廢宅裏去，燒香叩頭，求狐仙饒過你，撕掉你的『討狐檄』，另寫一份『悔過書』，貼在原來的牆上，這表示你敢於在世人面前承認，你虐殺小狐是做錯了，這和人對人做錯了事，當眾公開道歉是一樣的。我知道，依你的脾性，你嚥不下這口氣，但你不能使性子，讓你的孩子再有險失，那樣，你日後還有何顏面去見祖先？」

一向頑硬的宗表叔，萬般無奈之餘，只有硬著頭皮，按照父親的話去做了。

說也奇怪，打他悔過書貼上牆之後，一切都恢復了正常，狐丟了兩個子孫，宗表叔也失去了妻子，兩造就那麼扯直啦！

這段已經過去的事情，因著眼前的狐族搬家，因著父親的提起，不禁又浮到眼前來。至少，它可以證明一件事，狐確實有製造靈異的能力，一般鄉民雖沒攻書識字，但他們也並不全是毫無分辨能力的白癡。那麼多吃神鬼飯的人，固然有藉機斂財的舉措，但也不能武斷說他們毫無能耐，任何被指爲迷信的行爲，總是含蘊著一些古老玄妙的因由的。

關於狐搬家，這種大規模的集體行動，還不止於我們從窗口看見的，西邊延壽庵的老廟祝老董夫婦，還有景家大塘的景老爹，都在那夜親眼看見牠們在廣場上集合的情形。

「哇哇哇，我活了七十多歲，這算頭一回看見這麼多隻狐狸，怕有上萬隻罷，牠們豎成行，橫成列的，齊齊整整的排列在廣場上，一動不動，那哪像狐，簡直像駐軍在校場上行秋操，每行每列的前頭，都是白狐，少數幾隻黑狐站立在土丘頂上，彷彿是觀操的大員，一切停當之後，一隻黑狐呦叫著，狐狸的隊伍朝西轉，陸續的竄出西門，就那麼浩浩蕩蕩的開拔啦！」

算他景老頭年老眼花，老董夫婦的話，正和他說的完全吻合。老董夫婦的話，如果還不可信，集鎮一路朝西的各村莊，都有同樣的說法，說他們夤夜被聲音驚醒，看見遍地過狐兵，荒地的積雪上，仍留有無數無數的腳爪印兒呢！

不久，狐族預知兵凶戰危的說法，也完全用事實映證出來了。那年殘冬，鬼子的先頭部隊，已攻進了縣城，小鎮上也來了僞軍，家鄉算是淪陷了。

8

冬夜裏，父親坐在手推車上，母親抱我騎驢出西門，我們離開淪陷的集鎮，跑到南鄉的田莊上去了。南鄉的田莊，是父親早就著意經營的避難處所，它緊挨著淤黃河河堆的北邊，灌木叢蔓延，樹叢蓊鬱，地形複雜，隨處都有躲避的地方。隨著父親下鄉的，有一支鄉隊，大約有十多枝短槍，六、七十枝長槍，六、七匹馬，隊長是父親的晚輩，他們也暫時駐紮在我們的田莊裏。

戰亂來時，父親的嘔血症狀反而消失了，精神也比平時好一些。雖說是在大動亂中下鄉避難，父親的生活並沒有大的改變，白天他看書，寫筆記，夜晚照樣接待訪客，以茶代酒，在燈下談天說地，除了一部分是關乎時局的談論外，靈異世界的探討，仍然像往昔一般的持續著。

「上回狐搬家，我是料得到的，」父親對訪客說：「有很多事實，證明狐是怕兵的；大凡營盤裏頭，都沒曾出現過狐蹤，狐怕弓弩矢石，更怕槍砲火藥，牠們的世界，恆是和樂安詳的，全不像心術崩壞的人類，搶奪、侵凌、燒殺、擄掠。記得我小時，那當口還是清末光緒年間，集鎮是防兵的汎地（註：汎，守兵防區名稱），鎮東街有個武學出身，名叫秦泰祺的人，交上一個常幻化成白鬍老頭的狐友，那自稱胡老頭的狐仙，詼諧善談，常在夜晚和秦泰祺相聚，喝上幾盅酒，談古論今聊到半夜才走。

後來秦泰祺受了營聘，擔任駐鎮的外委（註：官兵，同把總，也就是額外約聘的把總），帶領了十來個汎兵，他自己也佩上了短柄的火槍；一夜，胡老頭苦著臉跑來道別，說是這算最後一面，壓後他不打算再來了。秦泰祺說：

『怎麼啦?咱們交情一向不薄啊!』

『當初是當初，眼前是眼前啊！』胡老頭說：『當初你是平民百姓，於今你可是外委老爺啦，就算芝蔴綠豆呢，好歹也是個官，我和你在一起，總覺味道不一樣了。』

『有什麼不一樣呢？』秦泰祺說：『掛個名銜混飯吃，連我自己也沒把外委當成官看待啊！』

『嗯，那不一樣。』胡老頭認真的說：『你腰上佩的這柄短銃，兵氣逼人，害得我心驚膽戰的，酒全無心喝了，我發過血誓，一生不交當官的朋友，你饒了我罷！』」

父親說了這個故事，滿室都哄笑起來，拿眼望著那個腰佩短槍的許隊長。許隊長也笑說：「隱觀大爺，您這可不是轉著彎兒罵我罷，寧願在您面前繳械，也不願失去這許多朋友呢！」

「佩槍打鬼子的例外，」父親也笑說：「再說，咱們也不是狐仙，沒來由怕你佩槍的呀！」

鎮上的狐仙大搬家，雖是眾目所睹，但鄉下人迷信狐仙，仍然和往常一樣，並沒有絲毫改變。我走過各處的荒天野地，隨處都可以看見小小的狐廟；那些狐廟高不過四尺，和雞窩差不多大小，幾乎是清一色的泥牆車屋，它和土地廟最大的不同處，是在旗桿——土地廟是兩根小旗桿，分立在廟的前面，而狐廟則是一根小旗桿，舉在廟裏背後。用象形的方法揣測，這是不言而喻的，那根旗桿，分明是仙狐翹起來的長尾，尾巴上經常掛著病家贈送的小髮髻、小衣、小帽，的溜打掛的掛成一串兒。我匍匐在廟門口看過，裏頭沒有神像，只有紙糊的牌位，上面寫上「黃衣小三郎、白衣大郎、黃花山、黃花洞、黃花仙姑……」等類的字樣兒。

父親對那些普遍拜狐的人，也只有搖頭苦笑的份兒，他曾經對來宅看望他的葉老爺爺說：「人拜狐，是因爲人太蠢，其實該是狐拜人。狐族修仙學道，拜老子，拜孔孟，牠們尤其應該拜杜康，因爲人造了酒，牠們才有得酒吃，好像許多故事裏的老狐仙，個個都是戀酒貪杯的嘛。」

「說來狐仙要比人更懂得品酒，」葉老爺爺說：「人間多的是貪杯誤事的酒鬼，而老狐品酒，卻越喝越爽，絕少聽說一窩小狐，把醉倒的老狐抬回去的。」

「這類事，確是絕少聽聞，」父親說：「是否是狐的酒量超乎常人，這就很難講了，不過，也有極少數的例外呢！」

「也有例外，你倒說說我聽。」葉老爺爺說。

「老黃河堆上，有個墾荒戶老姚，他是個吝嗇成性的人，又窮又貪。堆頭附近的狐屋很多，常有病家用燒好的雞和土釀的老酒上供，這可讓老姚攫住機會了。夜晚四野無人，他就跑到各狐廟去，把那些供物用麻袋裝回來，留著自家享用；久而久之，偷吃狐的供物已成了他的習慣；過後幾年，老姚有了些積蓄，蓋了一幢茅屋，圍上竹籬，成了一戶有模有樣的人家。他飼養了大群的雞鴨，也釀了幾甕老酒，但仍捨不得殺雞開甕，仍然經常去偷狐廟的供物。

「有一年的夏天，一個老頭帶著家口，也到堆頭上來，買了張五老爺家的大塊荒地，拓土開荒。那老頭自稱胡姓，家口眾多，還牽來成群的牛馬，老姚雖也薄有積蓄，和對方比較起來，就顯得十分寒傖了。

「胡老頭是個禮數周到，笑口常開的人物。定居之後，帶著兩個家僮，備了禮物，拜訪鄰舍，首先就跑來看望老姚。

『唉，平白無故的，受您的厚禮，怎麼好意思呢？』老姚說。

『哪兒的話，人說：遠親不如近鄰，近鄰不如對門。論鄰居，咱們挨得最近，正巧又是對門，』胡老頭笑說：『我是初來乍到，理當行客拜坐客。何況日後點種莊稼，一般的農家活計，向您請教的地方還多著呢！』

『應該的，應該的。』老姚收了人家的厚禮，話頭兒就軟活起來：『既是有緣為鄰，彼此都得幫襯嘛！』

「以老姚那種吝嗇成性的人，常以看顧鄰舍為名，到胡老頭的宅子裏去，不是擾人家的飯，就是借人家的牛，總是貪人家的便宜，連平素不愛言語的姚嬸兒也看不下去了，就勸老姚說：『老姚，鄰舍之間往來，總該有往有來，你叨擾人家太多，也該還還人情了。』老姚沒法推托，只好去請胡老頭來宅便飯。雞捨不得宰殺，酒也捨不得開罈，桌面上只有幾式野蔬，一疊粗餅，一盆涼湯，胡老頭兒前來赴約，和老姚談笑風生。講到老姚養的這些雞真肥，母雞屁股圓圓，一副生蛋相，應該生了不少蛋；講到冬來製風雞，下酒最相宜；講到人住鄉間，沽酒不便，該多釀幾罈老酒，以享『斗酒隻雞』談笑之樂。總而言之，說他有意也罷，無意也罷，胡老頭的話題，老是兜著雞和酒在打轉，老姚是裝聾作啞，聽著只像沒聽著，絕口不提殺雞奉酒的事。

「胡老頭在席上吃野蔬，又陰魂不散的講起雞與酒的笑話來，他說：

『早先有個田莊的老賬房，代替地主去察看佃農，一來來到佃農張三的家裏。張三是個憨人，不懂得奉承，雞不殺，酒不備，只奉一盅白水給老賬房壓渴，老賬房氣張三不通人情世故，搖頭晃腦的吟誦說：「有田不給張三種，有田……不給……張三種！」張三的老婆，十分靈巧乖覺，在屋後聽著不對勁，連忙笑吟吟的走了出來，罵張三說：「死鬼，賬房師爺來家，得要小心伺候，你也不早講一聲，我這就去殺雞，你趕緊去買酒，千萬甭慢待客人啊！結果，雞也來了，酒也備了，老賬房吃得樂哉，想到如何轉圜，便在席上吟道：『有田不給張三種，嗨，不給張三麼，又給誰呢？』

「張三是個死腦瓜子，便問道：『賬房先生，你原說田地不再佃給我種了，怎麼如今有轉圜了呢？』師爺笑吟吟的說：『剛剛我說的，全是無稽（與雞同音）之談嘛，如今可真的是「見機（也與雞同音）而作」啊！』

「老姚可是上打下不動，他說：『這老掉牙的笑話，我已聽過很多遍了，我認定是無雞到底啦！』

「胡老頭兒笑容可掬，全不介意的吃了這餐無雞無酒的飯食，一樣打著飽嗝道別了。過些時，交代子姪輩請老姚去吃飯，老姚到了胡家，覺得光景大不相同啦，桌面上菜肴羅列，有雞有酒，在荒寒的鄉下，格外的顯得豐盛。老姚臉皮頗厚，坐下來撕雞品酒，大大的誇讚胡老頭豪爽好客，真箇是雞嫩酒香，他著意的飽啖一番，趁醉告辭，心想，這可又賺著一頓了。

「第二天，老姚的老婆告訴他，她數來數去，自家的雞不知怎麼少了兩隻，約莫是山野的黃鼠狼子拖了去了。老姚也發現，他土釀的酒，罈口也被打開了，他嘴裏沒說心裏話，不對呀？難道胡老頭會？……不過，對方並不像偷酒摸雞的人，這是根本不可能的呀！

「臨到秋天，胡老頭又著人來邀老姚去吃晚飯。老姚到得胡家，見桌面上仍是菜肴羅列，有雞有酒，心裏雖有些犯著狐疑，但根本問不出口，管它呢！古人說詩酒流連，我這粗人只能雞酒流連啦！先啖它一頓再講罷。一路飽嗝回到家，點數自家雞的數目，果然又少了兩隻；而一罈老酒，也只賸下半罈了。

「過不久，胡老頭又請客，老姚抱定興師問罪的心情去赴約，桌面上仍是雞酒俱備，胡老頭殷勤的勸客，彷彿根本沒事。兩人你一杯我一杯的互敬著酒，胡老頭還一直勸他儘量要多喝點兒。老姚越喝越悶，便趁機把心事抖露出來，說起他家裏雞失蹤，酒被偷的事，一面說，一面拿眼偷瞟著對方，看胡老頭有何反應。

「嘿，胡老頭沒事似的，照常喝酒啃雞，過了一會兒，才撫著鬍子說：『你們的聖人不是說過：敬人者，人恆敬之嗎？換句話講：吃人者人恆吃之，或是偷人者人恆偷之，都是說得通的啊！』他一面說著，一面啃著雞腿，順手把雞骨頭扔到桌下，由幾個小孩爭著啃，老姚起先以為胡老頭是醉了，過後愈想愈覺奇怪，哪來那麼多孩子，躲在桌子下面搶雞骨頭呀？尤獨是一句『你們的聖人』，更讓他疑竇重重，他不禁脫口重複道：『你們的聖人？那胡老頭，您是？』

「『嗨，甭管那麼多了，』胡老頭笑著舉杯說：『咱們吃雞喝酒罷，老姚，咱們總是好鄰居，不是嗎？想當年，你夜晚到咱們那些廟口去取供物，都是抱回家獨吃的，我如今可是和你分而食之，並沒獨吞啊！哈哈哈哈……。』

他一壁說，掀髯大笑起來，老姚這才明白對方是誰了，他嚇得搖股戰慄，手裏端著酒杯，酒都從杯緣溢灑出來：他想逃跑，而腿卻軟塌塌的挪不動，只有陷身在椅子上，面對著胡老頭那張笑臉。

『哦呵呵哈哈……』胡老頭的笑聲哄哄然的響著：『來，好鄰居，咱們乾杯！好，再乾！』一連串的乾杯之後，胡老頭的那張臉在老姚的眼裏起了變化啦！他發現，那老人的下巴越變越尖，朝前突出如喙，而且臉頰上、前額上，逐漸逐漸的現出白毛來，一根、兩根、無數根……他的兩眼變綠變綠，鬼火似的綠光暴射出來，天哪，這哪兒還是一張人臉，簡直就是老狐嘛！……老姚當場就嚇暈了，怎麼被送回家的，他也記不得了，只知最後那一餐，使他損失了六隻雞，兩大罈酒，……那正是他歷來偷吃狐供的數目，及後那胡老頭舉家就不見了，可見老狐至少能喝一大罈老酒呢！」

「嗯，這隻老狐的酒量真的不小。」葉老爺爺鬍子笑得抖抖的。「不過，為了報復老姚經常偷吃牠的供物，牠實在喝得過頭了一點，弄得臉生白毛，原形畢露，老姚這只是在正面看的，要是轉至牠背後，一定看得見牠像掃帚般的尾巴！嗯，酒醉失態到這般地步，豈不是和我一樣了嗎？……你瞧，你爹這是編個狐的故事來嘲諷我老人家呀！」

「您又不是母的，」父親也笑說：「就是醉到露出九隻尾巴來，也沒人說您是隻九尾妖狐呀！」

這種樣的故事，我真的聽得太多太多了，只要留在父親的身邊，在有燈的長夜，我就會聽到更多新奇的、狐的故事，時而狐比人，時而人比狐，弄得人恍恍惚惚的，在一剎幻覺中，真覺得坐在我旁邊的葉老爺爺也是老狐變幻的呢！

集鎭上的狐搬家，並不是千山萬水，搬到什麼深山洞府去的，而是和人們逃難一樣，避開鬼子的兵鋒，逃到荒鄉僻野的地方來了。土埠上、荒塚間、橋孔下、廢屋中，以及鄉間的古老莊院，到處都可見著狐蹤。奇怪的是，鄉下人並不驚異，他們反而喜歡與狐爲鄰。田莊裏的長工老王和我說起，說是絕大多數的仙狐，都是與人友善的，很多人家把仙狐入宅，當成吉慶的象徵；傳說有道行的狐仙，會保護那宅子，使人平安喜樂，獲利致富。有些人家特意在神案邊另設香燭供品，早晚燒香祭拜牠們，牠們也絕少擾人的。

我把老王的話，轉說給父親聽，他聽了笑笑說：「鄉下人多半忠厚老實到極點，狐寄居在人家屋裏，怎麼好意思再擾人呢？再說，目前人也避難，狐也避難，算是同在一條破船上，人在憐狐，狐又何嘗不在憐人？實在說，狐有靈異的幻術，容易躲避災劫，人受的現世苦楚，多過狐若干倍，狐憐人的成分，遠多過人憐狐呢！」

和一般鄉鄰比較起來，父親對狐，真做到了信而不迷的程度，他和任何人談起狐，都沒否定過狐的存在，他自己也自嘲的說：「這世上要真的沒有仙狐，我幹嘛要寫那許多筆記，一心要鑽研狐學呢？」

9

父親和葉老爺爺談狐談得最多。據他的看法，現世的狐，和魏晉南北朝時代的狐，在道行上已經大有長進；牠們族裏的長老，都已經修煉千年以上，變成得道的天狐，並不是人類可用獵犬和火器，輕易能把牠們搏殺的了；早先的若干老狐，常因貪杯嗜飲，露出原形丟掉性命，如今牠們已精通遁術、隱身術、幻術，甚至能誦「封銃咒」，使人類的火槍無法擊發出去。他的結論是：人類從遠古進步到現代，而狐族的歷史，也在日新月異的創進，不能單單執持古代的小說家言，把狐仙還看成古代的樣子。

「我們早先談及妖異，常把狐族也放列在精怪類裏頭，認爲牠們是妖精。」父親說：「這種以人類爲天下唯一主宰的觀念，我認爲大有問題；我們不必高談天生萬物，一體公平的話，因爲圓毛、扁毛、鱗介、昆蟲，天生就等類有差，人既爲萬物之靈，總要上體天心，盡可能的善待異類，尤其是狐族。牠們刻苦修爲，向人類攀親附驥，以幻化人形爲榮，本身有什麼錯呢？如果孔孟在世，也不會慫恿世人縱犬、張罟、潑射弓弩火器，去任意獵殺牠們的。總而言之，異類是否是妖精，要看牠們的心態和作爲。有些學究型的老狐，多年飽讀聖賢書，變成老叟，和人平起平坐的談詩論文，既沒坑人害人，又沒佔人絲毫便宜，人卻把牠們一概歸入妖異之列，足見人的心胸狹窄，恐懼多疑，才會不遺餘力的排除異己啊！」

「其實，你這種說法，應該不只是對狐族，像猴、虎、蛇、魚、蛤蟆，凡是修煉成精，並沒作怪害人的異物，都不應濫殺。當年法海和尚逼害白蛇精白素貞，就是個例子，——只准人類本身有文化，不准異類有文化。正因爲這樣霸道慣了，小日本才會跑來打中國，弄得同類也相殘，這足以標明，人類文化裏的獸性未滅，確實是大有問題的啦！」葉老爺爺說。

當時這兩個人的議論，我並不全懂，只隱隱約約的摸著點邊兒，覺得他們一敲一答的，聊得滿起勁，而且倆人的看法很接近，聊到熱鬧處，猛朝腿上拍巴掌，彷彿把外間連天的烽火全給扔到腦後去了。

鬼子兵以一個中隊，從縣城開到集鎭上，盤據了吳家宗祠，透過僞軍拉伕，修角堡、建砲樓，擺出長久駐紮的態勢，翻過年尾的春頭上，他們差遣了一個小隊，六、七匹馬，攜有小鋼砲和擲彈筒，撲向有鄉隊駐守的田莊；消息傳來，許隊長和父親商議對策。

「他們人數不多，談不上清鄉掃蕩。」父親說：「八成是僞軍告密，他們專是解決鄉隊來的，咱們不妨全隊後撤，撤到西南七里外的董家油坊去，不必和他們硬拚，他們找不到對象，定會很快撤走。」

「看來也只好這樣了。」許隊長說。

從我們的田莊朝南去，地形非常複雜，兵力不足的鬼子兵，想來也不敢過於深入。當天下午，田莊的老弱先行撤離，天黑後，鄉隊的馬匹和人員也抵達了董家油坊了。這座古老的大油坊，曾有過很多怪異的傳說，那兒靠著長堆，四周全是密匝匝的老樹濃蔭，加上滾延數里的灌木和蘆葦地，油坊以大輾房爲中心，四面圍有倉房、畜棚、堆物間、工寮、董家的私宅，中間砌有高達六丈的方形槍樓，長牆四角，更砌有角堡，早年爲防匪患，油坊的工人都配給長槍火銃，另有十來名護院，攜有新式步槍，游擊隊和他們會合後，槍枝實力倍增，依許隊長的估量，足以應付這批鬼子兵了。

「其實不用擔心，」護院的王師傅對許隊長說：「咱們油坊裏，有那玩意兒守護著。」他比劃一個尾巴，表示這兒有狐仙。

「管用嗎？那玩意兒是怕火器的啊！」

「不會，」王師傅露出自信的樣子。「咱們宅子裏的這位，可是大有道行的，要是鬼子兵真敢過來騷擾，嘿，定有好戲看的。」

「咱們總不能倚靠牠，」許隊長說：「一切都得靠自己呀！」

鬼子兵是在當天傍晚抵達我們田莊的，他們到處搜查後，發現那只是一座空莊子，天色漸轉暝黑了，他們只有就地宿營。許隊長爲防鬼子直撲董家油坊，事先分出數股疑兵，分別埋伏在長堆中段，一方面是準備在鬼子兵來時打伏擊，一方面是利用這些疑兵，把鬼子引離董家油坊的主目標；但等到第二天，鬼子並沒出動，他們只派出三個馬兵斥堠，到長堆附近偵察。

真實的怪事，正發生在這三個斥堠的身上。不知怎麼地，他們竟然策馬入林，架起槍來，脫掉衣裳，每人緊抱著一截朽木，又親又吻，結果全被鄉隊用槍逼住，莫名其妙的當了俘虜。

被俘的日軍被押回董家油坊監禁，許隊長特別央請一位早年留日的蔣姓醫生權充翻譯，對他們進行審問。最先問他們爲什麼要策馬入林，那三個鬼子馬兵異口同聲的說，他們看見三個漂亮的支那花姑娘，在堆下的野地上挑野菜芽，見到他們，就驚惶失措的跑進林子，他們色心大動，策馬追趕，跑進林子，那三個花姑娘跑不動，蹲在地上哭成一團，他們拴住馬，架起槍，每人抱住一個，褫去她們的衣裳，正待強暴，就被埋伏的鄉隊攫住了。

許隊長遍查附近各村，並沒有三個年輕婦女在堆下挑菜芽；而且三個日軍強摟住的，也不是什麼年輕婦女，只是三段朽木。王師傅的說法分明應驗了，那是狐仙幻化成人形，引誘日軍斥堠兵入彀，他們爲幻象所迷，莫名其妙的當了俘虜。

駐紮在我們田莊的鬼子兵，喪失了斥堠，惱羞成怒的向董家油坊開砲，一共打了十六發砲彈，其中有四顆砲彈，命中了拘押俘虜的側房，把他們自己的弟兄炸得肚破腸流；但其他房舍，絲毫無損。這件怪事發生後，沒有人提到狐仙二字，但許隊長卻在油坊裏設供焚香，感謝狐仙幫忙，那批鬼子，並不知事情的緣由，他們在當天傍晚，就悄悄的撤退回鎮去了。

「甭看狐仙是怕戰火的族群，」父親說：「在鬼子兵氣勢凌人的時刻，他們可是黑白分明，站在咱們這一邊的啊！」

「狐大仙的這招美人計，耍得正是時候，」留在油坊作客的葉老爺爺說：「口啣媚珠的牝狐，個個都千嬌百媚，可憐那些鬼子兵，哪天見過？他們不發狂才真是怪事呢！」

「鬼子發射的那些砲彈也真怪，」有人接腔說：「東不打，西不打，偏偏命中在拘押鬼子的那間屋上，硬把他們自己的兵當成了砲灰，哪有那麼巧呀！」

「儘管我一直不迷信狐的靈異，如今卻不能不信了。」父親無限感慨的說：「狐仙有牠們的道法，這宗事正是個明證。平常，我們習慣把這些事看成偶然的巧合，把這些巧合都湊在一起，變成巧合中的巧合，總是使人難以置信的。根據日俘的供詞，那三個年輕的婦女是哪裏來的？怎麼又變成三截朽木呢？我想，這是現代科學家無法解釋的事，只有歸諸靈異了。」

自從那次怪事發生後，鬼子兵再沒開下來過。鄉下人在董家油坊外的野林子裏，蓋了一座頗爲像樣的「董」狐廟，廟前立了一座碑，碑背面的紀事文，是請葉老爺爺寫的，葉老爺爺認爲董家的老狐深明大義，能幫著游擊隊一起對付日軍，極堪嘉許，文中充滿頌讚之意，事後他對人說：「我這不是迷信，是把狐放在和人同等地位，認爲牠們有正義感，非常夠朋友啊！」

「相信狐的存在，相信牠們的靈異，並非就是迷信，」父親也說過：「盲目亂拜，墜到吃狐飯的彀中，那才真是迷信呢，這一點，我們必須分得清楚。」

家鄉淪陷後，父親又帶病活了兩年，在這兩年動亂的日子裏，他尋訪了很多戶人家，也聽了很多鬧狐的故事，他都寫在他的筆記裏。他去世時，正是中秋節過後的一天，八月十六的夜晚，他嘔血滿盂，緊抓住我的手，他眼睛很清亮，表示出他臨終前一刻神智仍很清醒。「那些筆記，要……好好收著。」這是他最後的話。

父親去世後，家人把他生前的藏書、手稿、保存的信函，全都分裝在兩隻大木櫃裏，鎖置在田莊的書屋，但後來，我們辭鄉他去，那些資料便都失散了。

10

我在浪途上，在部隊裏，遇上很多人，談到很多關於狐的故事，凡是從北方出來的人，大都有著和狐接觸的經歷，幾乎沒有人否定仙狐存在的事實。有一位頗有學養的謝老先生，對狐更有他獨到的見解。

「我半輩子和狐打了不少的交道，我發現，仙狐固然有很多人所不及的優點，但狐族和人類究竟大有分別，不可一概而論。比如狐能把日子過得單純，有了修爲之後，可以飢餐松實，渴飲清泉，但人天生是肉食動物，（就算是壞習慣吧，也習慣成自然了啦！）你能餓了吃兩粒松果，渴了掬一捧清泉過日子嗎？人吃六畜，也服膺著『弱肉強食』的自然定律啊！正因爲人最強，所以海上的鯨鯊、陸上的虎豹，都變成人的點心佳餚，我們無法讓所有的人都去做素食的和尚呢！人有國族，各有不同的原則、立場、風俗和習慣，一時也無法統一成共見共識的『世界大同』國，有國便有政治，有國便有法統，這和仙狐的家族制是不能並比的，說它無奈也罷，但它是依據人類文化根性結成的現實；學究狐以狐論人，是牠們還沒完全弄懂人天生的生活複雜性，狐不印鈔票，人卻離不開鈔票，這是現實，靈明的人，何嘗不知人爲財死的悲哀呢？有人吟出『舉世盡從忙中老』，豈不是充滿無奈嗎？至於說，人的七情六慾，全是天賦的，從娘胎帶出來的，人比狐的情慾多上幾分，並不是人類自造的孽，那是天賦有差池。」

「照您這麼說，狐的優點並不多嘍？」我說。

「我看並不多。」謝老先生說：「不錯，狐在修道這方面，確實比人虔誠，但牠們所修的，仍然是自私的小道，和儒家的最高理想，還差池一大截；如果說，人性有許多弱點，那麼，狐性的弱點更多，牠們狡黠、自私，耍弄小聰明的劣根性，比人更多，這種根性，經常在現實中表露無遺。我們有句俗語說：『瞧罷，狐狸尾巴又露出來了！』這不正是嘲弄狐再靈異，仍脫不出長尾動物的小格局嗎？」

「對不起，先父對狐的靈異性，是認真確認的。」我說：「狐的豁達，該是不假罷？」

「依你所說，令尊對狐的研究，是夠深夠細了。」謝老先生說：「但牠們對人的瞭解，仍嫌不足，人的苦楚，並非狐所盡知的。」

「先請您說說您的看法罷。」我說。

「狐性和人性，其實是一樣的，」謝老先生說：「從魏晉以來，人所記載的狐的故事，超過萬則；有些狐是死於酒的，有些狐是死於色的，有些狐是死於鬥氣的，這和人類的死因，大都相同；若說狐比人高明，我可不敢苟同，牠們的生活比人單純，那倒是事實。不過，按照一般的情況，人類是世上最高等的動物，生活條件、生活需求，一定會演化到很複雜的地步，像原理原則的探究，章制條規的建立，科技的發展和創造，全是狐的世界裏沒有的，狐只懂得幻術、媚術、一些通靈的道法，再從人的世界裏，偷學一些儒家學術的皮毛，牠們拿人類生活複雜來嘲笑人，並沒有道理，兩者的立足點，原就不一樣啊！」

謝老先生的論點，很使我折服。他相信狐的存在，但並不放棄人本的精神，直認狐是遜於人類的一族；但他也認爲，狐確實有許多可愛的地方，比如小小的惡作劇，嬉弄罵牠們的人；比如裝神弄鬼，測試自誇膽大的人；比如敲富人的竹槓，弄些錢糧賙濟貧戶，牠們都能做得不惱不火，他並且舉了若干小故事，證明他的看法。

「我小時候，家宅古舊，空屋很多，後屋有座槍樓裏，就住著狐仙。我們莊裏請有護莊的莊丁，其中領隊的老周，我們都管他叫周叔的，平時我們孩子一進後院，他就低低的警告我們：『不要進屋，不要爬上槍樓，說話也要小心點兒，得罪那玩意兒，可不是好玩的。』——他從來不說『狐』字，總是用那玩意代替。

「他那種誠惶誠恐的樣子，逗得人忍不住要發笑，卻又不太敢笑出聲來，只有用手捂住嘴，變成一窩掩口葫蘆。……那年我已經十三歲，開始玩短槍了；年輕膽大，根本不怕什麼狐仙。我當時就對周叔說：『甭想拿話亂嚇人，爬了樓又會怎麼樣?!』他笑著望望我說：『你敢爬爬試試嗎？』

「他說這話，仍然帶著嚇唬的意味，彷彿料定我是不敢爬槍樓啦！誰知我身子一滑，像老鼠般的閃過他，就朝黯黑的槍樓裏跑去；當時槍樓裏面的樓梯，非常原始簡陋，它是圓形木段結紮而成，角度非常陡峭，真的要手腳並用——純爬。

「我拚命朝上爬，周叔慌了，跟著我邊爬邊叫，要我趕快下來。攫住這難得的機會，我哪肯聽他？我用最快的速度，拚命朝上爬，爬到第四層，眼看就要爬到槍樓的頂層了，卻有人一把抓住我的腳脖子，不讓我再上去。我以為是周叔，就用腳蹭他，一邊恐嚇說：『快放手，不然我就拔槍打碎你的腦袋啦！』這時候，另有一隻手摸著我的腰，發現我根本沒有帶槍，立即一巴掌打在我的屁股上，那一巴掌打得可真重，屁股火辣辣的痛。這時，我聽到周叔的聲音，喘吁吁的在第二層樓響起，他說：『快下來，你在嚷些什麼

呀?』……我簡直嚇暈了，直覺感覺到不妙，——打我屁股的，不是周叔呀!」

「那是狐仙。」我說。

「當然。」謝老先生說：「除此之外，沒有旁人。」

我記得，我對謝老先生提到我童年期的遭遇，像用手摳出自己的眼珠、五隻跳躍的貓咪、穿紫衣打辮子的女孩，他都點著頭說：

「我相信你沒有打誑，那都是真的，就像我爬槍樓，遇上一隻手抓住我腳脖子，又打我屁股一樣。不過，狐的惡作劇很有分寸，他們從不過分為難未成年的小孩子，他們全不像有些窮兇惡極的人，連婦孺都加以坑殺，一個也不肯放過的。有些土匪，對付反抗他們的莊寨，常用『血洗』二字，以『人不留頭，馬不留面』來做威嚇，連三尺童男，兩尺童女都要趕盡殺絕，哪還有半分人道呢?!」

「照這麼說，狐是無負於人，倒是人負於狐啦!」我感慨的說：「人和狐比起來，人要兇惡得多了。」

「可以這麼說罷，」謝老先生說：「早在魏晉時代，狐族原是十分慕人的。有些學究狐迷於五經四書，認為人類直接感受聖賢的教化，一定可以包容異類，於是幻化人形，袍服見人，非常熱切的和人談經論道。但有人仍把他們看成妖精，表面上敷衍著，暗中召來獵犬，或是延請術士，把牠們抓住剝皮抽筋。依照我的經驗看，如今的狐仙，也不再盲目的相信人類啦!但不管怎麼變法兒，人總是比狐兇狠狡詐得多，狐和人爭，始終是爭不贏

的啦！」

我和謝老先生在戰亂中相遇，有了短暫共處的機緣，不久便分手了；但他對於狐的見解，精闢深透，留給我非常深刻的記憶。也許年齡逐漸增長，不像父親在世時，我仍然比較幼稚懵懂，以至於父親和他的友輩論狐時，我儘管豎起耳朵坐在一邊傾聽，但仍無法深入理解。有人說，一個人在失去父親之後，比較容易長大；仔細回想，這話很有道理。我失去父親後，遭遇戰亂流離的痛苦，逐漸的，我對於潛藏於誌怪之中的各種超現實現象的關心，愈來愈濃郁了。

實在說，在抗戰時期，許多從陷區逃出來的年輕人，每個人多少總有些關於靈異的經歷，即使在浪途中偶然相聚，互談靈異也是常見的事。那年我逃難到史家槍樓，那是一個很荒涼很古老的村落，村子裏家家都供奉狐大仙，人熬荒都快熬到沒飯吃的地步了，但狐仙案上的香火不斷，村裏有個史老漢，鬍子斑白了，裝了一肚皮古怪的故事，尤獨對狐，顯得很有學問的樣子，當我把從父親那兒學得的一些皮毛，抖出來講給他聽的時候，有時他點頭，有時他卻搖頭，接著說出他的道理來。

「你說狐是不受管轄的，那可錯啦！」他說：「天底下，無拘是胎生卵生氣化的物事，都有管轄的，沒有神管轄，那還得了?!」

我們坐在槍樓的下層，壁上燈洞裏，亮著昏黯的小油盞，燈燄暈暈，也像打瞌睡的樣子。外面有風捲動乾葉。遠遠的地方，有狗在吠叫。這氣氛，很適宜談狐說鬼的。

「那，牠們歸誰管轄呢？」

「嗯，這得看狐的道行和等級啦！」他叼著短煙袋桿兒，慢吞吞的說：「萬年黑狐，修成了天狐，名字列在地仙冊上，牠們是歸東嶽大帝管轄的；千年白狐，能幻化人形，他們還沒蛻掉狐的皮囊，這種仙狐，歸泰山娘娘管轄；每隔三年，都要朝拜泰山一次，聽候泰山娘娘點名；有學問的狐仙，牠們的稱號，都是泰山娘娘賞的。至於一般的小狐，牠們歸各地的散仙、地仙管轄，有些被召去聽差當值，犯了罪，照樣要被砍腦袋的。」

「你怎會知道這麼多呢？」我驚異的說。

「都是狐仙親自說出來的啊！」他說：「東邊大窯塘那兒，有個香頭蔡奶奶，有回請仙，來了黃衣三郎，從半空裏擲下一張羊皮卷來，卷上烙著牠的名號，卷尾打有泰山娘娘的篆書火印，香頭蔡奶奶把那張羊皮卷供到神案上，添寫黃衣三郎的神位供奉著；一陣風起，羊皮卷便沒了，——被黃衣三郎收回去了。」

「這是你親眼見著的嗎？」我說。

「嘖，你真是個小笨蛋，非要我說親眼見著你才肯相信嗎？」他詭譎的笑了起來：「你要不相信，就閉上眼睡覺去，纏著我講空話多沒意思。」

「好啦，只要你講，我都相信就是啦！」我說。其實，我只是要騙得故事聽，聽故事還要去考據，那才真是笨蛋呢！

「你說狐仙沒有做官的，我也相信，」他說：「但這並不是說，狐仙本身不想戴紗帽；是牠們腦殼太尖，就算戴上也不像官樣兒。不過，狐仙每三年拜泰山神廟，一樣要受考試的；凡考中的，頭上多了一領青巾，就成了狐生員啦！這表示牠有真才實學，比草包老爺強得多啦！」

他說話的樣子，使人忍不住笑起來了。

「你是笑我不認得字，還罵別人是草包？」他認真的說：「天底下，像我這樣睜眼大瞎子，實在多得很，要笑也笑不完的。但我們草包就直認是草包，不會搖頭晃腦坐在大堂上，戴起烏紗帽耍猴兒戲，弄到斯文掃地，你說不是嗎？」

「我哪敢笑你？」我說：「我也是一隻草包呢！」

11

和我一起逃難出來的，還有讀洋學堂的兩個同學，一個姓周，一個姓潘，他們年紀較我略長，比我多讀幾年的洋書，對鬼呀、狐呀的故事，就沒興趣聽了；每當史老漢和我講故事時，他們就已窩在一邊的草鋪上睏著了，後來，姓周的譏笑我說：

「世上根本就沒有的東西，你偏伸著腦袋，聽他津津有味的瞎說，天底下就有你這麼笨的人，沒進洋學堂唸書，難怪沒有科學知識。」

「我不知道究竟是誰笨，」我說：「你們見過哪本書上講過，這世上沒有鬼狐的？……你們管它有沒有，聽聽總不會壞事啊！」

有一天，我們正在爭辯，被史老漢聽著了，他笑著把我招到一邊說：「你不用跟他們爭，講實在話，凡是在史家槍樓住久了的人，用不著旁人講什麼，他們自己就會明白的，狐大仙專會找上他們啦！」

「你們家也有狐仙嗎？」我眨著眼，小聲的說。

他指指槍樓的樓頂，也小聲的說：「就在那上面，我們經常看見牠。那兩個小子不知好歹，早晚會吃大虧的。」

「你沒告訴他們，最好不要去招惹狐仙。」我說。

「他們一來，我就跟他們講了，他們偏生不相信，我又有什麼法子。」史老漢嘆了口氣：「如今，外頭局勢這麼亂，家家戶戶都提著心吊著膽過活，誰有精神顧得了那兩個不聽話的小子……。」

史老漢顧不了他們，我卻不忍心看著他們栽觔斗，就把當年我遇狐的經驗，全給他們說了，我並且把史老漢所講的話，也一五一十的轉告說：

「你們甭說世上沒有狐仙，史老漢說：這座槍樓頂上就住著狐仙，他們家的人，經常看到，不是誑你的。」

「真的有嗎？」姓周的說：「那我們就找機會，偷偷爬上去瞧瞧去。小潘，你敢去嗎？」

「有什麼不敢?!」小潘說。

「好。」姓周的說：「那我們就三個人一起上去，我帶頭。」

「要去，你們兩個去，」我說：「我可不敢上去。」

「怕什麼?!」小潘扯住我的胳膊：「你儘管跟在我們兩人的後面，不論有什麼動靜，都有我們兩個在前面頂著，狐狸精拋磚弄瓦，也不會打到你頭上啊！」

人最怕別人使用激將法，那兩個拉扯我一個，真如俗話說：打著鴨子上架，我不得不硬著頭皮答允啦！通常，史老漢在白天總會到宅子外面幹活，我們趁他不在的時刻，偷偷的爬槍樓，周和潘爬在前面，我腿軟腳軟的在後面跟著。

北方那種古老的槍樓，四面雖設有小窗般的射孔，但平時都用麥草堵塞住了，四面不透天光，即使在白天，光線也黝黯得好像夜晚一樣。槍樓的木梯，是用粗糙帶皮的圓木釘紮成的，上下極陡，那可是名副其實的手腳並用，硬「爬」上去的。

周在前面爬著，潘在後面不斷小聲的問著：

「噯，你看見什麼沒有？」

「太黯啦！」周在前面說：「什麼也看不見。」

快爬到頂樓時，光線逐漸亮了些，能夠看得見眼前的景物了，那光線是從齒形的堞口射進來的，蒼黃微帶青灰色，看在人眼裏，充滿怪異的味道。周首先爬到頂樓，坐在梯口張望著。

「你看見什麼沒有？」潘站在梯子中間問說。

「空空的。」周說：「你們上來罷。」

三個都爬上頂樓，我舉眼看去，頂樓像很久沒人上來過的樣子。地板上積滿灰塵，略一碰觸，就留下手印和腳印；屋樑上，懸掛著殘破的蛛網；牆角邊，堆放著兩三隻醃菜用的粗罈子；另一個角落上，疊著幾隻木箱子。

周用鼻子四面聞嗅一陣說：

「你們聞見沒有？屋裏的氣味好怪。」

「沒人住，有霉嗆味。」

「不是，」潘說：「分明是騷臭味。嗯，還有一種我說不出來的難聞氣味。」

「你說有狐，狐在哪兒？」周衝著我說：「難道牠們會躲在木箱和罈子裏？」

「狐仙是會變化的，」我說：「要是不會變化，怎能叫做狐仙啊！如今是大白天，牠不會現形讓咱們看見的，不是嗎？」

「瞎講。」潘在一邊嘲笑說：「你實在是中毒太深，你這一套鬼話，都是跟誰學來的？」

「我們來看看。」周說。

他蹲下身，仔細扳弄那幾口罈子，又朝罈口吹氣，耳朵貼在罈外諦聽，確定罈裏面是空的。

「要真的有狐，牠們只能躲在這幾隻箱子裏了。」他說。

木箱外面，並沒掛鎖，周一面說著，一面就伸手掀開箱蓋。這一掀，奇異的景象就顯露在眼前了：那裏面，整整齊齊的摺著五色繽紛的小衣小褲，放置著小鞋小帽，帽子小得像剪成一半的蠶繭殼，鞋子小得剛好套進我們的手指頭；箱子的另一邊，有戲台上常看見的假髮、假鬍子、撲粉用的粉撲子，描眉畫眼用的細炭枝、胭脂盒兒，一隻古老的細瓷油碟兒，裏面裝有半碟菜仔油，一隻盤得很精緻的假髻餅兒，還泡在油裏，當然，那隻髻餅兒很小，很小，像半邊胡桃核兒一樣；潘聞嗅到的怪氣味，正是從這箱子裏發出來的，那是散自衣褲上的騷味，散自小鞋小襪裏的臭味，這兩種氣味雖然難聞，但還能忍受得住；只有那隻浸泡在菜仔油裏的小髻餅兒，散發出來的腦油味道，是世上最最難聞的，人一嗅著，就覺得頭暈腦脹，胸口漾漾的，整個胃部朝上翻騰湧溢，好像反了胃，非嘔吐不可。

周靠木箱最近，手指捏著小髻餅，正玩弄著，忽然臉色大變，哇哇的嘔吐起來，潘捏著鼻子朝後退，也嘔出一口酸水說：

「幫忙扶他一下，我們趕緊下樓罷。」

我們來不及整理被打開翻亂的箱子，我和潘兩個，趕緊扶著周下樓，周一面朝下爬，一面不斷的凌空嘔吐，一肚子的污穢，全吐在下面的潘的頭上，下到二樓，周已經暈厥了。

「這倒是怎麼辦？」潘著急說：「還有一層樓梯要下，他暈倒了，我們兩個扛不動他。」

「有辦法了。」我靈機一動說：「我下去找繩子來，把繩子拴在他的腳脖子上，咱們把他身子倒轉，頭朝下，腳朝上，順著梯子，慢慢朝下放，等他頭頂著地面，咱們兩個再下去。」

「看光景，也只有這樣啦！」

我下樓找來一根拇指粗細的麻繩，潘用兩端的繩頭，分別拴緊周的兩隻腳脖子，我們把周倒著頭推下梯面，兩人拉著繩，一點一點的朝下放；誰知那根麻繩圈起來使用，長度不夠，放到周的腦袋離地面一尺多的時候，繩就用盡了。

「真糟！」我說：「繩子不夠長。」

「那只好把他再拉上來，另換一條繩子才行。」

潘和我畢竟都還沒成年，力氣有限，把人順著梯子放下去，勉強還能辦得到，若想把一個人沿著梯子倒拽上來，那可真像老鼠窟裏倒拔蛇，根本拔不動了。我們費盡力氣朝上拽，梯子的橫級都是粗糙的圓木段子，把周的衣裳都勾破了，他的脊骨和梯級摩擦得格格響，我們略鬆動，他卻又滑落回原位去了。

「不成啊！」我頭上的汗珠都滾落到眼裏，刺痛刺痛的，也分不出手來擦，自己也覺得兩臂發抖，渾身的力氣都已用盡了，便對潘喊說：「我撐不住啦！」

「你咬住牙再撐啊！」潘喘息說：「你若一鬆手，他非跌破腦袋不可。」

「這樣撐著也不是辦法，」我說：「咱們早晚都要鬆手的，不行，我……撐不住啦！」

這可不是故意的，潘的力氣也用盡了，我一鬆手，他也跟著一鬆手，喀的一聲，周就一個倒栽蔥，腦袋著地栽下去了。我們趕緊朝下爬，爬下去再看，一度暈厥的周，被這一跌給跌醒過來了。雙手抱住腦袋，不斷的搓揉，嘴裏咈咈的叫痛，這一跌跌得不算輕，他腦袋腫起一個大疙瘩，嘴唇也擦腫起來，青一塊紫一塊的，朝前嘟嚕著，活像人形容的豬八戒。

「我恨死那狐狸精了！」他發狠說：「那個鬼髫餅，怎麼會那麼騷臭，吐得我好難受。」

「我也難受。」潘說著，也大口大口的嘔吐起來。

「這全是你們自己惹的麻煩。」我蹲在一邊抱怨說：「史老漢說的話，你們偏偏不肯聽，狐仙是得罪不起的，這只是開個頭，朝後還有得瞧呢！」

經過這一回「探險」，周和潘兩個的氣燄盡消，各自顯得垂頭喪氣；等到史老漢回來，在燈底下看到周的頭上腫了個大包，嘴唇也腫變了形，就問說：

「怎麼啦?你們是爬上槍樓頂不是?」

兩人最先還搖頭不敢承認，史老漢說：

「用不著瞞我，早先也有過一個小傢伙，住在這兒，不聽勸告，擅自爬樓，你知怎麼著？——被拴在草繩上，像掛粽子似的掛在樓梯上，整整倒吊了一天，還是我夜晚回來，把他給解下來的。」

「我們是爬上去過，」潘紅著臉說：「下回不敢再爬了。」

「你們三個，還是住到槍樓隔壁的東屋去罷，」史老漢說：「狐大仙不會捉弄小孩子，但不會放過半大不大的半椿小子，幸好你們這是初犯，罰得不重，要不然，讓你們要死要活的把戲，都會耍出來的。」

我們換住到東屋之後，史老漢就取來一把鐵鎖，把槍樓厚重的木門給下了鎖，不讓我們再跑進槍樓去了。其實那全是多餘的，他就是不將槍樓的門鎖起來，我估量周和潘兩個，再也沒有那麼大的膽子，跑進去自討苦吃啦！

儘管換住到東屋，周卻患了寒熱症，好像打瘧疾的樣子，一會兒渾身發冷，兩床棉被蓋在身上，還兀自抖個不停，過一陣子發起熱來，滿身大汗像瓢澆似的，臉紅得像火炭，兩眼發直不能言語。

史老漢跑來看望，搖著頭說：

「這是犯了狐大仙啦，得要送他到東邊大窯塘，求香頭蔡奶奶，替他求情開脫；要不然，他這毛病，不會那麼容易好的。」

「我……我不去，」病人低哼著說：「我不信什麼狐大仙，我知道是患瘧疾了。」

「鄉下沒有中醫，」史老漢說：「就算你患的是瘧疾，也沒有藥吃。蔡奶奶那兒也有草藥方子，可以幫人治瘧疾，你怎不去試一試呢？只要能把病給治好，你信與不信，沒人管你呀！」

「小周，你姑且去試試罷，」潘也在一邊勸說：「瘧疾在身上，拖久了也是不好的。」

無論怎麼說，周總是搖著頭。史老漢無可奈何說：

「他既不願去，也不好強著他。我看，我只有推車去那邊，把蔡奶奶接過來，替他瞧看瞧看了。」

史老漢真是熱心熱腸的人，第二天傍晚，真的用手車把那位老巫婆給接得來了，香頭蔡奶奶的身材加上穿著，很像一口兩頭尖尖的鼓肚罈子，翕動鼻翼，到處聞嗅著，一張菜黃色的、滿佈皺紋的老臉，陰沉沉透著怪異的神情，看上去就帶有三分狐味。

她走到周的床面前，瞧看瞧看，瞇著眼，認真叭喇的說：

「嗨，這個楞小子，不知天高地厚，真的是犯了大仙啦！可憐他隻身逃難在外，連上一桌供也備辦不起，還這麼沒屁股眼子，踢跳狼嚎的亂惹禍，你們說，該怎麼辦啦?!」

「凡是到我這兒來的，總是沾親帶故，有點關係在；」史老漢說：「您儘管吩咐，我斟酌著備辦，宅裏的狐大仙說來不外，他也不會計較的。」

「嗯，」蔡奶奶說：「你去殺隻雞，摘些菜，備壺土酒，有大蠟，給我取來，線香也要一封，設了供，我叩求大仙來降身，看他怎麼區處罷。」

天黑之後，史老漢整備了供桌和供品，蔡奶奶點燃香燭，用一把燒著的線香，在半空裏東旋西繞，彷彿在畫符。當她把香枝插入香爐後，便垂眉閉眼，整個身子軟塌塌的搖搖欲墜，史老漢趕緊過來扶掖她，坐到一把木椅上。她的身子，便不停的抖動起來，嘴角吐著白沫，發出咿咿唔唔的聲音，過了一忽工夫，她身子猛的朝前一挺，直楞楞的坐起來，兩眼圓睜，吐出蒼老的男人聲音說：

「我劉蒼多在世活了千把年了，怕人煩擾，一直住在荒僻角裏，拖帶家小過清淡日子，史老漢曉得我是從不祟人的。這小子口發狂言，帶頭爬上槍樓，倒像抄家似的翻箱倒櫃，把我家眷的幾口箱子翻弄得亂七八糟；不讓他生場病，他不會曉得我們爲狐的還有幾分靈驗的；你不信世上有狐，我不能強著你，平白無故找我麻煩，卻是不該又不該的。」

「妳甭亂嚇我，」周儘管病著，卻在燭火光裏坐起來，指著蔡奶奶說：「妳不是什麼狐大仙，妳是香頭蔡奶奶，你若真是狐大仙，現個原形我瞧瞧，若不親眼看見，打死我也不會信你的。」

蔡奶奶打椅子上站起來，腮幫抖抖的，兩眼瞪著周，好像十分生氣的樣子。她忽然退後一步，仰臉大笑起來，那笑聲，根本就是老頭兒。

「好小子，你骨頭根根硬，居然當面頂撞我？嗯，有你的，憑你這股氣，真該扛槍打鬼子去，瞧你這麼年輕氣盛，我不爲難你，明晚二更天，我在槍樓頂上，現個真身給你們看看！要你朝後閉上嘴，甭再講世上沒狐仙！」

壓尾幾句話，說得斬釘截鐵，話一說完，蔡奶奶口吐白沫，朝後便倒。幸虧史老漢及時伸手，一把托住，她昏迷有半盞茶的工夫，才悠悠的醒轉來。

等到史老漢推車把蔡奶奶送走，我們三個留在東屋裏，都還在發愣，案上的香燭還在點燃著，我像大睜兩眼作了一場夢一樣。早先我看到巫婆替病家看病，請狐仙附體，雖然唱做俱佳，弄得十分熱鬧；但她們除了獅子大開口，向病家需索這需索那之外，所說所唱的，都是些空洞虛浮的話，不會像今晚自稱劉蒼多的老狐所說，準在明晚二更天，在槍樓頂上現真身，要真是這樣，簡直是駭人聽聞了。

「你相信嗎？」潘對我說：「明晚這台戲，我們只有等著瞧啦！」

「全是鬼話。」周哼著說：「香頭蔡奶奶出道這麼久，當然有她兩把刷子；她會裝出老頭子的聲音，這也不算稀奇，你們不要叫她迷惑住了。」

「你不要這樣說，」我說：「我早告訴過你，狐仙不是假的。」

「嗯，」潘點頭說：「我也有點相信了。你們想：那蔡奶奶來這兒，並沒收我們半文錢，她幹嘛煞有介事的拿話嚇唬我們？再說，明夜晚，狐大仙若不現真身，她不是自己砸自己的台?!你說她出道久，她連這點也想不到嗎？——這不是空口說白話完得了事的呀！」

「哼！」周還是氣鼓鼓的。「我會等的，明晚二更天，狐狸若是不現身，等我病好了，我會去砸掉老巫婆的香火堂子，把四面野地上的狐廟，全給點火燒掉，大不了，得罪史家槍樓的住戶，朝後我腳不沾這塊地面！」

「牠要是現身，你又怎麼說?!」潘說。

「那，那我還有什麼好說的？」周認真說：「我會照牠的話，扛槍打鬼子去。我想，我年紀雖小，槍也快扛得動了。」

「你要是決定扛槍，我跟你一道去。」潘也很豪氣的說：「要真是這樣，這個狐大仙劉蒼多，豈不是抗日的老前輩，鼓勵咱們從軍報國嗎？」

大夥兒說得好像很輕鬆，我心裏卻有些惴惴的，我們吹熄了燭火，躺在秫稭鋪成的鋪上，繞著狐仙這個題目，亂談一陣。等史老漢推車回來，我們都還沒睡。

第二天天一落黑，我們更緊張得要命，幾乎是伸著腦袋在計算時辰，是好是歹，一會兒之後就會見真章啦！周在嘴頭上還是要硬，一直嘀咕說狐狸不會現身的，潘卻有些猶疑不定。我曾有過好些經驗，預感到事情不那麼簡單，我們住的東屋有一扇窗子，窗框是用彎瓦嵌成的，從圓圓的窗孔斜著朝上看，正好望得見槍樓的樓頂。

那夜，天上有些浮雲在飄動，上弦月欲滿沒滿，早就出山了。月光兜著流雲，光景明黯不定，天黑後不久，史老漢斜揹著大槍過來了，歪身在東屋一端的草鋪上，閉著眼吸他的旱煙。

「過了今夜晚，你們兩個小子就明白了。」他說：「小周，算你走運，狐大仙竟然輕易的放過你，讓我鬆了一口氣，我總算沒有白忙乎。」

「你不等著看狐大仙現身嗎？」我說。

「我又不是沒見過，」他的聲音悶悶的，打了個倦意的呵欠。「他們寄住在我家，日日夜夜，我見的可多了。說給這兩個楞小子聽，他們根本不相信，好在今夜他們會親眼瞧著，我要先睡了。」

他磕掉煙鍋裏的煙灰，伸伸懶腰，把大槍順到床鋪裏面，滑倒身子，真的睡了。不一會兒工夫，他的鼻息漸響，變成輕微的沉鼾。無論如何，多了個史老漢在屋裏，儘管他已睡著了，卻也有些壯膽作用。我們三個，就坐在那扇窗子前面，幾乎是目不轉瞬的盯著槍樓的樓頂，同時也豎起耳朵，諦聽著四下裏一絲一毫的動靜。

狗在遠處吠叫著。風拂動院角苦楝樹的葉子。月亮高高的掛在天上，槍樓朝東朝南的兩面，都浴在一陣明一陣黯的月色之中。這幢槍樓，蓋起來許多年了，尖頂上端，放著一支壓頂的老石臼，臼洞裏種植著一簇萬年青，斜面的瓦壟上，也生了許多參差不齊的瓦松**（註：一種野生的多肉植物，形如尖塔，又稱：寶塔松。）**。微風掠過，瓦松的尖梢有些輕輕的搖曳，我們屏息等待著。

「快到二更了罷？」我附著潘的耳朵，悄聲說。

「嗯，快了。」潘說。

「一點動靜全沒有。」周說：「過了二更，牠再不現形，我就去睡。」

「噓……」潘打了個手勢，彷彿看見了什麼。

我們只覺得眼前的月亮，忽然波盪了一下，那隻黑狐已經坐在近頂的瓦面上。牠的樣子，彷彿是一條大黑狗，但尾巴蓬蓬的，拖在牠身側的瓦溝裏，牠的臉正面對著東屋，尖喙朝上揚，衝著月亮，牠兩隻眼閃出一種鬼火似的碧光。

「就是牠！」潘說：「那個什麼劉蒼多的。」

「這回你該相信了罷？」我扯扯周的衣角。

「牠只是一隻黑狐，並不是什麼狐大仙。」周說：「看樣子，並沒有什麼靈異嘛。」

「你們瞧！」潘的聲音又壓低下來，用手指著。

坐在槍樓頂上的黑狐，忽地朝月亮噓起氣來，天空的流雲彷彿受了一種無形的鼓盪，急速的飛翻，遍地都是走馬燈一般的黑影子。牠倏或又開始吸氣，天上的流雲跟著一絲一縷的流下來，繞著槍樓頂飛翻，四面雲氣合湧，彷彿是生了大霧，只有黑狐端坐的那片瓦脊，仍然有清朗的月光，牠顯然只是在對月吐納，形成嬉雲的遊戲。

逐漸的，牠吐出來的氣，變成一管淡綠色的雲柱，使月色沉暗，變成深暝幽玄的光景，我們彷彿被裝在一個深綠色的玻璃瓶裏。朝外看，什麼東西都是綠綠的，那股魔異的氣味，不單緊緊的逼著人，更有一星寒意，從心裏朝外擴散，使人咬牙噤聲，顫顫的不能發出任何言語。

突然間，我們聽到一聲桀桀的怪笑，清朗的月光使人眼睛一亮，我們都像夢醒似的，舉眼巡視，院子空空靜靜，槍樓頂子浴在月光中，空盪盪的，什麼也沒有了。零星的狗吠聲仍在遠處，微風拂過來，苦楝樹的葉子低低的嘆噫著。

「這你總該相信了罷？」我說。

周愣愣的捧著腮，彷彿沒聽到似的，過了好一陣，他才決定什麼，緩緩的說：

「真的，我沒有別的話好講，我要去扛槍打鬼子啦！小潘，你還會跟我一道嗎？」

「當然，」潘說：「我們快長大了，說過的話，一定算數的。」

這一次親眼見到狐，更見到牠所施的道法，使我對狐的世界更爲傾慕了。周和潘兩個，是在那個月的月底走的，我的年紀不夠，還留在史家槍樓，只是沒有再見過狐仙的蹤跡，我所能得到的，只有史老漢講給我聽的，一個又一個關於狐仙的故事。

真實說來，狐族和人類共處了數千年，恩恩怨怨的一本賬，誰也算不清楚，有些是妖狐和孽狐祟人和害人的，有些是兇人惡漢坑狐和殺狐的，而正道的狐和善良的人，相處融洽，相互感恩懷德的故事，卻也不在少數。

「拿人和狐大仙比起來，人可要比狐惡得多。」史老漢嘆著氣說：「你聽說過狐仙殘殺同類，一殺就成千累萬的麼？有時候，狐不惹人，人卻專意要找到狐穴，火燒、銃打、佈罟獵殺，但狐仙怎麼樣？牠們只是開開那些人的小玩笑，讓他們吃點苦頭罷了！」

史老漢那種鄉巴佬，並不是說故事的高手，他的短煙桿不離手，每說三兩句，就心不在焉似的，忙著叭煙，你得揚起下巴等著他下面的話，一個故事沒聽完，後頸就痠痛得斷掉一樣，好在這種日子過不多久，我就離開史家槍樓，轉到別的地方去了。

12

後來我遇上一個東北籍的老兵，姓鐵，人都管他叫老鐵的，他也是一個對狐很熟悉的人。據說在他的家鄉長白山那一帶，才真是狐族的老家山，千百年前古老的流諺，說是：無狐魅，不成村。唯有在那兒才能深深體會得；老鐵講起狐仙的故事，頭頭是道，吐沫星子亂飛，那可要比史老漢帶勁得多了。

「狐和人一樣，也是有族譜的，三山五嶽的狐都各有族系；凡是經過嶽神列籍的狐仙，都是那些狐族裏的長老和執事，他們論起輩分來，比人嚴得多，長輩管轄晚輩，小狐連大氣都不敢吭呢！」老鐵說。

「你怎會知道那麼清楚？」我問說。

「咱們那嘿的巫婆，會和狐仙通語，」他說：「這些可都是狐仙自家講出來的，狐族的姓氏，並不全姓胡，他們採用漢族的姓，有姓劉的，有姓王的，有姓蔡的，有姓丁的，還有姓苗的……多著吶，同一姓氏，他們還會通譜，彼此序輩分呢。」

我是流落在外的大孩子，和老鐵一見如故滿投緣的。他們的部隊裏，大都是東北籍的軍人，扁腦勺子，說話粗聲粗氣，充滿山野的味道。台兒莊的會戰聽說正在進行著，他們的部隊在外圍待命，他們宿在村口的野林裏，躲進沙塹避風，十多個人圍在一堆，撿拾枯枝，燃火驅寒。就在這樣的夜晚，老鐵摟著步槍，還能爲我講狐的故事，這真是難得的機緣。

「狐仙沒有姓滿洲姓的嗎？在那種地方。」我說。

「問得新鮮，我沒聽說過。」

「長白山的狐，也該算是狐族的支系，」另一個老兵說：「有人講他們源出崑崙，初遷嵩山，分到華山，漢代之後，他們才北遷關外，這好像山東老鄉去東北開荒一個樣兒。」

「狐對滿人有憚忌，倒不是爲旁的，」老鐵說：「那是因著早年那些生女真族，多是在森林裏打獵維生的，他們獵殺狐族太多了，彼此結下樑子。清朝好幾百年裏頭，凡是學究狐，全都不學八股文，他們對科場應試那一套，厭惡到極點；有些老狐和文士論文，只談詩詞和古文，只要一談到八股時文，狐就捂著鼻子跑了，大嚷著：這是啥玩意，又酸又臭！」老鐵說著，便會仰起臉，叢鬍飛張的大笑起來，他的笑聲宏宏闊闊的，像開凍後洶湧的河水，在曠野上奔騰著。

每個對狐有些經驗的人，包括老鐵在內，他們幾乎都有相同的認定，認爲狐族要比人類溫厚善良，壞的狐不是沒有，至少在比例上，不及世上的壞人多。

「有些小狐犯了重罪，狐長老們也會把牠捉來審問的。」老鐵說：「在咱們那兒的屯子外面，野林子上頭，常見到小狐的腦袋，血淋淋的，用一根草繩拴著，懸吊在那兒，見風搖晃，那都是被狐長老處了死罪的！」

「什麼樣的罪，就該砍腦袋呢？」得著機會，我總會打破砂鍋問到底的。

「嗯，據傳說，狐族有些規矩跟人不怎麼樣，」老鐵說：「比方煉採補的狐，雄狐不得犯貞節婦人，牝狐不得犯正人君子，他們只犯能夠被犯的，或是和狐族有宿怨的。假如一隻狐無緣無故的害死好人，那，罪就重了！要是人先犯狐，狐再施報復，狐長老權衡輕重，也許不會罰那隻狐，他們認爲一報還一報是公平的；何況狐報冤，總比較報得輕，套句咱們的俗話說：點到爲止。」

「那些狐長老難道不會犯罪？」我說：「他們若是犯了罪，那又該誰去罰他？」

「那得由天去罰他。」老鐵說：「一隻狐，即使修煉千年，變成天狐，有了罪孽，照樣要應天劫，該受雷打火燒的刑罰。天狐歷劫的故事，咱們在小時候常聽人講起過，有些知道自己在劫的狐，雷雨來時，常會躲到高僧、節婦或是孝子的背後去，躲過劫難，革面洗心，重加修煉。但罪孽深重的，能躲過這一回，並不能躲過下一回，結果還是被天雷給劈了。」

夜朝深處走。篝火正旺著。老鐵摘下身邊的水壺來，搖了一搖，跟著搖頭苦笑說：

「它媽箇巴子，腦袋瓜子的，一滴酒都沒了。」

「我這兒有。」旁邊有一隻手，摘了水壺遞將過去，老鐵接著，仰臉朝天，咕嘟嘟的潤了一大口，一股酒香從夜風中播散開來，嗅著滿醉人的。

「要喝，就多喝兩口，」一個老兵說：「人家等著聽你的故事啦！」

「故事啊，成筐成籮的，全藏在這兒。」他拍拍肚皮，朝我眨著眼。「不過，南北奔波這些年，有好些全還給姥姥，再也記不起來了！有樁事，我小時候親眼見過，那可是這輩子忘不掉的。咱們家鄉有兩座屯子，一座叫東大屯子，一座叫西大屯子，兩屯相隔大約十里地，我住東大屯子，屯裏拜狐神，不少人家都供狐，但也有不信的。有些獵戶人家，管它狼啊，虎啊，狐啊，獺啊，一概照獵不誤，獵戶趙二就是出了名的獵狐能手。咱們問他：哎，二叔，尾巴神是打不得的呀！他說了：什麼打不得？牠要真有道行，咱們凡夫俗子一定獵不著牠，能叫獵著的，就是野狐，原本該獵的。你瞧，他就那麼拗法兒！

「趙二有個拜兄董大，住在西大屯子，他行獵多年，經驗極多，曾經打殺過老虎，剝過黑熊皮，兩屯的獵戶，他可算得上數一數二的。

「那年夏天，西屯有戶人家鬧狐祟，董大氣不過，跑來跟趙二商量，說是要找老狐穴，給牠點顏色瞧瞧。咱們屯子後面，山連山，山接山，野林子茂密，灌木叢和野草更是密匝匝的，想找到老狐穴並不容易。哥兒倆到小酒肆弄了兩壺酒，幾碟菜，坐著商議。董大認爲，狐太精，單獨獵牠確是不容易：一般經驗不足的獵手，只會打草驚蛇把事搞砸掉。想獵這種老狐，非得兩人聯手不可。獵通靈的老狐，雖不是一宗容易的事，但若能弄得一領白狐皮，可賣得上好的價錢；要再逗得巧，剝下黑狐皮來，可說是發了財啦！趙二禁不得董大的慫恿，也就答應了。兩人講好，分別入山去覓老狐穴，誰先找著了，誰就通知對方，約好時辰，先在一處碰面，看了洞之後，再商議怎麼獵法。總之，董大認爲哥倆聯手，再狡猾的老狐，也很難逃脫得掉。

「一天清早，董大來找趙二，告訴他，業已找到老狐的洞穴了。位在董家老墳背後的一處岩洞裏，董大說：『老二，我先回去準備獵具，你也準備妥當。咱們約妥，黃昏時，到小土地廟旁邊，老松樹底下碰頭。』

「趙二準備了網罟，帶了獵銃、短刀，和火藥囊子，太陽落山後，趕到後山小土地廟邊，董大業已先在那兒等著啦！兩人碰了頭，董大帶著趙二，轉過位在山腳的董家老墳，岩石縫隙下頭，果然有個大洞穴。董大低聲說：『我業已在附近窺看過，有好幾隻大白狐住在裏面，牠們日落前出穴，要等五更天才會回洞。』

『咱們怎麼獵牠才妥當呢？』趙二說。

「董大想了想說：『這個洞容得下人，你不妨先躲進去，把網罟張妥，老狐回洞，我在外面伏擊，打中一隻，其餘的必會飛竄進洞來，牠們一落進罟裏，你就抽緊罟口，牠們飛不出罟外去的。』

「趙二想，這確實是個好方法，就揹著網罟，帶了獵銃，潛進狐穴裏去張罟，等著獵物了。

「狐洞的洞口小，裏頭很寬大，約有兩、三丈深，趙二進洞摸了一圈，發現裏面還有洞口通到旁的地方。心想：虧得董老大想出這個好法子，洞裏要是沒人張罟等著，那些狐只要一竄進來，定就跑到別處去了。他打釘子，張網罟，忙乎一陣，把事情辦妥了，就抱著獵銃，坐在洞底等候著。

「一等等到天快亮，外間什麼動靜全沒有，趙二性急，想爬出洞去，招呼董大商量，是否出了什麼岔子了。他爬到洞口再瞧，糟糕，不知是誰，移了兩塊石頭，把個洞口堵住啦！邊上只留一條縫，寬不過手指，若是沒有留下這條縫，自己準會給悶死在裏頭。他試著倒轉槍柄，發力去撬，想把石頭給撬開，費了半天勁，石頭太重，根本文風不動。趙二心裏懊惱，認定是董大貪利，出賣了自己，心裏大罵著：什麼把兄弟，全是狗臭屁，為了爭得皮毛，這分明是坑人謀殺嘛！他也發聲大叫，根本沒人應他。趙二心底下暗暗叫苦，在這種深山野地裏，在這種天還沒亮的時辰，這兒除了董大，不會有旁的人，叫破喉嚨也是沒有用的，看樣子，他只有抱頭等著了。

「一等等到快晌午的時刻，他聽見洞外有哞哞的牛叫，心想：這真是天可憐，敢情西屯有人放牛到這兒來了。他放開喉管，大喊：救命啊！救命啊！叫了一陣之後，外面有兩個孩子說話了：『你是誰？怎麼關在洞裏頭呢？』趙二說：『小哥，快想法子救救我，我是東大屯的獵戶趙二，被人騙到坑裏來了，你們快到我家裏報信，找人來，把擋在洞口的石塊挪開，放我出來。』

「兩個放牛的孩子跑去報信，等到來人合力移開石塊，把趙二給拖出，他已經餓了大半天，他一出洞，就對同屯的人說：『準是西屯的董大害了我，咱們去找他算這個賬去。』

「他們朝西走不了多遠，瞧見叉路口的老榆樹下面，圍了一大群人，在那嘿嚕嚕嚷嚷的叫罵，趕過去一瞧，原來樹上綑著個赤身裸體的人，業已叫人打得鼻青臉腫。趙二仔細一瞧，原來正是他記恨著要找的董大。

『哎哎，諸位，這究竟是怎麼回事啊？』他說。

『怎麼回事，你問他自己！』西屯一位白鬍子的老爹說：『咱們屯子裏，竟出這種沒廉恥的貨，半夜三更，幾個年輕的婦道人家，躺在院子裏的繩床上納涼：他突然竄進來，亂摸一陣，還脫掉衣褲想行強……她們吃驚尖叫，把全村的漢子們全引出來。這沒廉恥的貨，衣褲也來不及穿，光著身子一竄，就逃進黑地裏去了。』

『咱們有人認出是董大的衣褲，更氣得不得了，』另一個接口說：『大夥兒抄起傢伙，亮著燈籠火把，一齊追下來，走到這兒，發現他鬼鬼祟祟，掩著襠想朝屯子裏溜，叫咱們捉著，綑住了抽打。有人看見是他，扔下的衣裳也是他的，他狡賴也狡賴不掉！人證物證齊全，咱們打他不算，還得把他綑進衙門去呢！』

『最叫人不齒的，是他要行強的那個婦道，正是他的侄媳，這真是丟死萬人吶！』白鬍子老爹說：『我知你倆個是把兄弟，你甭護著他，讓咱們再好生修理他。』

『慢點，慢點，』趙二恍然大悟說：『我發誓替他做證，是他帶了槍和罟，約我上山去獵老狐的，他要我先躲在洞裏，張罟等候獵物，我空等一夜，洞口叫大石頭封住了，這兩位放牛的小哥聽著我的叫喚，才回東屯叫人，移開石頭，把我放出來的，你們怎不先問問他的原委呢?也許咱們全被狐給整了啦!』

「大夥這才平平氣，轉問董大，究竟是怎麼回事兒?董大嘴角滴血，歪著腦袋，哼著說：『怎麼回事兒?!我讓趙二先進洞，自己伏在路邊，等著老狐回洞。等著等著，有個年輕的婦道，擔著菜飯路過，我想她是送飯給看莊稼守夜的人吃的，我不認得這個婦道：月光底下，看她的模樣很風騷，她坐在路邊歇著，我過去和她搭訕，三言兩語就搭弄上了，我跟她躺到草地上，她百般逗弄著我，等我摟不住火，脫了衣褲，她卻突然咯咯的笑著，抱了我的衣褲跑掉了。我弄得光著身子，也無心獵狐，心想，天色還早，我不如趁黑溜回屯子裏去，再換一套衣裳，等到老狐回洞前，還來得及轟打牠。……我正在路邊朝屯子裏溜，迎面明火執杖的，打屯子裏湧出一大堆人來，靠近點再看，全是屯裏的鄰舍，我不好意思，轉頭就跑，想找個地方躲一躲，誰知他們六親不認，把我原先脫去的衣褲擲在我面前，綁起我就打，打得我連開口說話的機會全沒有。老二，你要是不及時趕到，我準會被冤死!』

『諸位，諸位，』趙二急忙舉起手來，朝圍在樹邊的大夥兒說：『董大講的，全是實話，他的銃槍和獵罟都還留在原地；他平素也不是這種人，諸位跟他同住一個屯子，應該曉得的，——咱們這全是叫老狐戲弄了!』

『嗯，』白鬍子老爹說：『這事仔細想來，確有點怪，董大真要怎麼地，也不至把衣裳鞋襪一股腦兒扔下，他那身獵裝，憑誰都認得出來；他就算逃跑，順手也可抱起衣裳走，咱們也叫狐仙騙過啦！』他說著，叫人拿衣裳給董大穿了。末後，告誡那兩個獵戶說：『你們兩個，存心要毀狐穴，滅絕那穴裏的狐族；狐仙並沒殺你們雪恨，牠是留下餘地，給你們一點小小的苦頭吃，你們若不就此改過，日後會怎樣，那可就很難講了！』……」

老鐵能在篝火跳動的光裏，為我講出狐的故事，我這一生，對他都懷有感激。狐族世界的靈慧與寬和，形成了一扇幽黑迷人的門，始終誘引著我的思想；比較起來，人類的貪婪、殘忍、愚昧、自私，更形顯凸；不論這些故事的真實性如何，它們都是極為可愛的。如果說，這些故事都是人所編造出來的，至少，編故事的也是有心人，他們能把狐族作為影子，從牠們顯現出理想世界的輪廓，更從牠們深深反映出人類世界的缺失，這已經足夠了。

13

在那個時代裏，我彷彿只是一片捲進激流中的草葉，隨著巨浪翻滾，火在這裏那裏延燒著，每次砲聲響後，曠野上便多出許多屍體；如果不是這樣，老鐵也許會成為我的忘年之交，我也許會跟著他，到深山去挖棒錘（**註：東北人稱人參為棒錘。**）扛著獵銃，去鬥黑熊、打老虎去。但，時代的風就是那麼猛烈的吹著，號音響了，篝火熄了，我和老鐵便像水裏的浮萍，碰那麼一碰就分開了。

我怎麼會那樣迷戀上狐的世界的？當時真的弄不清楚，我把人家用過的廢紙打翻，釘成粗糙的小本子，聽到有關狐的故事，就簡略的記在上面；有時候，在一些殘圮的屋子裏，找到一兩本破書，便當成寶貝，偶爾讀到一些稗官野史，搜奇述異的故事，就眉飛色舞；久而久之，除了聽故事之外，更逐漸的被書本所吸引了。

說來十分可憐，我沒有機會到通都大邑，從來沒進過圖書館，在戰火瀰天的時刻，能撿到一點斷簡殘篇，已經不容易了。成長期中，我只能算是一個狐迷而已。

那年的冬季，日軍發動清鄉，我和一個年紀相若的難友一起向西逃難。我們在槍砲聲的追逐下，沿著灌木叢和已經崩頹的交通壕奔跑著，那些壕塹像一張密結的蛛網，我們也不管外面的情況，只知道朝槍砲聲的反方向奔跑，這樣跑到黃昏時分，我們才發現，曾和我們一起逃難的人，都不知在什麼時刻奔散了。滿天的陰雲密佈著，天，說黑就黑下來了。側耳聽聽，槍砲聲稀落啦！似乎轉到另一個方向，判斷日軍追蹤另外的目標，我們業已脫困了。

人是很奇怪的，當沒命奔跑的時刻，心裏只有一個「逃」字，哪裏傷著了，哪裏痛著了，全都不覺得；一旦脫出了危險的困境，所有的感覺，一下子就都醒了過來，我們又累、又餓，渾身痠痛。天，看著看著落黑了，壕外的風勢很猛，天氣又冷得緊，我們若是巴不著村子，坐在外面過夜，準會活活的凍死。

「我們該怎麼辦？」我打著牙戰對我的難友說：「趁天色還沒黑定，我們要爬出壕溝，找個地方歇著啊！」

「外頭風刮得猛，」我的難友說：「要是在附近找不到村子，我們就慘透啦！」

「無論如何，待在這兒總不是辦法。」我抬頭望望天色：「瞧光景，會有雨雪，我們待在露天，會給凍死。等到天黑之後，哪兒去找村子，快走罷。」

經不住我連拖帶拽，把對方拖起來，找個出口爬出去，風勢猛得使人直不起腰來。我們瞇眼朝遠處望去，眼前是一片低窪的荒野，到處是枯黃的茅草，落了葉的野林子，野林的那邊，是一條彎曲的河流，河面還沒有冰封。

「糟透了，」我的難友說：「這兒荒得緊，根本見不著人家。」

「不要緊，」我安慰他說：「我們沿著河岸朝南走，總會遇上野路的。有路，就會有渡口，有渡口必定會有人家。」

我們好不容易捱到河邊，轉彎朝南走，天已經黑定了。那真是月黑頭，伸手不見五指那種黑法，天上濃雲密佈，無月無星，我們根本看不見河光和樹影，只聽見林間高一陣低一陣的風吼，我和難友兩個人不敢再走，只能伏身貼地朝前爬行著，他發聲抱怨我，說是：早知這樣，真還不如留在避風的壕溝裏，好歹過上一夜；如果再不巴著村子，我們連個避風的地方也找不到了。對於他的抱怨，我一時十分窘急，再也找不出話來好說，但我們爬行一陣子之後，我忽然叫說：

「你瞧，那不是燈火亮麼？」

沒錯，那是微弱的燈火亮，像一粒明滅不定的星顆子，隔著落了葉的林木，在遠遠的地方，朝我們眨著眼，有了這盞燈火，我可有話說了：

「你呀，只知道抱怨，我們要是躲在壕裏，能避得了風，卻避不了雨雪，我要不硬拖你出來，準會凍死，寒天的長夜，難熬得很吶，我們巴上村子，借宿一夜，有個屋頂才會活命啊！」

「算你對，我們不要再講了。」他說。

實在說，我們奔跑了老半天，都已經筋疲力盡了。但這點遠遠的燈火亮，把人身上僅有的力氣全鼓盪出來，我們奮力朝那邊爬將過去。那盞燈火，看上去很遠，其實並不真的很遠，我們爬行了一頓飯的工夫，隔著一片橫向的林子，我們已能隱約的看出，那是一戶孤獨的人家，正在一條野路的北邊，西面臨河，正是一處小小的渡口。

我們走過去，轉到那家的門前，輕輕的敲門。過了一會兒，門裏傳出一個老婦人的聲音：

「是誰呀？」

「對不起，老大娘，」我說：「我們是逃難的，天黑摸迷路了，想求妳借宿來的。」

燈光在門縫間移動，過了一陣，老婦人把門拉開一條縫，探出半邊臉孔，把燈舉得高高的，用怪異的神情打量著我們；幸好門口是背著風，要不然，她手裏的小油盞早就被吹熄了。也許她見我們兩個都還沒成年，便打開門，放我們進屋說：

「天冷成這樣，就要落雪了。你們兩個若巴不上村子，在外頭準會凍壞的，都是鬼子兵造的孽啊！」

「就是嘛，」我的難友說：「我們業已跑了一整天，沒吃一口飯，連水全沒有喝哩！」

老婦人轉身關起門，把小油盞放回桌上，對我那難友說的話，彷彿根本沒聽著，她作出個手勢，要我們在長凳上坐下來，仍然拿眼盯著我們，我這才看出，這個微佝著腰的老婦人，臉長得很怪氣，皺紋密得像桃核，滿佈著淡黑的壽斑，她的牙齒幾乎掉光了，兩腮削凹下去，變成兩個黑洞，下巴尖尖的，頸肉虛懸著，她的兩眼淚糊糊的，望人顯得十分吃力，她的鼻翼不停的張闔著，彷彿一直都在聞嗅什麼。她有一股狐味，我心裏犯著嘀咕。

她轉身去灶屋，取了一疊半溫的粗麵餅，舀了兩碗熱湯，放在桌上說：

「將就吃點兒，你們該餓壞了。」

「她耳朵一定很聾。」我的難友說。

「我說，老大娘，」我把嘴湊近她耳邊，放大聲音說：「多謝您賞給飯食，我們是想借宿，明兒一早，渡口有船，我們就到河西去。」

「這兒沒地方給你們睡。」她說：「東邊牛棚空著，有張床鋪，你兩個擠一夜。」

我們狼吞虎嚥的吃完那疊餅，喝完稀湯，她掌燈帶我們到東屋的牛棚去，那間矮屋，說是牛棚，卻並沒拴牛，也許早先是拴牛的。屋角堆著乾草，騰著一股重的霉味和牛糞的臭味；靠一邊，有張古舊的木床，床上鋪有麥草，草上有一床藍花布的破棉被，床頭有張粗糙的木桌，桌上的紅陶燭盤裏，有小半支粗粗的土蠟燭，她用燈燄接燃了那半截土蠟燭，說了一句：

「就睡這兒！」

說著，便執燈轉身掩上門，蹣跚走回正屋去了。我們鑽進被窩，聞聞被頭上那股刺鼻的貓騷味，真是逼得人發嗆；但頭上總算有了塊屋頂，四面有高粱稈編成擋風的牆，比留在野地上挨凍，那可好得太多啦，何況肚裏有了食物，不再那樣害冷了，我嘆出一口寬慰的氣來。

我那難友許是太倦了，鑽進被窩不一會兒，便輕輕打起鼾來。我承認我的神經很敏感，初到一個陌生又怪異的地方，頭靠在牆上睡不著，眼瞪著燭火發愣。外頭的夜風在遠處的林梢、近處的屋簷下呼嘯著，呼……嗚……嗚的，彷彿是飢餓的狼號，一陣緊似一陣。下久，風勢轉弱，卻又有了飄雪的微音，——那並不能算是微音，但能憑感覺聽出來，外面真的是落雪了。

我把自己的背囊打開，取出我的寶貝——那冊記載狐仙故事的本子，對著飄搖不定的燭光看著；看是在看，心裏卻一直在胡思亂想。我想起一個走夜路的人，在荒野上遇著狐仙的故事：不過故事裏的狐，幻變成一個年輕姣媚的少女，她引那過路人到一幢宅子裏去，那宅子是富麗堂皇的，條幅、字畫、琳瑯滿目，路人在她宅裏做客，要吃什麼有什麼，她只要朝宅裏一招手，熱騰騰的食物，就從半空出來了……。這個滿身有狐味的老婦人，一定不會是狐仙。她若是狐仙，怎會這樣老呢？她若是狐仙，怎會住這種破屋，用這種破被子，又只給我們粗餅和稀湯喝呢？

我看了幾則狐的故事，倦意漸漸也湧上來了，便把身子順著棉被朝下滑，頭枕著背囊睡了。也不知隔了多麼久，我自覺陷在半醒半睡的朦朧中，忽然聽見一聲門響，吱——唷——一陣冷風拂過鼻尖，我偷偷把眼睜開一條細縫，朝那邊瞧過去，可不是，柴笆門被打開，從外面走進一個青衣小帽的小老頭兒，下巴尖尖的，留著一撮彎曲的山羊鬍子，他的身材很瘦小，決不比那老婦人高，兩隻眼卻亮亮的發光。他輕輕的走過來，走過來，走到桌面前的木桌那兒，停住了，彎下身，就著燭光，仔細的瞧看著睡在床上的我們。他的神情有些陰冷怪異，使我不禁駭怕起來，只有閉上眼裝睡著了。我在駭懼中，又自寬自慰的想著，這個青衣小帽的小老頭，也許就是那老婦人的丈夫，他外出辦事，深夜趕回來，看到牛棚裏有燈火亮，放心不下，踱來瞧瞧的。

我正這樣的想著，他尖起嘴來，朝燭火吹氣了。他也缺了牙，嘴唇不關風，噓溜，噓溜，他吹出的氣越過燭火，一直吹到我的面門上來了，那氣比冰還冷，冷得讓人渾身發

麻，我略一睜眼，奇怪的光景嚇得我心膽俱裂；他每吹一口氣，蠟燭的燄舌不但不熄，反而變成碧綠碧綠的，燄舌拉得好長。他呼呼的吹著，燄舌竟被吹得拉有一尺多長，他停住，朝後退兩步，哈哈笑兩聲，轉身出去，把柴笆門又給關上了。

一剎間，燭燄又轉成黃白色，一切都彷彿沒有發生過。我咬咬手指，很疼，證實那不是夢，剛剛我見到的，全是真的。我不再相信那小老頭兒是老婦人的丈夫了，如果他是活人，絕不可能讓燭火的燄舌變成青色，又拉有一尺多長。他若不是鬼，就是狐仙。他只是吹燈耍子，並沒傷害我們，真是不幸中的大幸；明天一早，我非趕快離開這恐怖的鬼地方不可。

不論我有多麼困倦，那一夜，我渾身止不住的發抖，根本睡不著了。我夾在兩軍戰陣當中，槍砲聲如雨，都沒像這樣的害怕過，真的，這是我生命裏最長的一夜。

第二天一早，我暈暈的爬起身來，拉門出去，才發覺一夜之間，遍野都積著白茫茫的雪，我的難友也起床跟了出來，驚叫說：

「竟然落雪了，我都不知道啊！」

「哼！」我說：「你算有福氣，你不知道的事情，還多著呢！」

「你是怎麼了？」他說。

我原想把昨夜遭遇的怪事告訴他，話到嘴邊又忍住了。我料想就是告訴他，他也會搖頭不肯相信的，他也許會說我累過了頭，精神恍惚，眼裏現出幻象，心裏存著幻覺什麼的。這時候，紮著藍布包頭（註：年長婦女防風用的帽子，船形。）的老婦人，推門出來，拿著一支禿頭竹掃帚掃雪，嘴裏喃喃的自言自語。

我心裏十分納悶，暗自盤算著，若想打破疑團，非得在告辭之前，親口去問她不可了。有了這個念頭，我便跑過去，請她交出竹掃帚，讓我幫她掃雪，她沒有推辭，回屋裏去，取來兩塊烙餅，遞給我們說：

「門前的渡口廢了，擺渡的死了！你們沿著河，朝南再走三里地，那邊的新渡口有船，早些過河去罷。」

「老大娘，」我說：「謝謝您的烙餅。有宗事，我弄不明白。昨夜下雪之後，有位瘦小的老公公，跑進牛棚，尖著嘴吹我們床頭的蠟燭，火燄叫他吹得綠綠的，拖有一尺多長，……他是妳家裏的什麼人啊？」

她聽著，臉上陰陰冷冷的，壓低聲音，很神秘的說：

「沒事，你們就早點過河去，年輕人。不用問東問西，他不是我家裏的什麼人，他是屋後的狐大仙，常出來吹燈，替人蓋被子，他……不會害你們的。」

如果那小老頭兒真是狐仙，那該是我離開大陸前，最後一次親眼看見變成人形的狐；從那時起，在我軍旅歲月裏，就沒有再見到過牠們了。早先常聽老年人講起，說是小孩在十二歲之前，算是童子；十二歲到十八歲，俗稱半樁小子：童子比較容易通靈，等到人長大了，肩膀上多了一枝槍，狐仙也就不願再來找我了。儘管如此，我對狐的世界的嚮往，卻日益增加。在部隊裏，大夥兒都知道我是個狐迷，還經常取笑我，說我日後定會遇到個狐狸精。

14

部隊到得台灣，我發現，這兒竟然是個沒有仙狐的地方，沒有人家供奉狐神，四鄉也見不著一座狐廟。在這兒的鄉野傳說中，有神仙世界、鬼靈世界，根本沒有狐仙的份兒；就中國各類超現實傳說的廣闊度而言，顯然要狹窄得多。你要對當地的朋友講神和鬼，他們聽得津津有味；你要對他們講狐，他們就覺得陌生而遙遠了。

「講真實的，我們這兒沒有狐仙。」一位台籍寫詩的朋友說：「我們自小到大，從來沒看見狐，更沒看見你所講的那些靈狐，這類的故事，我們聽得太少了。」

「像聊齋之類的書，你們總讀過罷？」我說。

「當然有。」那位詩人朋友說：「不過，我們讀它，只是把它當成故事，並不認爲世界上真的有狐能變成人的，那太不合乎科學了。」

「我不否定科學的成就，」我說：「但也不認爲科學萬能，科學家對大自然更深的奧秘，有待驗證的事物還多著呢！中國從魏晉以來，各類筆記，都有狐仙靈異的記載；這類記載，多半出於生活，並不都是文士無聊，信口編出來的。我們很難用『不科學』三個字，一概抹煞否定它，至少，它是值得研究的啊！」

「你說你真的遇到過狐仙嗎？」他突然認真的對我說：「我是指變成人形的狐?!」

「見過。」我說：「還不止見過一次呢！」

當我認真說這話的時候，他竟然發狂的大笑起來，一面用手指著我，顯然他根本以爲我在開玩笑，全然不相信的說：

「你……你……你的腦袋有問題了！打死我，我也不會相信的。」

關於狐的話題，我和他之間，再也沒有什麼可爭可辯的了；後來我們仍常見面，談詩論文，只是我絕口不再對他講狐仙。我總認定：我不必用個人的經驗，硬加在別人的身上，勉強別人去相信什麼。儘管如此，我並不感覺寂寞，因爲軍中有許多出生於北方的朋友，他們多多少少，都有著和狐打交道的經驗，我們聚在一道兒談狐，一樣談得津津有味。

在這段時期，逢著星期假日，我的同僚們紛紛出營，或是遊山玩水，或是逛街飲茶；而我總是跑圖書館，看書或是借書，尤其對靈異類的書籍深感興趣。因爲我始終沒有忘記父親的遺言，發誓在我有生之年，一定要盡力的探究狐的世界。我知道，不論任何個人的本身經驗，都是極爲有限的；拿研究狐族來說，我必需借重前人的經驗，因此，讀書將是進入廣大經驗世界的不二法門。

一般人談到誌怪，總先想到聊齋，彷彿那部書，匯集了古代各類精怪，故事曲折，體例完整。其實，聊齋的優異處，大多是它的文學表現方面異常傑出，蒲留仙的見聞廣闊，想像力高超，尤其對文言文的運用，有著古所未有的偉大成就。早先的文言文，多用來作濟世宏文，或作抒情、說理的散文使用，他卻能綜合它們，使用在述事的小說上，盡現多樣性的人生場景。其靈動與變化，十分豐繁有致，出乎古文八大家之上；和蒲留仙同代或是後代的文士，所寫的文言誌異作品，和聊齋比較起來，文字蕪雜，顯然遜色頗多。

蒲留仙博聞強記，取材面極爲深廣，他以強有力的結構，推展出許多神奇怪異的故事。運用他的想像，補足了人生的斷弧，使人們對生之前、死之後的另一個世界，有一種更細微的，更具體的感悟，這是吳道子所繪的「地獄圖」難以達致的，地獄圖只能給人以具象的恐怖和震驚，但聊齋所展現的另一世界的情境，毋寧是更深更廣，具有無限的意象展延作用。

正因爲它太完整，太文學化了，我讀來只覺得它太像編織精緻的故事，它的真實性也就相對的降低了。如果以真實的程度而言，我倒十分看重紀曉嵐晚年所寫的《閱微草堂筆記》，這是一部純筆記體的書，有聞必錄，經常加入作者客觀冷靜的品評，如果單就文學的角度來看，這些品評可能是畫蛇添足，根本沒有必要；但若從研究探討的角度來看，我就不能不特別推崇這些品評了。

紀先生的品評，和異史氏的品評不同，他們雖同樣的就事論事，異史氏是從儒家的是非觀、道德觀發言，一本正經，卻有些迂腐空洞，把許多活的故事都給評死了；而紀文達公卻以自然的胸懷，透視世間事物，研其成因，探其隱微，把很多近乎現代科學的觀念，帶進書裏去，讓我們後世人，對世界上若干超自然的現象，不要一味抱著感性接納的態度；同樣也不要一味迷信科學萬能，對一切未經驗證的事物，一概加以先入爲主的排拒。從他活潑的觀念，使我們看到，在未來時日裏，文學與科學進一步擁抱結合的可能。

總之，閱微草堂筆記，應該是筆記作品近世的里程碑，那裏面有許多隻活生生的狐仙。並不具有傳統筆記小說中細膩動人、曲折有致的、文學意味深濃的情節，它只具有一種簡單的事實，其中若干則故事，是作者親身的經歷，或是作者家屬與親友的經歷：言之鑿鑿，並看不出編織、揑造、粉飾的痕跡，用它和我的經歷參證，狐能變人，我更不懷疑了。問題是在未來的日子裏，人是否能用更開朗的胸懷面對狐族，狐族是否也能祛除對人類的畏懼疑忌，不要再那麼躲躲藏藏，幽幽秘秘。假如狐族能推派出他們的長者，和人類的科學家們聚在一起，杯酒言歡，開上一次圓桌會議，人與狐更進一步的公開交往，也未始不是可能的呢！

我得承認，這曾是我多夢幻的、青春期的怪念頭，也是我生命成長過程中的秘密；我並非存心要保守這個秘密，而是許多人根本不願接納我這種觀念。目前有許多人，寧願相信源出歐美的科學幻想，相信幽浮與外星人的存在，並打算日後如何與外星人交往溝通；至於原就存在於地球上的靈怪，人類總是自視高人一等，不屑以同類的眼光，正面去接納他們。像傳說裏的山魈、木怪、鬼魅、妖精、海裏的夜叉、陸上的羅刹，也許陰氣太濃，難以溝通；但狐族不同，他們溫暖、聰慧、活潑、幽默，極爲近人的特性頗多，更具有許多人類所難具的品格優點，而人總不能以平等的立場容狐，這真是不可思議的。

我說別人不可思議，別人卻都說我才不可思議，好好的人不做，裝了滿腦門子的怪念頭，大睜兩眼作白日夢，根本是中了狐毒，病入膏肓了。如今是科學時代啦！哪還有什麼鬼呀狐呀的玩意兒，你替我醒醒罷。

「這太不公平了！」我抗議說：「講到幽浮，講到外星人，你們就把它當成科學想像，講到鬼狐，你們就把它當成迷信產物，這不矛盾嗎？」

「有什麼矛盾的呢？」一位圖書館長說：「外星人，儘管形貌上也許和地球人不同，但他們畢竟是『人』啊！狐狸再怎樣也不能算是人，差別就在這裏。」

「那變成人形的狐呢？」我說：「牠們苦修了幾百年，熟讀了人類的經史子集，有了人所沒有的道行，我們也能以牠們『原爲異類』作藉口，硬行排拒牠們嗎？」

「嗨，年輕人，想得太多，太怪，對你本身一點好處都沒有。」那位館長帶著語重心長的神情，輕輕撫拍著我的肩膀：「我不想和你抬這個槓呢！」

其實，我只是激動了一點，說話的聲音越來越高，也並沒有存心和誰抬槓的意思，愈是急著想把心裏的意思說明白，愈是找不出適當的措辭。我們講人本精神，是指人類在面對無限天地時，應該發揮人類最高的潛能，吞吐日月，呼吸宇宙，不負蒼天的厚愛，但一般人論人本，總以萬物之靈自居，洋洋得意，不願痛下自省工夫，儘在萬物面前充老大，即使在人和人的關係上，也慣以不同膚色，不同的國力，分出高低層次來，趾高氣揚的白種人，哪會把棕種人和黑種人放在眼裏？因此，許多人從心理上排拒狐族，也就顯得順理成章了。

軍中的朋友們，喜歡談狐的雖然不少，但他們只是著重故事的靈異性。一部分人迷於美麗靈慧的狐女，總盼望有一天，能和夜讀古寺的白面書生一樣，一陣香風過處，突然出現一位絕色佳麗，下面接上一些想入非非的情節，和我抱有相同的研究觀念的，幾乎連一個也沒有。每當我為狐族請命，談到人與狐間文化激盪的問題時，他們往往口出邪狎之言，硬把正經話當成笑話講。

「要真有人狐公開交往的情事，你可以當首任派駐狐國的大使了！狐長老也許會頒給你一枚親善勳章呢！」

「哪裏啊！」另一個說：「老狐選女婿，一定是非他莫屬啦！大夥兒都瞧得見，每回他替狐說話，那股親熱勁兒，他不是人本，業已變成狐本了。」

正因為多方面的阻拒，使我在感覺上變得沉鬱而孤獨；我不得不把對於狐的研究，暫時放在一邊，努力朝寫作方面發展，這當口，我遇上了我現在的妻。

抗戰期間，她曾跟隨著她服務軍旅的父親，遍歷大江南北，我的岳丈有一度服務鐵道部，駐留安徽宣城。那時她還不到十歲，在她居住的古老大宅子裏，就曾親眼看過狐仙，正因她有這樣的經歷，婚後，我終於有了談狐的對象了。

「我的經歷都是真實的，業已全都告訴過妳了。」我說：「現在，該說說妳的經歷啦。」

「我沒有你那麼會講話。」妻說：「再說，那時我年紀也小，有些事，朦朦朧朧的記得一些罷了。那時，家住宣城，我父親服務單位，向當地借用一幢古舊的大宅院，聽說宅院的主人，攜家帶眷到大後方去了，那幢宅子實際上根本沒人住，荒廢在那裏。我說大宅院，一點也沒錯，它從前到後，一共五進院落，每進都有廂房，另外還有圓門，通到西側院、東跨院去，那裏建有書齋、花廳，和亭台樓閣，我們共計住進十多家，也只用了前三進。

「當地的百姓，見我們這許多戶人家，臨時住進來，都顯得很高興，說是這下人丁旺盛，他們也安心得多了。後不久，他們便說出秘密來，因爲這幢老宅子一直鬧狐仙，尤獨是最後一進的樓上，從來沒人敢上去過；傳說住在那上面的，狐子狐孫多得很。」

「妳有看見沒有呢？」我打岔說。

「嗨，你聽我講嘛！」妻說：「我們十多家臨時的住戶，誰願去招惹不必要的麻煩？住定下來，就把第四進的門戶下了羊角鎖，不讓不懂事的孩子跑進後兩進的房舍裏去啦！那時我母親身子虛弱，又懷著弟弟，父親央當地的朋友，代爲雇請一位老媽媽來幫忙。那位來幫傭的叫董老嬸，家就住在附近，她只答應白天在家裏幫忙，夜晚不肯留宿在那座大宅子裏。母親問她緣故，她吞吞吐吐的不願講，用手指著後屋，滿臉露出驚悸的樣子。母親明白她指的是什麼，也就不再朝下追問了。

「過了些日子，董老嬸和我們處得熟悉了，才偶然提到這宅子裏過去曾發生過的一些故事。

『這宅子的老主人，前朝點過翰林的。他去世之後，輪著他長子章維林當家，把老宅擴建成如今這個樣子，』董老嬸這樣講著：

『我小時候，章維林已經上六十了，他做人很古板，也很吝嗇，街坊都叫他章老扣。老扣的太太更像一把鐵鎖，防下人像防賊似的，遇著下人不順她的心意，就綑著毆打。章家有個灶房的丫頭叫小翠的，遇上貓偷嘴，丟掉一條魚，老扣嬸硬栽誣是她貪饞，綑起來一頓好打，小翠受屈不過，當天深夜，就跑到最後那進屋的木樓上，上吊死了。小翠一死，屍親告了狀，章家的人命官司打了兩、三年，耗掉不少的錢財；後來，官司雖是擺平了，但小翠的陰魂——那個縊死鬼，仍然在宅子裏出沒作祟，直到祟死了老扣嬸，那冤鬼才沒再出現。』

「章家宅裏人，都以為這該清靜了，誰知狐大仙又搬來了。在我們這兒，也有好些人家住著狐仙的，他們和那些家的人相安無事。有些清寒的人家，還得到狐仙的幫忙，只有住在這宅子裏的狐仙，對章家的人很不客氣，他們白吃白住不說，稍有不如意，就拋磚弄瓦，大聲咒罵，直掀章家的尾巴根兒，指他們發家的錢財，是章家那位老京官貪墨來的骯髒錢；到了章老扣的手上，高利盤剝，凡事剋扣，錢滾錢，利滾利，越弄越多，有了這些不義的錢財，天定要敗壞精光。

「狐大仙理直氣壯的說：『我們搬進你宅子裏來，也算幫你家的大忙，人常說：花錢消災。又說：風吹鴨蛋殼，財去人安樂。你們家的錢都帶瘟帶病，緊攢在手裏幹什麼？我們幫你花費，早花完早好，省得你們家人疾病災殃。』

「據董老嬸兒形容：打那之後，狐大仙就成天敲鍋打碗，唱著曲子討吃討喝；章家的人做賊心虛，但凡狐大仙要什麼，他們就供應什麼，只禱求狐大仙不要把他們的醜事向外張揚。那個狐族的長老說話了，他說：

『我老朽也是唸過些書的，怎能說不懂得隱惡揚善的道理？不過，人又說：要得人不知，除非己莫爲。你們求我替你們遮蓋，這表示你們還知道羞恥，過去你們多行不義，如今立心要改過，就該挺起胸脯來，重新做人，不必計較旁人講你們家過去怎樣！我這隱善揚惡的做法，是一帖存心激將的重藥，根治你們的老毛病的。』

「章老扣的長子是唸過洋學的，深覺狐大仙的話有道理，力勸他老子說：『如今全國抗戰了，多少比我們更富裕的人家陷在敵後，弄得家財散盡，家人還要應劫。錢財這東西，本是身外之物，生不帶來，死不帶去，苦苦留它幹什麼？省裏如今要大家捐獻抗日救國捐，我們不如賣些田地，把城裏幾家商號也盤掉，捐它幾百桿洋槍，十萬發槍火，留下點盤川和零用金，早點搬到大後方，憑自家氣力找飯吃，宅裏的狐仙有靈，拜託他們看房子好了！』

「據說章家大少決定毀家捐獻那天夜晚，狐大仙在樑頭上呵呵大笑，說是：『這樣才像話，有這一功，抵得上百過。老朽決定打今夜起，約束兒孫，不再鬧宅，吃的，用的，咱們也自己去討。』」

「照那位董老嬸的說法，章家大宅的狐仙，也是明白事理的，在日本鬼子眼裏，該算得上是『抗日份子』呢。」我笑說：「既然如此，董老嬸就不必怕牠們啊！」

「鄉下人，把狐當成神仙，哪有不怕的，照她說：章家大宅那群狐，好多人家都熟悉，牠們真是靈異得很，這些年，傳出更多的故事來呢！」妻說。

「妳講了半天，並沒講出妳看見狐仙的事。」我說：「我急著想聽正題啊！」

「你急什麼？」妻白我一眼說：「難道只有我看見狐仙才是正題，旁人看見狐仙都是『歪』題？人說話，總得要有個順序，你安靜點，讓我一宗一宗講給你聽，好不好？」

經她不軟不硬的這一搶白，我學乖了，決定不在中間插嘴，讓她心甘情願的把肚裏的故事掏空。

她從董老嬸那兒，確實聽了不少有關章家大宅那群狐的故事，其中一個故事，是說到西街的長巷口，有個福記當舖，舖後有座鬧鬼的木樓，樓上也吊死個年輕婦女，她經常在夜晚出現，穿著紅衫紅裙，披頭散髮的，走起路來像飄風，當舖的老朝奉，也曾延請和尚來超度，但縊死鬼在沒得替身之前無法超生，後來又請了道士來捉鬼，道士問明情形，搖頭說：

「貧道習得道術，能降得妖，捉得怪，但對吊死鬼實在沒有辦法，即使一時禁得住她，不讓她求替身，那也不是長久之計，弄得不好，反而和她結怨，這太危險了。」

「老朝奉延僧請道都不成，只好去央求巫婆幫他想想法子，城郊的巫婆溫大奶奶願意幫忙，替他行關目，請來一位年輕的狐神，那狐神自稱白衣二郎，是家住章家大宅的團館先生……。」

「慢點，慢點，」我打岔的毛病又犯了。「狐仙的家裏也會延師設塾嗎？」

「我怎麼知道？」妻說：「董老嬸她是這麼講的嘛！你要問，應該直接去問狐仙呀！」

「那白衣二郎他怎麼說呢？」

「白衣二郎說：只要老朝奉肯寫一份租契，畫上押燒給他，他自有辦法以承租的身分，把那紅花的吊死鬼趕走，讓她不敢再回來。

「老朝奉心想，他要是沒兩手，怎敢誇海口？看樣子，這個狐神定有些道行，用狐去鬥鬼，倒是絕好的法子。於是乎，他就寫妥租約，言明吉屋三間，經雙方協議，租與白衣二郎閣下居住，恐口無憑，立約存證……等字樣，並在約後畫押，對著燭火焚化了。

「當天夜晚，他站在角門外，看見那座木樓上，隱隱現出飄搖的燈火亮來，側耳細聽，彷彿有一個男聲和一個女聲在說著什麼。老朝奉因爲相距較遠，他耳朵又背，聽不清他們在談論些什麼，但他猜想得到，那位狐仙白衣二郎，準是捧著那紙租約，找吊死鬼理論，逼她搬家了。

「臨到第二天夜晚，老朝奉又跑到角門那兒，朝木樓那邊瞧看，他心想：狐神白衣二郎是個大白狐，他趕走吊死鬼之後，該當靠窗點燭，搖頭晃腦的讀書啦！不錯，那木樓上又亮起燈火來，但他聽見的，並不是朗朗的誦讀聲，卻是男女的密語和嬉笑聲。

「老朝奉聽著，心裏十分感嘆說：『人講吊死鬼賣春——死活都不要臉。這個女鬼，無理硬爭，不知耍什麼媚功，拿軟話甜話哄著白衣二郎來了，但願狐神不要上了她的圈套，早點把她趕走才好。』」

「真是鮮透了，拿公狐去鬥女鬼，白衣二郎他能鬥得贏嗎？」我忍不住的朝自己大腿上拍了一巴掌。

「是啊，當時老朝奉也透著好奇吶，他每到夜晚，都要去角門那兒聽聽看看。過後，他顯然垂頭喪氣起來，因爲他聽得出，白衣二郎和那女鬼有說有笑，哪裏還在比強鬥硬，他們兩個，硬是乾柴碰上烈火，劈哩叭啦的燒起來了，狐不是鬧鬼，是和女鬼姘上啦！……但老朝奉不死心，仍然每晚去聽壁根兒，有時聽到女鬼細聲細語的撒嬌，有時又聽到那女鬼幽幽的咽泣，纏弄得那白衣二郎反而要拿好言哄著她，這樣過了半個來月，木樓上的燈火不再亮了，男女的聲音也沒再響了。」

「哈，妙極了。」我與高采烈的拍手說：「這故事的結束，真出人意料，他們——一狐一鬼，竟然配上對兒，出門去度蜜月去了。」

「何止你是這麼想，」妻也笑說：「當舖的老朝奉也是這麼想的。趁著大白天，他帶領兩個站櫃的小夥計，打開角門，爬上那座木樓去看個究竟，進門一瞧，老朝奉驚得目瞪口呆，你知怎麼著？——那白衣二郎，原形畢露的一隻白狐，竟然直直的吊死在橫樑上，頭歪觶在一邊，兩隻眼珠子凸在眶外，一條舌頭，居然也拖有一尺長。牠不知是哪天吊死的，蒼蠅嗡嗡飛，牠的屍體業已發臭了！這怎麼樣？更出乎意料罷？」

「那白衣二郎，也太差勁了！」我搖搖頭，嘆口氣說：「沒有三分三，怎敢上梁山？不過也難怪得，男和女鬥，公和母鬥，到頭來都是公的吃虧。只不過白衣二郎這個虧，吃得太大了。」

「不止是鬥吊死鬼啊！」妻睨著我說：「鬥現世上的活妖精也是一樣，弄不好，身敗名裂，那要比上吊還難受得多呢！」

不得了，這更證實狐族世界的故事，拿來比映人，隨時都能用得上的了，妻即使不是存心的，不也是給了我一個最好的機會教育嗎？我得老實承認，我決沒有白衣二郎那樣深的道行，真要遇上一個嬌蟲嗲貨，長髮揑著你，對你一會兒哭一會兒笑的，哪用得著半個來月，只怕一個夜晚，就把我給打發掉了。

「故事就這麼完了嗎？」我說。

「還沒呢，」妻說：「那天夜晚，一個白鬍老頭兒，捏著長煙桿，跑到福記當舖去，指明要替白衣二郎收屍入殮，可把老朝奉給嚇著了，他知道這捏煙桿的白鬍老頭是老狐變的，沒想到他竟大明大白的來替白衣二郎收屍。

『這兒是一點意思，您老收著。』白鬍老頭兒說：『白衣二郎枉讀了這許多年的書，有了人形，卻不懂得做人的道理，他不該在您木樓上懸樑，污了那屋子，他在我的住處課孩子，我不能不出面替他打點打點，好歹讓他入土爲安啦！』

「狐長老不單出面替白衣二郎營葬，還請了和尚替他誦經超度，據說，狐仙玩火自焚，做了縊死鬼，是不會找人取代的，他只能自認倒楣，做個吃露水的孤魂野鬼，沒法子超生了。」

「這個花花公子型的狐神，真夠淒慘的，誰想到一時逞強賣狠，竟會栽在一個女鬼的手裏呢？」我說。

「這種事，在世上多得很，」妻說：「只是有人看得到，悟不到罷了。」

其實，我們有的是時間，我每天得空，就翻書，做些關於狐仙的筆記，等兩人都閒下來，妻才會陸續的講她的那些經歷。

「章家大宅裏的老狐仙，確實是很講道理的呢！」一天傍晚，我們坐在鳳凰樹的樹蔭下面乘涼，她忽然想起什麼來說。「記得在宣城的那年春天，日暖風和的時節，西大院裏花紅草綠的，我們那些臨時的住戶人家，除了伯伯叔叔們要上班，家眷和孩子，白天都愛搬些長凳和木椅，聚到西大院去，曬曬太陽，看看花，閒聊一些家常什麼的。住在第三進房西側屋的程家嬸嬸，懷孕快臨盆了，大家都替她高興，說是能在一個住得下來的地方生產，算是很幸運的事，假如人在逃難的路上，挺著肚子，那多不方便。其中有位大娘提起，程嬸這是頭胎孩子，我們大宅院十多戶，應該湊份子為她孩子祝賀祝賀，程嬸笑說：

『還早呢，哪敢勞動大家？』

『話不是這麼說，』大娘說了：『要不是抗戰，咱們各住各處，又怎會在這兒做鄰居，大夥都是出門在外，日子過得清苦，我們也不好要妳請客，湊份子的意思，是人人都有份彩頭，讓咱們沾沾妳的喜氣。』

『那等孩子滿月再講罷。』程嬸這樣說。

「孩子生下來，是個男孩，鄰居們都很高興，等到孩子滿月，大夥兒果真湊齊了份子，替孩子祝賀。仗雖在東北和華北打著，但皖地還很平靜，酒席備辦得不算豐盛，菜式還算齊全，大夥兒全有同樣的心理，能夠熱鬧的時刻，就儘量的熱鬧，等到仗打過來，甭說親朋好友難得相聚，即使一家人也會各奔東西：如今，能沾點兒孩子的喜氣，總是好的。

「賓客多，聚在西大院裏談笑，有人在花叢裏看見一個梳著扒角辮子的小女孩，躡手躡腳的抓蝴蝶玩兒，那小女孩只有四、五歲年紀，長得白白甜甜的，好美，好逗人喜歡，有個堂客（**註：婦女，稱堂客。**）把她抱起來逗弄，那小女孩不開口，只是瞇瞇的笑。晌午開席，她也把女孩抱去席上坐，許多人都喜歡那女孩，把她抱來抱去，都說：這是誰家的女娃兒，這麼小就這麼出落，長大了還不知美成什麼樣兒哩！

「酒席吃到一半，大夥兒要程嬸把孩子抱出來，讓大夥兒瞧看瞧看，程嬸進屋一看，一張臉嚇得煞白，不久前，她剛剛奶過孩子，還替他加了件大紅的披風，轉眼之間，孩子就不見了。她伸手試了一試，孩子睡的地方，還是溫燙燙的，她跑去對程叔說了這事，程叔原以爲是賓客先抱出去了，但程嬸發現床頭的桌面上，留下一張字條，上面寫著：『你們抱走我的孩子，我也抱走你的孩子了。』

「發生這樣的怪事後，大夥兒才注意到那個梳扒角辮子的小女孩，她並不是賓客帶來的，問她家人是誰？誰帶她來的？她都不講話，只會傻傻的笑，有人說：『也許我們真的抱了人家的孩子了，在哪兒抱的，還把她送回哪兒去罷。』

「原來抱小女孩來的那位堂客，把她重新抱回西大院的花叢裏去，說也奇，剛過不一會兒，屋子裏便響起宏亮的嬰孩啼聲，程嬸進屋一看，可不是她的男嬰又回到床上來了。

「程嬸抱起她的兒子，到親友面前，讓他們瞧看，忽然，她發現嬰兒的頸項上，多掛了一副金鎖鍊，這副金鎖鍊，式樣非常古老，一看上去，就知道不是時下的東西。這嬰兒究竟是誰抱走又送回來的？這副金鎖片又是誰送的呢？住在這大宅裏的人全心裏有數，只是不願講出來罷了。」

「妳是說，那副金鎖片是老狐仙送的？」我說。

「除了他，還會有誰呢？」妻說。

妻在另一個黃昏，提出她本身的遭遇：

「臨到夏天，我們一群孩子，都愛到大宅的門外玩耍。有一天傍午時刻，我覺得口渴，一個人跑回自家宅子裏想倒點茶喝，我們家住在第二進院子的東廂，門是開敞著的，門口掛著竹簾子。我到院子裏，想跨過去挑簾子進屋，抬頭一看，看見一個十多歲的男孩子，穿著淡青的綢大褂子，頭上戴著一頂綴紅頂的黑緞瓜皮小帽，背朝門外，正端起瓷茶壺在倒茶。

「我滿心透著奇怪，因爲我從沒見過這個穿戴整齊的男孩子，斷定他不是我們鄰舍的小孩，那他怎會跑到我們的屋子裏來倒茶喝呢？

「我踟躕著不便直撞進去，便輕輕的咳嗽一聲：這一咳，他聽著了，回過頭來看我一眼，他沒有掀簾子出來，也沒有溜進屋裏去，只是晃眼工夫，他就不見了。千真萬確，我是看見過他的，我對家裏人說過這回事，我母親囑咐我不要張揚出去，她悄悄的上街買了些香燭燃了，又喃喃禱告一番，後來，就再也沒有怪異的事發生過了。我們在那兒住得不算久，幾個月之後，父母就帶我回南京去了。如今事隔很多年，我仍記得很清楚，我敢確定，我看到的就是變成人形的狐仙。」

「不錯，」我說：「狐的通靈變幻，幾乎是可以確定的，我們只是不知道他的道法，究竟是怎麼修煉成的？可惜這兒沒有狐，我們不可能再親身經歷了。直到如今，狐族的情形，也只有文學的描述，只有鄉野上的傳言，並沒有科學方面的證實，這總是很遺憾的事。」

「科學家研究的範圍，總是很有限的。」妻說：「他們哪會把精神集中在狐的身上呢？尤其在這種見不到狐仙蹤跡的地方，他們就是想研究，也無從研究起呀！」

15

無論如何，妻的本身經歷，和我童年期的經歷對照起來，更使我相信仙狐一族的存在。不能說沒有科學的證明，就能完全抹煞掉我們的想法和看法，一九五六年的夏季，我就曾在隨感筆記上寫下這樣的一段話。

「人，在面對生命的起始和終極的問題上，常顯得茫然，在面對無休無限的時空問題上，更顯得茫然，生命究竟從何處來，又將往何處去，這生前死後之謎，是科學家最嚴肅的命題，而時間從何處開始，至何處終止呢？空間綿延無盡，究竟有多廣大呢？這永恆的謎，是人類很難解破的，古書上對宇宙的解釋，初初讀來，覺得言之成理，所謂『四面八方謂之宇（**空間在感覺上是橫線**），古往今來謂之宙（**時間在感覺上是縱線**）。』這經與緯，縱與橫的十字形的交叉，便是時空的結構了；但當車輪急速滾動時，它滾過了空間，也滾走了時間，這時候，彷彿時空又是一體的東西了。莊子曾對時空有過這樣的解釋，他說：『九天之外，謂之大一；九微之內，謂之小一。』在莊子的觀念中，時空原爲神奇一體的結構，全不可分的。現代的科學家也認定空間中充滿時間，時間是空間的內容，因爲我們用聲、用光、用移動的速度（時間）去測量空距，都顯示出時空的一體性來。

「這生命與時空之謎，說明了人類根本不是絕對的動物，他們永遠在開拓、發現和不斷的創造之中，以人本立場去揭示的永恆，並非是真正的永恆。

「文學發揮了人類面對神奇奧秘的天地時無限的感悟功能，不排拒超自然的現象和超現實的臆想，恆以懷疑探究的態度對待一切不可即知的事物，這是人類精神創造的動力之一。文學的想像，常是科學新的命題，而科學的發展成果，也被文學家用以透察人生。

「科學以冷靜、理性的態度面對事物，通過反覆的檢驗和證明冀求原理原則，加以肯定，但這種肯定，是屬於階段性的、假定的肯定，它同樣不是永恆不變的絕對真理；老子所說：道可道，非常道，名可名，非常名。正具有這樣的思想意涵。如果宇宙的奧秘，像一座雲封的山頂，而科學正是一級級向上攀登的階梯，十九世紀的階梯只是廿世紀階梯的基礎，廿世紀科學的尖端論點，也將被廿一世紀新的創發所擊破。文學的感受性強，科學的實用性高，這兩者是相輔相成的。若干人表面上喊著科學萬能，對文學涵容的世界，採用一味排拒的態度，這類人是既不懂科學，又不懂文學，想像力是人類生命中最寶貴的潛存能力，是人類精神之翼。如果一味拘泥於驗證之真，那麼，在科學未經驗證之前，人類的思想豈非都陷於停頓、僵化，這種後向的依賴，應該是不足爲訓的。

「古謂：子不語，怪力亂神。意指面對神奇怪異的事物，夫子唯恐解釋不清會產生誤導，所以暫時保持沉默，繼續研探。而探究的態度，是文學家與科學家一致抱持的態度，兩者之間，探究的方式不同，原則並無差異。」

以上這一大段話，看起來和狐仙毫無關係，實質上，正是我研究狐學的基礎觀念。我想匯聚文學裏的狐，生活傳聞當中的狐，以及若干人親身的經歷，把它當成一個新的命題，讓科學家們在未來的無限時光中，去覓求答案，像仙狐這類靈物究竟是否存在？如果存在，一部狐的歷史該怎樣去寫？狐的生存形態和修煉秘訣，狐的家族制度和社會倫理，狐和人的關係以及未來可能的發展；當然，僅就文學作品所傳述的各類故事，是不可相信的。有許多人狐相戀的故事，已經變成浪漫想像的公式，像：「某生，夜讀西樓，忽有好女子來就，遂相款洽……。」那不能用來研究狐，拿它來研究人類的心理和慾望，倒是可能的。

16

有一些故事，不論它的真實性如何，但他們設想巧妙，充分發揮了藉狐諷世的作用，這和某些古老神話、成人童話、警世寓言，具有同等的、文學性的功效。

相傳明代有個文士竇以倫，一天獨自趕荒路，走過林莽叢生的曠野，忽然聽見不遠的地方，有琅琅的誦讀聲，他心裏覺得駭怪起來，舉眼見不著人家的地方，哪兒會有人誦書來著？

他撥開灌木，穿過林叢，循著那聲音所在，一路尋找過去。有一座荒圯的墓場：一個白髮的老翁，手捧著一卷書，正襟危坐在碑石邊，四旁圍著十多隻毛色黃白夾雜的狐；每隻狐都捧書蹲坐著，老翁搖頭晃腦的唸一句，各個狐也搖頭晃腦的跟著唸一句。

「哦，原來是這等的。」竇以倫喃喃著。

他想：這群狐既然是攻書識字的，必定會講道理，不會爲害自己。於是，他就現身走了過去，想跟對方談一談。白髮老翁見有人來，急忙站起身來，朝竇以倫拱揖說：

「不知貴客到來，未曾遠迎，十分失禮。」

「哪裏話，」竇以倫回揖說：「在下竇以倫，由那邊路過，聽著誦書聲，就一路找了過來，不想打斷您的課讀，實在唐突。」

「竇先生不用客氣，這邊請坐。」白髮老翁說：「老朽姓胡，賤名世系，這些都是我的子姪輩。」

眾狐也都人立起來，朝竇以倫點頭爲禮，等竇以倫坐下後，牠們也才坐地。

「老丈胡姓，胡與狐同音，」竇以倫說：「在下稱您胡老丈，您不會見怪罷？」

「不會不會。」胡老頭笑說：「世上萬物，都有名字，狐就是狐，人就是人，有什麼好忌諱的呢？我們狐族裏頭，也分三六九等，好像人類有好有歹一樣。」

竇以倫沒想到這個胡老頭如此曠達，便岔開話頭說：

「狐族既不爲官作宰，又不需匡時濟世，辛苦讀書，作何用場呢？」

「嘿嘿，」胡世系摸著鬍子笑起來說：「我們讀書，純爲明白做人的道理，進而步上修仙的道路；凡是狐輩，求仙不外兩條路，一是採精拜斗，漸漸通靈，一是煉形爲人，修成內丹，再求上達。前一條路，可說是由妖而仙，途徑捷便，但很危險；後一條路，可說是由人而仙，途徑迂曲但很安穩。俗說：形隨心變，要得這顆心得到安頓，不得不讀聖賢書，先明白三綱五常的道理，心化，形也就隨著變化啦！」

竇以倫聽著，覺得胡老頭的言語太玄，便停下話頭，借過胡老頭手裏的書來，看了看，確是經書，但和坊間版本不同，它是有經無註，把所有的註解都刪去了。

「怪了？」竇以倫說：「經書不加註釋，怎麼講貫呢？」

「其實沒有什麼好奇怪的，」胡世系笑說：「讀書爲了明理，聖賢的言語，並不算艱深，口頭上授受，疏通訓詁，就能感悟它的義旨，爲什麼要一本正經的立註呢？」

這老狐真夠乖僻，竇以倫只覺他說話都有些怪怪的，一時竟搭不上腔了。

「沒問胡老丈，您高壽哇？」他又打岔說。

「啊，太久了。」胡老頭說：「我都記不得啦！只記得我當初唸這些經的當口，世上還沒有印版的書，你算算，我活過多少朝代了？」

「嗯，那確是上千年了。」竇以倫說：「您經歷這許多朝代，您看世上的事，有哪些大變化呢？」

「風俗民情，變化不是沒有，但相差並不太大。」胡老頭說：「只是你們人愈來愈重名利，愈來愈缺少謙虛；拿唐朝之前的人來說，讀書人稱儒已經不錯了，北宋之後，常聽說某某是聖賢，真笑死人了。你們讀經用作科場功名，把活的經書分割得支離破碎、慘不忍睹，詞章越華麗，經義越荒。有些教書的，以講經去立門戶，紛紜辯駁，弄出許多學派來，越是說得錦上添花，經義也就荒在半邊，變成本末倒置啦！」

竇以倫一聽，這老狐竟是彎彎拐拐的罵起人來了，也不再答話，站起身來作了個揖，就離開那座墓場，只聽得那胡老頭在背後嘆說：

「也是個食古不化的酸丁，搖頭晃腦假斯文。人說：三代之下，無不好名者。這位竇先生日後格局有限得很，下回再遇上他，用不著費精勞神，跟他耗吐沫啦！」

從以上這個故事，看歷代的學界、文界，我們不難發現，老狐的批評語語中的。我們的社會上，多得是竇以倫型的人物，無怪乎有人感嘆說：「大師賤如狗，多得滿街走。」了，像狐學講究融匯貫通的，能有幾人呢？古來慣把食古不化的文士當成酸丁，形容他們固執迂腐，渾身酸溜溜文謅謅的味道；狐照樣的讀書，比人多一層靈悟，即使是一本正經的學究狐，也不會割裂經義，處處能掌握本旨，這和狐的不羨官、不求名，一定很有關係罷。

17

我曾說過，我童年遭逢戰亂，沒有機會接受學校教育，教育我的，大部是神異荒渺的鄉野傳言、地方戲曲，以及廣大的生活。當年，我頗以沒能入學為憾，後來認真想想，沒入學反而是我的造化，我要是進入塾館，遇上像竇以倫那類的老師，支解古聖先賢，賣肉似的賣些死知識給我，那我就被捺進酸菜缸，酸定了。正因為沒入學，才有機會捨人而從狐，以狐為師，多少能學些活玩意兒。

婚後，我們的生活過得很清苦，先是租賃人家的房子，東遷西播，後來湊錢買了兩間克難竹屋，處處是風痕雨跡，一家八口，三餐不繼的日子，過了數年之久。有人勸我投考學校，弄張文憑，好混一碗安穩飯吃；也有人勸我轉業到行政單位去，弄個起碼的公職幹幹，用固定的薪水養家活口；但我都沒有那麼做，倒不是我自命清高，而是迷於狐學迷得久了，總想靜下來多看些書，學著點以筆墨塗鴉，對人間表露自己的心意。

我們居住的那條街上，一長排的紅瓦竹屋裏，住的都是老鄉親，有好些人是我童年就認得的，我得空常常去看望他們，也從他們那裏，聽到許多關於狐的故事。

在那些鄉友當中，有些是退隱的官員，有些是生活豐廣的前輩，有些是當年混世走道的人物，他們絕大部分，在家鄉時都和狐仙打過交道，有著屬於他們個人的、零星的經歷。當時，大家桴海避秦，在野路邊搭建寮屋，不論早先在大陸上是幹什麼的，到了這兒，都成了難友，紛紛做起小生意來，自謀生活，但當大家談起故鄉種種故事時，每個人的精神都抖擻起來了。

「您的老太爺，最是見多識廣的，」同鄉裏一位父執輩的韓老爹說：「和狐打交道，他的經驗最多。想當年，我們去拜望他的時候，夜晚談狐，常談到天亮呢！」

韓老爹這一提，使我興奮無已，我童年期就失去父親，當年他老人家研究狐的資料，又都散失了，沒想到來到島上，還能遇著他當年的舊友，記得父親曾經講過的故事，這對我的幫助太大了。

「家父當年講的故事，您還能記得一些嗎？」我說。

「少數故事，依稀還能記得一點兒。」韓老爹說：「就算能記得，也講不周全啦！在我們這兒，像老陶、王老四、老薛、伯公，當年都和您老太爺有過交往，大夥兒拼拼湊湊，也許能多說出一點。」

「令尊好像講過，狐族是有祖師的。」伯公說：「狐祖師受玉皇的封號，住在崑崙，他掌管天下所有的狐族，也算得上是一尊正神；不過，他極少現身，只聽說幾百年前，濱海的鹽城縣，有位姓戴的人家鬧狐祟，戴家的人，到處去求符咒回來張貼，結果全沒用處，他們沒辦法，提了滿籃香燭，到關帝廟去焚香投訴；說來還是聖帝靈驗，投訴的第二天，狐居然銷聲匿跡不再鬧了。過沒幾天，戴家人夢見一個金盔金甲的神祇前來託夢說：

『我是聖帝座前的鄒將軍，前幾天，你家作祟的一隻狐精，吾已經把牠斬了，其餘的不服氣，約我明天決鬥，要替牠們的同黨報仇。你可約聚鄰居，明晚到聖帝廟去，敲金鼓替我助陣。』

「由於夢得太逼真，戴家果真約請十多戶鄰舍，在第二天傍晚，聚到聖帝廟裏等候著；初更過後，聽到半虛空裏響起甲馬聲，就敲鑼振鈸，不斷敲擊響器，這當口，空中殺喊連天，黑氣亂捲。第二天，村前廟後，有人撿到十多顆斷落的狐頭。

「這樣，大家全以為沒事了，但過不幾天，戴家的人又夢到鄒將軍來說：

『我因為殺狐太多，開罪了狐祖師，他在聖帝面前告了我一狀。後天夜晚，聖帝要親自來查案，務請各位鄉親父老，到時候來廟替我作證，我是秉公辦事，為民除害，自問沒有私心啊！』

「戴家的人，感念鄒將軍奮勇除妖，就約請那些鄰舍，如期聚到關帝廟去，伏在正殿兩邊等候著；到了半夜，聽到仙樂悠揚，看見聖帝袍服乘輦，由周倉關平護衛著，一路過來，後面跟著一個白臉的道裝老人，旁侍的童子手裏舉著金字牌子，上面寫著『狐祖師』字樣，聖帝央他入座，對他十分禮貌。

「那位狐祖師落座後，欠身對聖帝說：

『小狐無知，擅行擾世，自有罪過，應自天罰；但聖君的部將，不分皂白，殲殺我族太過，也應處刑。要是神都嗜殺成性，不加懲處，人間怎不干戈紛起，了無寧日呢?!』

『嗯，祖師說的話，句句在理。』聖帝點頭說：『本座決不能偏袒部屬的。』

「這時候，戴家親友當中，有位姓朱的秀才，挺身而出，跪到正殿廊前，抗聲說：

『請聖帝不要輕信這老魅的鬼話，這個老狐狸，鬍子全白了，竟然不好好管教牠的子孫，讓那妖狐來淫人婦女，到這時，反而厚著臉誣告鄒將軍，牠算什麼狐祖師，根本罪該萬死嘛！』

「聖帝轉朝狐祖師看了看，那個道裝老人一點也沒動氣，朝著朱秀才問說：

『敢問秀才公，在你們人間，雙方和姦，犯的是什麼罪呢？』

「朱秀才說：『是杖罪，要打板子的。』

「狐祖師抹抹白鬍子說：『由此可知，姦淫不犯死罪了，我的子孫不是人類，姦了人，算它罪加一等罷，也不過充軍流配，何至於砍頭呢？鄒將軍不但斬了當事的正兇，還濫殺了鼓譟不平的十多個，這是哪條律法？你們爲人，口口聲聲講人權，我們狐多少也該有些狐權，和你們人法講不通，只能在聖帝座前，請教天法啦！』

「朱秀才經祖師這番話，窘得滿臉羞紅，連頭都抬不起來。狐祖師又輕輕的說：

『你們人，自稱萬物之靈，應該心與天通，凡事替萬物著想，留些餘地。你們役使牛馬，餵養豬羊，牠們雖屬呆笨，總是有情有命的生物；牛馬豬羊若是會說話，牠們也會告你們人類，太殘暴不仁，爲貪口腹之慾，濫行宰殺。馬拉車，牛耕田，辛苦服侍你們一輩子，到後來還難免分屍之苦，你們的情分何在呢？我們狐族，從漢之後，落入你們網罟的，不知凡幾？我們都已捏著鼻子忍了，哪來的魯莽神將，貪得你們的香火供奉，竟然助紂爲虐，逼得我不得不親自下山，面稟聖帝，請他作個公平的處斷了。』

「狐祖師把話說完，聖帝開口說：

『鄒將軍聽著，狐祖師的這番言語，你可聽著了，它本於儒，悟於道，成於釋，應於天。你嫉惡太嚴，殺戮太重，念你因公辦事，並無私怨，著即罰俸一年，降調海州響水口一帶，管理魚鱉蝦蟹，不得有誤！』

「聖帝這一判，狐祖師頂禮，鄒將軍拜服，廊下的村鄰全都口宣佛號，足見神佛比人的道行高得多，而狐祖師的萬物平等觀，遠超過自私的唯人唯本觀，人有什麼資格指狐爲妖呢?!」

伯公說完這則狐仙的故事，圍在四邊的鄉親都點頭稱是，韓老爹說：

「算它是一則寓言罷，也太有意味了!我們都是身逢戰亂的人，一片大陸，遍染著人血，魚鱉蝦蟹，四處橫行，鄒將軍反倒放任不管了。」

「古人說：天作孽，猶可爲，自作孽，不可活。」伯公感慨繫之的嘆說：「如今，是人在自行作孽，誰能救得了呢！」

「說來也真怪得慌，」王四哥說：「民國三十八年之前，狐的傳聞還偶爾聽說過，三十八年之後，狐仙都避進山裏，再不和人打交道了。由此可見，亂世的人心崩壞到什麼樣的程度。」

「狐不和人打交道，除了人心崩壞之外，和家家戶戶的貧困，恐怕也有關係。」韓老爹說：「你們想想，在沒有災荒戰亂的年成，鄉下人供狐，有雞有酒，有些狐仙享著人間的血食，吃得肚皮脹脹的，多愜意！如今那兒的人家，自己的肚皮都塡不飽，哪有多餘的東西充作狐供？再說，有些道行的狐仙，看著人們遭劫，挽救不得，只有領著狐子狐孫入山遁世，哪還會沾點兒人的光？」

這些話，初初聽來，像是在虛無縹緲的空發議論，事實上，卻含著飽經憂患流離的人心靈深處的痛傷，一個失去了狐的人類世界，是孤獨又悲哀的。

18

我在婚後一直居住台灣南部，居無定所好幾年，後來到處挪借，買得兩間聊避風雨的竹屋，每個月都省吃儉用，不斷的添購些書籍；除了和鄉友們談狐說怪之外，總盼在各類誌怪典籍上，多看些關於狐的記載，也好對狐族的歷史淵源多所瞭解。那年夏天，韓老爹到我宅裏來，我認真對他說起，想研究狐族的心願，誰知他卻哈哈大笑起來，指著我說：

「我不得不說你真笨，狐族的歷史，狐仙自己不會寫，用得著你來煩這個神？你是個當兵吃糧出身的人，做學問沒有根底，寫寫小說，講講故事，倒是無所謂，若說『研究』，那還差得遠啦！」

「我知道，我不是那種引經據典的材料。」我也笑說：「自己不行，就得豎起耳朵聽旁人的。老爹您年事高，經歷足，不就是一本活字典麼？」

「我呀，跟你一樣，道聽塗說，一派野狐禪。你若是問我，那可真是問道於盲了。」韓老爹這樣客氣的說。

不過，韓老爹和伯公兩位長者，在多次言談間，給我的幫助最大，韓老爹說：

「論到人對狐的記載，那是很古老的時刻就有的，三代之上的遠古，已經無法去考據了。最早在文字記載上出現的狐，應該是史記，陳涉世家稱：篝火作狐鳴曰，大楚興，陳勝王。可見當時已經有狐，才會托物作聲。漢代的文士吳均，寫過一本《西京雜記》，那裏面寫出一則狐的故事，說是廣川王打開樂書的墳塚，打傷了藏匿在墳裏面的狐。後來，他夜晚作夢，夢到一個白鬍子老翁來報冤。這個故事，初看很平常，但那卻是狐仙初化人形，至少，我們可以在文字上發現，狐幻為人，是從漢朝開始的啊！」

「真抱歉，我是才疏學淺，您說的這些書，我連一本也沒讀過呢！」我赧然的說。

「如今是亂世，」韓老爹說：「你就走遍各縣市的圖書館，找這些老古書，也不是完全沒有，但總零零星星的，找也找不齊全了。亂世的人，總顧著眼前活命，把若干老古書當成沒用的廢物：活著呢，又只顧著穿衣吃飯，這樣一來，活是活得下了，但離開書本，人人都沒法子有大的學問，活得空洞短淺。你一意要研究狐，雖是很笨，但總是有心向學，我才掏心挖肺，講這些給你聽啦！」

後來星期假日，伯公約我去小館子喝酒，酒酣耳熱之際，又談起狐仙來，他的話也就說得多些了。

「唐代初期有本書，是一位姓張的文士寫的，我忘掉它叫什麼名字了，那本書好像叫朝野僉載罷。裏面寫到許多百姓事奉狐神的事，當時的流諺說：無狐魅，不成村。依我的看法，當時的狐族，大都出現在陝西、山西、河南、河北、山東等省分，也就是黃淮一帶，足見狐族繁衍，唐朝是盛期。像誌異類的一部大書，《太平廣記》裏頭，單是記載狐事的專卷，一共就有十二卷之多。仔細翻閱，其中十有八九都是發生在唐代的故事，這足可證明我前面的看法是可信的。」

究竟是不是深受童年期生活環境的影響，還是我失學太早，求知的慾望特強呢？我發現，我和同年齡的人說不上話，我一談到鬼呀、狐呀，旁人就恥笑我：我愈一本正經，旁人就罵我太不講科學，再不然就是神經大有毛病。但我一旦和讀過古書的老年人在一起，便感覺談什麼都很過癮，因爲他們的話，能夠滿足我求知的心願，真正成爲我探究人生過程中的精神食糧。

那年的冬寒季，韓老爹煮了狗肉火鍋，備了幾瓶老酒，一些愛閒聊的老鄉都聚在他後屋裏，大夥兒開懷暢飲，不知不覺的，話頭又落在狐仙的頭上了。

「講到寫狐的書，也實在太多太多了。」韓老爹對我說：「其實那些書，也多半是瞎子摸象，說法很駁雜，你能夠搜集到的，也只是各種奇怪的故事而已。像狐族真正的源流始末、家族制度、狐和釋道之間的關係、狐仙修煉的方式，這可是很難弄得清楚的；甭說是人了，就是來個年老的狐仙，牠本身怕也一知半解呢！」

「對啊，」我說：「我們連和狐對談的機緣都沒有，也只能從文字記載和口述傳說著手；慢慢的摸索了，日子久，也就能找出些端倪來的。」

「早先的書卷，談到狐，只是簡單的記述狐和人之間發生接觸的情形，那只算一些原始的記錄，看不出文學上的修飾，」伯公緩緩的沉思著說：「但這類的記述，可信的程度要比後世某些傳奇小說高得多。當然，論到傳奇小說，寫得最完整，最靈動的，莫過於聊齋誌異，蒲松齡根據民間既有的野史傳聞作爲骨架，以他的想像和文采，重加編織，使它的文學性大增，老實說，它的可信度卻是很低的。」

「和他同時期，或是在他之後，也有更多誌怪類的筆記和雜記，」我說：「有些連編故事的能力都值得懷疑，總是渲染人狐戀情，真是一派胡言。」

「我說過，人對狐的記載很多，這類的書看多了，你會發現很多可笑的情形；分明是同一個故事，竟出現在好多不同的書裏，每人寫的情節又不盡相同，你說，哪個故事是最標準的呢？論到人對狐的看法，異史氏以儒爲本，板著臉說教，總難脫酸腐之氣；倒是紀曉嵐不愧飽讀群書的通儒，他的觀念，活潑靈動，順乎自然，縱有假託的地方，但句句金石，言之成理，他的筆記多種，是我最爲佩服的。後來，某些學究，把他和異史氏的品評同列，那太委屈紀文達公了。」

「在這點上，我跟韓老深具同感，」伯公說：「紀文達公的若干觀點，雖是藉狐而

發，但廣闊透達，融文學和科學為一爐，能貫通儒、道、釋的隔閡，中國日後的文化重建，他的觀念正是不偏不倚的龍骨呢！」

「噯，兩位鄉長，」王四哥為大夥兒斟酒說：「你們說這個酸，那個酸，在我聽起來，沒有比你們兩老更酸的。你們講了老半天，我跟老薛他們，根本聽不懂啊！談狐就是談狐，你們談到哪兒去了？」

「聽話也得要有點學問的，老四。」韓老爹笑說：「咱們如今談狐，談的全是正題，不光是在說故事，說故事的話，即使再說許多代下去，也只是故事罷了。」

「咱們這些粗腦瓜子，腦殼裏沒有那許多條旋轉紋路，寧可聽聽故事，才會覺得過癮呢！」老薛說：「你們要是不離『正』題，咱們可就要打瞌睡了。」

我在旁邊聽著，心裏覺得十分有趣，三十八年大陸這場大亂局，把多年來人和人的固定層次攪得混融了。像在這條臨時繁榮起來的街上，住有北方各省區的人，有的是士紳豪富，有的是升斗小民，有的是大學教授，有的是目不識丁、陽春白雪和下里巴人，全都成了好鄰居；文人和武人，也都成了好朋友，大家彼此遷就著；對我而言，這種現象實在太好，因為我肚裏空空，倒吊三天，也滴不出幾滴墨水。打開心靈學習所有的生活，這條街，正是大戰亂之後一冊活的大書，裏面包羅萬象，我若真的要研究狐，這正是難得的時機；也許日子過得久了，逃難的人群各自安頓，分散到旁的地方去，那就不容易再聚了。

「其實也無所謂正題不正題。」我說：「今晚談狐，只要和狐的傳聞有關的，全都算正題啊！」

「好啊，」韓老爹笑指著王四和老薛說：「你們提議講故事，就由你們先講好了！」

「人家說：宰相肚裏能撐船，狗肚裏裝不下四兩油。」老薛自行調侃起來。「我們肚裏，哪能掏得出什麼値價的貨色來呢？不過，老家薛家大莊，確實有過怪事。諸位都曉得，家鄉拜狐的風氣很盛，替狐仙當差的香頭奶奶，到處都被人捧著，忙得團團轉，當然免不了有藉狐斂財的。莊東有個女巫丁二娘，是個能說會道的年輕寡婦，經常化符下差，請狐神附體，獅子大開口，向病家索討錢財和各種東西，但她說的都很靈驗，對方不得不捏著鼻子給錢送禮給她。有一回，薛金貴家絕後，他的姪子謀奪絕份家業，請女巫丁二娘找狐神幫忙，狐神一附到丁二娘身上，就猛摑她自己嘴巴，兩邊紅腫，嘴角都流出血來。那狐神氣沖沖的說：

『你們聽著，這二寡婦，平常花言巧語，欺騙你們，根本沒有狐神附上她的體，但你們願意相信她，我便不願多事了。誰叫你們周瑜打黃蓋，一個願打，一個願挨的呢！如今她貪財謀奪別人的絕份家業，想串通不務正業的劣姪，逐走沒有子息的寡孀，卻把罪名推在狐神的頭上，瞧我，非打爛她這張說謊的嘴不可！』

「說著，二寡婦就直著兩眼，左右開弓的自摑起耳光來，她不知哪來的這麼大力氣，最先一巴掌下去，臉頰上留下五條紅印子，後來，臉頰腫得像發麵饅頭一樣，街坊上的人都瞧在眼裏，打那天起，真的連鬼也不上她的門了。」

「不錯，」伯公品味說：「這個狐神倒有點兒正氣，不容那些吃神鬼飯的人打著他的旗號騙人。」

「比起老薛來，我更差池了。」王老四說：「這些年來，我一直耍槍桿，兵氣很重，我從沒找過狐，狐也沒找過我，今晚我只能出一雙耳朵聽諸位講故事罷了。」

「要談起狐的故事來，那真是三天三夜也講不完了。」伯公把玩著酒杯說：「人真要是有靈性，每聽一個狐的故事，就應該得一分長進，人人都能得長進，天下也就不會亂成這個樣子了。」

「那您就先說一個讓我們能得長進的故事罷。」我舉杯說：「先敬鄉長一杯。」

「早先，楚王城吳家有座藏書樓，」伯公說：「那就是《西遊記》作者吳承恩的後代，他們藏書樓上住著個老狐仙，一住十多年，他常常替主人家晾曬書冊，整理卷軸，但沒人看見過他。吳家的人對他很恭敬，都管他叫胡老公，他也會在樑上發聲，跟人講話。吳家老太爺在書樓下設席宴客，來的都是知書達理的文士，主人會空出一個座位，照樣設上杯筷，央請不肯現形的胡老公來喝上幾盅，狐仙也不甚客套，照樣臨席，和那些客人周旋，他說話滑稽有趣，會寫笑破人肚皮的打油詩；但認真談論起詩文來，他卻中規中矩，有超人一等的見識。有一回，大家談到書齋後面所藏的古今小說，問起胡老公的看法，胡老公說：

『小說種類不同，若論傳奇，我首推《聊齋誌異》；若論演義，我首推《水滸》；

若論戲曲，當然以《西廂記》爲第一了。最差勁的兩本書，莫過於《金瓶梅》和《蕩寇誌》，簡直不堪入目。寫這兩本書的，真是害人害世。』

『胡老公，你不會那麼道學，硬指《金瓶梅》誨淫，就把它打進十八層地獄罷？』有人說。

『《金瓶梅》的誨淫，還用得我說嗎？它打著警世的招牌，掛羊頭賣狗肉。』胡老公說：『你們想想，見色不動心的君子，根本不用它來告誡；有色心的看它，誰都想做西門慶。像西門慶那種姦惡萬般的東西，真有心勸世，就該把他碎屍，把他打進畜道才對；作者寫他風流得病，居然善終；又讓他轉世投胎變成孝哥，成佛上了西天。把天道寫成這樣昏瞶，我做狐的，看了都不順眼呢！』

『除了誨淫，這本書難道全無可取嗎？』問的人又問說：『也有人研究它，說它許多好處的呢！』

『嘿嘿，』胡老公笑說：『好處我可沒見著，壞處能撿幾籮筐。像《水滸》裏的潘金蓮殺武大，天昏地暗，武松雙挽其頭，實在是天理人情所繫，多麼爽朗。《金瓶梅》故意盜用這段故事，讓謀害親夫的淫婦漏網，姦夫逍遙法外，利用拖延不獲報應的時刻，大抒淫筆。書裏寫武松最後殺嫂潛逃，置遺孤迎兒不顧；悖乎情理，和水滸寫武二郎投縣的氣概，差得遠了！其他像春梅那樣淫毒陰險的人，反而做了夫人：孫雪娥那種可憐蟲，反而落在春梅手裏，受盡磨折，真不知作者是怎樣的居心？那部書，我下了批註，你們讀了就曉得啦！』

『那《蕩寇誌》又有什麼不好呢？』又有人問說。

『先聽我講段故事罷，』胡老公說：『據說施耐庵寫完水滸，刻印成書不久，明太祖偶然看到，他看完之後，大驚失色，拍著龍案誇說：「這個寫書的人，簡直是孫武再世，不要說他的武藝兵機了，單說梁山泊的部署，就像諸葛亮的八陣圖；世上真有這樣的水泊山寨，諸葛亮再活過來，也攻打不下呀……」他把這部書交給劉基看，劉基看完回奏說：「不得了，這個人的本領，比臣高出好幾倍，他要是領軍作亂，天下不保了。」朱洪武也認為劉基說的是實話，心裏憂惶，寢食不安，派人出京打聽，打聽出施耐庵已經死了，這才吃了定心丸。

『你們想想，朱元璋是開國的皇帝，劉伯溫又是智多謀足的人物，他們都佩服施耐庵到如此地步，可見施公寫出的是天下奇書。而《蕩寇誌》的作者，存心要和施公爭勝，刻意的編排揑造，替官府做走狗，用粗俗的情節，打殺梁山好漢：裏面的毛病太多，我也全都批駁了！總之，《蕩寇誌》的作者是個笨驢，搬弄人物，累出許多臭屁來，使這部書充滿屁味，不談也罷。』

「喝！有這等的狐仙，倒是厲害得緊。」韓老爹說：「他簡直是書評家了！」

「何止於此，」伯公說：「他讀過書樓上所有的書，每部書都讀得非常仔細，在座的文士談到一部家喻戶曉的書——《三國演義》，有人便搖頭晃腦，自鳴得意的提出問題來考旁人，一個說：

『在漢朝，都興用單字的名字，像劉備、關羽、張飛、黃忠、趙雲……只有號才用雙字，像玄德、雲長、翼德、子龍……人說，後漢無二字名，在全部《三國演義》裏面，你們誰能舉得出幾個雙字名兒的人來？』

『嗯，有是有的，』一個被人目為三國通的老秀才說：『像黃承彥啊，石廣元啊，不出四、五個人啦！』

『胡老公，您讀書仔細，您說呢？』

『有三國通在座，我哪敢說？』胡老公笑說：『要是我記得不錯，全畫裏頭，連名帶姓三個字的，太多了，開卷第一回，就有馬元義、程遠志、張世平好幾個，後來更多，像裴元紹、呂伯奢、馬日彈、武安國、龐德公、楊大將、嚴白虎、曹安民、睦元進、韓莒子、呂威璜、王子服、吳子蘭、胡赤兒、胡車兒、秦慶童、單子春、尹大目、婁子伯、衛道價、博士仁……數不清了，單指石廣元那幾個，又把名字和號弄顛倒，竟然成了三國通？你們留我幾顆老牙罷，笑掉了，連雞骨頭全啃不動啦！』

『好！算您好記性。』那位三國通脹紅老臉說：『我再想請教您，在《三國演義》裏面，有一個人，有名無姓的是誰？一個人有姓無名的人，是誰？一個人名姓都沒有的，又是誰?!』

『哈哈哈，這種考小孩兒的玩意，拿來考我嗎？』胡老公說：『你只曉得，有名無姓的是貂蟬，有姓無名的是喬國老，名姓都沒有的是被張飛鞭打的督郵不是嗎？老實說，拿這個來問難，自炫其能，書算白讀啦！』

『敢問胡老公，這三種人，除掉你說的三個之外，還找得出旁的人來嗎？』做主人的說。

『多著啦！』胡老頭說：『那有名無姓的，像紫虛上人，普淨和尚，像南蠻裏的朵恩木鹿，不都是嗎？有姓無名的，像曹操欺負的叔叔、呂布早死的爹、孔融的兒子、趙範的哥哥，不用說是姓曹、姓呂、姓孔、姓趙的啦！沒名沒姓的，那可更多了，像董卓他娘、華佗的老婆、許貢的家客、太史慈的伴當、曹操差遣到徐州去的人、周瑜殺掉的赤壁使者、太史慈肘中的城上的將軍……遍處都是，像《三國演義》這種淺俗的書，你們粗粗讀過，談起來都掛一漏萬，真要朝深處做學問，紮根底，那是要難上百倍的呀！諸位都自承是讀書人，我看是難矣哉！』」

「喝！」韓老爹拍著桌子說：「這個狐神，真該請他來教教大學的。」

「算了罷，」伯公說：「他可沒有文憑和學位，到大學替人看大門，人家也不會要他的。傳說他平常倒很和氣，一臨到談文論事，他就半分不讓了。座上有人提起金聖嘆，讚他才學高，批註才子書，功力不凡，胡老頭大不以爲然，他說：

『金聖嘆恃才傲物，其實肚子裏沒多少墨水，持見迂腐，信口雌黃，做人更是浮薄寡信，一無可取，一部活生生的水滸，叫他批得亂七八糟，提起他，我連雞骨頭都啃不下去了！』」

「你們聽聽，他要是遇上金迷，不跟他猛打筆墨官司才怪呢！最好笑的是另一天夜晚，宅主吳老又在書齋宴客，替狐仙備了席位，席上一個文士提出一個酒令來，約定在座的每個人，都要憑良心，講出自己最怕的是什麼，要講的合情合理，沒理的要罰酒，而且是要本身單怕，不能講人人皆怕的，才能算數。頭一個人說他怕老婆，結果被罰了一大杯，因爲老婆這玩意，是大家都怕的。後來，有人陸續提到怕真有學問的，有人怕俗漢的，有人怕會拍馬屁的，輪到胡老頭，人家問他最怕什麼？他說：

『不瞞諸位，我是怕狐狸的！』

「大家一聽，嚷著罰酒，令主說：

『您這一怕，怕的毫無道理，您若說：人怕狐狸，還有可說，您本身是狐，怎會怕起同類來呢？除非您說出道理來，要不然，罰酒您是喝定啦！』

『嘿嘿嘿！』胡老頭笑起來說：『天底下，惟有同類才是最可怕的呢！你們人類，自古到今，同類相殘，打打殺殺，鬧的沒完沒了，史書上全是血腥味兒。你們俗話更說：同行是冤家。勾心鬥角，你坑我軋，同夫之妻會爭寵，同官之士會爭權，反問內應也都是同類，你們說：我這做狐的，能不怕狐嗎？』

「胡老頭這番話，問說得全席鴉雀無聲，獨獨有一位笑說：『儘管你說的有理，正因爲理太足，變成天下同怕，還是該罰一盅。』」

「照這麼說，咱們全都該陪胡老公喝上一盅才是！」韓老爹首先舉杯說：「伯公的這個狐仙的故事，真是讓人長學問的啦！」

「狐仙裏頭，有學問的多得很，」伯公說：「講訓詁，論考據，他們都很淵博。其實，這全不足爲怪，他們活過上千年，有許多事都是他們親眼所見，歷盡滄桑，本身就是一門大學問，人生可只有幾十年，哪能比得呢？」

「這正是人的悲哀處。」韓老爹說：「尤其是時下的人，唸了點書，就目中無人，連別人都看不在眼裏了，哪還會聽得進狐仙的話？真要有那麼三分悟性，人世間也不會被人自己搞得烏煙瘴氣，不堪收拾啦！」

「想來也真怪，」我說：「我們在科學時代講狐，而且講得這樣的入迷，旁人不知會怎樣想？」

「其實，講一些科學家沒有驗證的事情，並不算反科學，」伯公說：「我們當然承認，科學有科學的用處，但它總不是人生的全部，要是有機會的話，科學家應該加緊去研究鬼狐，我相信，總有一天，人對鬼狐的認識會比現在更清楚的。我們不妨舉個例子來說罷，很多傳說裏，走夜路的人，遇上一個燈火通明的集市，或是遇上一幢古老的大宅院，走路的人投宿在那兒，和主人一起吃酒談天，臨到一覺醒來，發覺自己原來躺在一座荒墳上，四面只有樹木和野草。有人說，那是鬼氣聚合成的幻象，騙過了人的眼；同樣的，狐仙也會使用這類幻術，或是使用大搬挪法，能把別人家的東西攝過來，這類法術的奧秘究竟在哪裏，不正是科學分析研究的好命題嗎？」

「按理說是這個樣子，」韓老爹說：「但鬼狐終是靈幻的東西，牠們並不是和所有的人公開接觸的：科學家就是有心去研究，也無從著手，除非他本身放開旁的事不幹，一輩子都在等待和尋找牠們。聽說歐美也有研究靈魂學的，只是不易打開困境，進度很慢而已，但狐仙這一類，日後恐怕要靠中國人單獨去研究了。」

「我這一輩子做不了科學家，」我嘆口氣說：「不能替狐族定位，也沒辦法揭開牠們神秘的面紗。看光景，只能就已有的傳言和一些人的經歷，把它們當成一面鏡子，讓人從那些故事裏面，照照他們自己罷。」

當然，像這樣的談論，就科學的立場看，根本是沒有結果的：我卻認爲，談論的本身就是結果。每談一回，我就能多聽多記一些新的故事，來到這個沒有狐仙的環境裏面，我除了接觸書本，聽取傳說，似乎沒有更好的方法，繼續我的研究了。

19

有時候，像這樣的談論，並不都是長篇大論的，偶然有人講起狐的故事，我也會湊上去閒聊一番。在那條街的中段，有個開豆腐店的唐奶奶，她是海州人，和我算是大同鄉，我每回去買豆腐，她總倒杯茶給我，和我閒聊一陣子，也不知怎麼就談起狐仙的事來，她說：

「在我們那兒，家宅裏有狐是常見的事，我們家裏就有。牠們有老有小的，也是一大家子，牠們不算什麼仙，也不會騰雲駕霧，和我們一樣，也過的是小日月呢！」

「那不是狐仙，怕只是黃鼠狼罷。」我說。

「是狐仙，沒錯的。」她說：「狐仙和人一樣，也分三、六、九等啊！他們只是道行不夠深罷了。他們常在夜晚，用雞蛋殼擔水，在牆頭上推車子，有時在牆腳下煮雞吃，燒得滿院子都是煙，那時鬧抗戰啦，人也苦，狐也苦，真有些逃荒避難似的。」

「妳看過他們變人嗎？」我說。

「噢，那倒沒有。」她說：「但他們倒是挺愛乾淨的。有一回，我的女兒不懂事，把月信帶子掛在牆裏很高的地方，那隻白狐便跑出來，在門楣上唧唧叫：我們趕牠牠也不走，只是很急躁的打轉，我們燒香拜牠，牠仍然不走，直朝一邊努嘴：最後，我們才看到那條高掛著的月信帶子，立即把它取下來，剛取下，牠就很高興的搖著尾巴，鑽進牆洞去了，可見狐仙對那種物事，是很忌諱的。」

唐奶奶是不識字的鄉下人，不會繪聲繪色的講故事，她講到狐，真和講到她的鄰居一樣，親切、自然，完全閒話家常，沒有一絲誇張矯飾的地方，尤其是用雞蛋殼兒擔水，在牆頭上吱軋吱軋的推車，使人在想像中，浮現出極爲有趣的畫面。

後來，我無意中發現，唐奶奶輕描淡寫講出的狐仙故事，和熟讀經書的韓老爹、伯公他們講的狐，在層次上大有不同，尤其是伯公，他博覽群書，漢以後誌異小說筆記，瀏覽甚多，他特別推崇紀文達公，認爲他的筆記五種，就神怪幽冥的事例，冥思透察，發爲哲語，義切勸懲，實在是歷代稗官小說所沒能創闢的新境界。

「我欽敬文達公，並不算數。」伯公笑說：「湘鄉的曾文正公，更是佩服紀先生，他曾經把紀先生對鬼狐所作的品評論斷，倩工刊刻行世，題名《紀氏嘉言》，可見曾文正公的深重推許，讀他的筆記，確使人增長學問的。」

「拿狐的故事做例子罷，」我說：「請您把文達公的觀點分析分析好了。」

「這並不難，」伯公說：「文達公很少單獨立論，總把他的思想和見解，放在故事裏面，大有成人童話的味道，我們很容易把它當成寓言看。他曾經說過這樣的故事，大意是說，他家鄉有個姓羅的文士，平時風流自賞，十分好色；他平常夜讀小說雜記，看到狐女長得千嬌百媚，忍不住的色心大動，經常跟朋友談起，要是有機會，定要娶那麼個女狐來做妾，有人就慫恿他說：

『西北角的亂葬崗裏，大大小小的狐窟可多得很，你怎不寫封信，準備點雞酒供物，到那邊去祭禱祭禱，說不定狐長老看你心誠，會允個狐女給你，讓你享享齊人之樂呢。』

『你們既這麼說，我可真的要去試試了。』姓羅的笑著說。

「他並不是說著玩的，第二天，他果真帶了雞酒供物，寫了一封文情並茂的求偶書信，到西北角的荒塚堆去了，他在荒塚堆裏找到狐洞，設上供物，點火燒了那封信，祝禱著說：

『狐大仙，狐大仙，小子不是過分貪心，只是自幼羨慕狐女靈慧姣麗，常常心存幻想。小子如今雖有妻室在堂，但妄念未絕，您那族裏的狐女很多，那高貴的也許已經許了人家，平臉塌鼻的，我也不想，若能賞賜一個艷婢，像西廂裏的小紅娘，給小子我做個偏房，我這輩子都會感激您的。』

「他這樣的禱告又禱告，才回到宅裏去，一過過了好幾天，沒見任何消息，他以爲不會有事了，在燈下獨坐悵想著。忽然燈燄飄搖，有個很出色的女子站到他面前，對他笑說：『家主人收到您的信啦！特別選了個黃道吉日，差遣小婢三秀服侍您，希望您能看得中意。』

「姓羅的哪天瞧過這樣的美女，一瞧之下，身體都酥麻了半邊；三秀向他叩頭，膝蓋還沒點地，他就把她拉了起來，連聲道好，當天夜晚，他就把她收了房，對她寵愛萬分……。

「三秀會隱形術，除了羅，旁人看不見她，不管姓羅的到了哪裏，三秀都會跟著他，這可讓姓羅的愜意極了。這樣過了一段日子，姓羅的竟發現三秀手腳不乾淨，家裏面吃的、用的，經常失竊，三秀還會勾引別的狐，到宅裏來吃喝嬉樂，他忍不住呵責她幾句，她就哭得像淚人兒似的，楚楚可憐，姓羅的被她那種柔情媚態，弄得魄動魂搖，也就罷了。

「久而久之，姓羅的家裏已經羅掘俱窮，身體也被三秀纏得虛弱不堪；再去呵責三秀時，三秀反而出言譏諷，說他本錢只有那麼點兒，想娶小老婆就是不自量力，吃這苦，根本是自找的。

「臨到這辰光，姓羅的就夠懊惱的了，三秀反客爲主，白天黑夜呼朋引類到宅裏來作祟，只要姓羅的皺皺眉頭，她就摔鍋摜碗，弄得全宅不寧，姓羅的沒辦法，延請正一真人來宅劾治。正一真人化符，三秀現形，大聲抗辯著說：

『我並沒要到他家來，全是他親筆寫了求偶的信，家主才差我來的，既不算私奔，也並非苟合；現今，他的親筆信在這兒，就是確實的證據。至於順手牽羊，夫妻之間不分彼此；他說我妖媚，這原是狐的本性，從古到今就是這樣的，人不都說：狐媚狐媚嗎？他娶小，不去找人，偏要找狐，那是他本身貪淫好色，原就喜歡妖媚，他自己找狐，卻逼著狐一定要做人，這是說不通的。他既是唸書人，焉不知：江山好改，本性難移的道理？您說是不是呢？』

「三秀當著正一真人的面，振振有詞，像放連珠炮似的，一口氣說了許多，兩眼紅紅濕濕，扯著老道人的袖子，不斷訴苦，正一真人也叫她扯得發暈了，急忙說：

『妳有話，不妨慢慢說，我在聽著呢！』

『就拿人情常理來講好了，』三秀又說：『他既然貪圖聲色，就不能吝嗇。我的吃喝花用，他不得管我；我做了他的偏房，多吃他幾口飯不算什麼，花不夠，吃不夠，我順便拿點兒，這種情形，哪家沒有?!這跟偷別人家的東西，總不能一概而論罷？』

『那妳過分妖媚，弄薄了他的身子，又該怎麼說呢？』正一真人問說。

『您老人家是老糊塗了，這種閨房裏的事，聖人也沒立過限制，王法也沒定過科條啊！再說，那全是他要的，在我，只是盡本分，這能算我的罪過嗎？』

「正一真人想想，狐女三秀所講的，句句在理，根本爲難不倒她，便又問說：

『算妳有理，但妳糾眾入宅，肆行滋擾，妳又能拿出什麼樣的說詞呢？』

『啓稟真人，一個女兒嫁給人做小，全家都會依靠著她，要不然，女婿怎會叫做「半子」，他精神虐待我，我娘家父母兄弟到他家來鬧一鬧，這種事，世上見得太多，人不犯罪，爲何要獨責做狐的呢？』

「正一真人聽了三秀的話之後，低下頭想了一會兒，朝姓羅的笑說：

『羅施主，我想了又想，你真是「求仁得仁」，應該沒有好埋怨的，我老了，不能驅神役鬼，管人家的家務事了，這個爛攤子，還是你自己收拾罷！』

「可憐姓羅的因爲貪心好色，招引狐女上門做小，一直被鬧到一貧如洗，弄到最後是餓死的。這個故事，表面是寫狐，實際上是講人。有許多娶小的人家，非但沒享到齊人之樂，反而鬧得全宅雞犬不寧，那裏頭的原因，不外是三秀陳說的，還得加上吃醋爭寵，誰能受得了呢？佛家常要人積善因，得善果；反過來說，人要是種惡因，自會得到惡果，這可是千古不移的道理。紀文達公沒加評註，單單記下這個故事，其中的道理，都由三秀說出來的，你能說她講的，不是正理嗎？」

「真的是承教承教了。」我拱揖說：「原來太多狐的故事，根本也就是『人』的故事，紀文達公看得深透，胸羅萬有，對人世間任何事物，都有他獨特的觀照，這真叫人不能不由衷佩服。我如今在學著寫小說，覺得最難的倒不是驅動文字，而是對事物的觀照，觀照不足，費盡筆墨，寫出來也只是空虛浮泛的東西罷了。得看多少書本，經歷多少生活，才能有這等的觀照呢？」

「凡事都是急不得的，」伯公說：「俗說，水到渠成，你只要發憤努力，好生學下去，寫下去，總有一天能寫出像樣的東西來的。像你現在研究狐，走的正是通靈之路，這比理直氣壯，自以爲是要好得多啦！我早先正犯了這種毛病，年近六十，還沒改得了呢！」

在南部居留的那幾年裏，我受韓老爹和伯公的影響很大，他們對經義和古文學有很深的浸淫，也許在新的所謂「科學時代」中，會被人譏爲不合時宜，說他們是經學鬼、玄學妖，但我始終覺得，在他們的感覺世界裏，有著均衡的理念，比較接近無限的天地。這兩位老先生，在言談之中，從沒排拒過科學，相反的，他們都很尊重科學，只是對一般人所抱持的科學萬能的觀念，不願苟同而已。

我也常常潛思默想，捫心自問：科學真的是萬能的嗎？答案是否定的。我總覺得：人類在宇宙中，並不是絕對的動物，生命從何處來？又往何處去？僅僅是人類永恆的命題之一，單拿無限的時空結構來講罷，中國古代以時爲經，以空爲緯，交織而成宇宙，如果時間如一條線，哪裏是線頭？哪裏是線尾呢？如果空間是四面八方，哪裏是它的邊際呢？沒頭沒尾、無邊無際的東西，是超出人理念之外的，無怪乎莊子說宇宙：九天之外，謂之大一；九微之內，謂之小一了。近代科學家說：時乃空之隔。這是文學與科學同一的認知；我們或可說：時間是空間的內容，因爲空間非空，它充滿了時間，我們用光速測量星球間的距離，不正是以時間測量空間嗎？以驗證爲主的科學，正是向無限奧秘的宇宙拓展之路，一切科學的定理定律，只是階段性的發展過程而已，在生命和時空之謎未揭露之前，人類無法站立在絕對的地位發言，也無法對沒經驗證的諸般事物，作出武曲的論斷的。這樣說來，我研究狐族，不是給科學家一個新的命題麼？

不過，說到「研究」這兩個字，首先會笑掉我自己的兩顆大牙，我沒唸過幾天書，毫無學術根底，根本不是搞研究工作的材料。論文學，只能靠邊站，論科學，連邊都沾不上，何況我拖家帶眷，連混飽三餐都成問題，哪有精神去遍翻典籍，在當時，即使跑遍臺灣南部，也找不到許多記載狐事的書呢！充其量，我只是一個對狐族興趣很濃的人，就算在街上閒逛，一聽到有人講起「狐」字，我就會停住腳步，豎起耳朵來聽了。

那年初夏的黃昏，我沿著一條高堤散步，走過一個全是紅瓦克難竹屋的新村，一座古老的小廟邊，有一株很大的玉蘭花樹，主幹粗如巨盆，枝繁葉茂，上面開滿了香氣四溢的白花；有一群人聚在樹蔭下閒談，正好談到狐仙的故事。那個說故事的老人，一口濃郁的鄉音分外的吸引了我，我走過去一看，立即便認出他來，他正是我在抗戰時期在戰地遇到過的謝老先生，經過這些年，他當然認不出我來了。

「謝老先生，」我欣喜若狂的叫喚著他說：「沒想到一別多年，又在這兒遇到您啦？」

他怔怔的望著我，彷彿在盡力回想著什麼。

「你是？……嗨，我老了，一時記不起來了。」

「真的不記得了？」我說：「當年在戰地，您還跟我談了不少狐的故事呢！」

「哦，你這一提，我全記起來了，」他拍拍腦門，臉紅紅的笑說：「這些年不見，你早長成大人了，你要不先提起當年的舊事，我說什麼也認不出你來啦！這世界，說大實在夠大，說小，也確實很小呢！」

「咱們是一條路上的人，」我說：「跑來跑去，還會碰上的，古人說：物以類聚。您不談狐，我還真沒想到會是您呢！」

「我就住在這村子裏，」他指著那個克難的社區說：「臨時搭了兩間竹屋，聊避風雨罷了。你如今還在迷著聽狐的故事嗎？」

「自幼養成的癖好，這輩子恐怕改不了啦！」我說。

「那好啊，」他笑起來：「到一個沒有狐的地方來談狐，不但更能暢言無忌，而且咱們都經過了一番生死劫難，如今劫後餘生，應該看事看得更清明啦！狐事何嘗不是人事呢?!」

承他相邀，我到他宅裏去坐了一會兒，他的那兩間竹屋靠著村後，前面用粗糙的竹片圍籬，隔出一方小院子，院角長著亂蓬蓬的拐磨花，院中的飯桌和木椅，全是用砲彈箱的廢木板釘成的，看來有些鄉野氣味。

「真沒想到，我們住得這樣鄰近，」我說：「我就住在這村子的南邊一座眷村裏，只隔一條馬路而已。」

「住得近好啊！」他說：「我在縣屬單位有個閒差，每天很早下班，有的是時間，歡迎你常來聊天。」

無意中重遇謝老先生，我的談狐的班子算是逐步重建起來了，謝老的談鋒甚健，出語詼諧，無論談狐論狐，都有他獨特的見解，比伯公和韓老爹所談的範圍更見廣闊。同時，他的古文學造詣很深，能夠在談狐的同時，發揮他對文學的寄望，可說是我的良師益友。

「現時的人，多半太看重現實了。」他語重心長的說：「說來也難怪，長期過亂離的日子，人命比狗命還賤，人在逃難的時刻，隨時都會被凍死、熱死、餓死、渴死、掉下水淹死、挨亂槍打死，不重現實行嗎?但人可以重現實，文學卻不能完全陷在現實裏面，時間不停的朝前滾，再大的劫難也總會過去的。文學永遠在追索人性，要找出生存痛苦的最重要的原因，它就不能完全陷在眼前的現實裏面，一味順著時代走；有時候，文學的功能是要超越時代的。我們就拿寫狐來說好了，如今你要寫狐，有些中了科學毒的人會說：

『如今是什麼時代了?還在寫那些虛無縹緲，不切實際的玩意兒。』也許有人把話說得更重，說你是存心逃避現實，遠離時代，根本是頹廢主義。如果聽到這些論斷，我會說他們短視無知。」

「這倒是很有趣的話題，」我說：「您不妨解釋解釋您的觀點啊！」

「說起來很簡單，」謝老顯出很有自信的樣子。「我不是說過嗎?狐學就是人學。人看人，真的不容易看得清楚，用狐來比人，越比越清楚，有什麼比洞悉人性更要緊的呢?咱們半輩子身受的苦難，難道不是從人性的糾葛，人性的失落所引起的嗎?若不深入人性，探尋它的脈絡，解剖它的肌里，空喊改革這個，打倒那個，那只是治標，而不是治本，把文學拘限在現實裏，那是變無限爲有限，本末倒置的做法。」

「謝老，您最好講慢點兒，」我苦笑說：「我這腦瓜子紋路欠周全，有點轉不過彎兒來了。」

「好，我把它降到現實層面上來說罷，狐和人共處了幾千年，你承不承認，狐族有許多優點，是人所欠缺的。比如說：狐的野心不像人那麼大，爲爭權奪利大動干戈；歷朝歷代數下來，人的社會打打殺殺，造成多少血流成河，屍骨堆山的場面，狐族有沒有?!」

「至少書本上沒記載過狐族大戰的事。」我說。

「那就對嘍！」謝老先生說：「人常驕傲於人類所創建的文明，律法書重得能砸死人，那些違法犯法，鑽法律漏洞的人不知多少。人成爲人，主要的是靠教化，軟化不是靠

嘴巴空說的，老實講，狐族的軟化比人強，你可聽說過，狐族有監獄、勞改場那類的玩意兒？狐族只知有天律，並沒另創什麼撈什子的狐律出來；人的律法書若不按天地至理去寫，那就毛病多多。有人會以法張勢，有人會弄法爭權，有人會玩法弄人，有人會假法圖利，那又得用什麼樣的法去制呢？……人類的科技文明，固然使生活過得舒適利便，但科技帶來的高度毀滅性，也使人類本身飽嚐苦果，這不是自己搬磚頭砸自己的腳，有人把現代虛浮不實的文明，稱爲『文明的枷鎖』，算他是有點眼光的。」

「您要知道，人類的條法，原就是從自然法誕生，逐步演進的呀！」我說。

「我何嘗不明白，」謝老苦笑說：「喪失了良心，什麼辦法都沒有用了。說來說去，還怪在人的腦瓜子太精密，容易接受外來的誘因太多，功名、利祿、酒色財氣、吃喝嫖賭，使人在相互坑軋中，養成了瘋狂、歹毒、殘蠻、陰險、狡詐、阿諛、淫邪，……千百種惡德，甚至把聖賢的言語，編成一張人皮披在身上，裏面裝的仍然是禽獸；這和修真煉性的狐仙比起來，真是相差十萬八千里，沒得好比的了。文明要是改不了人性的缺失，還不是藏汙納垢的東西，非得重建不可了。」

「您這番話，說得太痛快，我全懂得了。」我恭敬的說：「被包裹在無數閃光字眼裏的人類文明，其實早就因人的惡德腐爛了。比較起來，狐的世界，確實乾淨多啦！狐雖有惡，總是小惡，但人間恆常出現大奸大惡，這樣看來，寫狐確實可以鑑人啊！」

「所以嘍！」謝老把身子朝後一仰，這才噓口氣說：「你日後寫狐，得要有寫狐的道理，換一個角度來喚醒人性，朝真純優美的方向去發展，這不是真正的戰鬥文學是什麼？我剛剛說過，人類的災禍，從大多數人不尊重狐開始的，要是真把狐的世界當成他山之石，多琢磨琢磨，人心也不至於崩壞成這個樣子，尤其是處在亂世，許多人都小船沒舵——橫掉了！難道你不覺得麼？」

謝老這番言語，雖說出之於閒談的方式，但對我這一生的寫作生涯，卻產生了莫大的影響。以狐的世界反觀人世，我實在難以對亂嘈嘈的現世文明發出空浮的謳歌，集權的醜惡形成冰結，自由的氾濫反成爲腐爛，一些半瘋狂的人形物，在血水和蛆蟲中蠕動，這種推不開的幻象，經常無日無夜的纏繞著我，有時我真想變成一隻狐，獨自竄歸山林，去修真煉道去了。我努力抑制住這種半瘋狂的感覺，儘量讓自己的心沉潛下來，在靜夜裏深思，謝老的每句話，都閃爍著光亮，將我引領著，走出幽暗通道，走進一片空曠開闊的境地。文學的取材本就是無限的，如果一味拘泥於現實，它就死了；偏偏世上有些人，肩上壓著一種自以爲神聖但卻十分虛無的責任感，把別人都看成滿身罪惡，唯有他自身是救世神祇的化身，像一隻隻潑猴般的跳踉著，誇述著他們寫實救世的寶典。算了算了，我與其充殼子假扮聖賢，倒不如多扯些鬼狐的故事，要罵，首先把自己也給罵上，這樣，多少還有點人味呢！孟子云：「人之異於禽獸者幾希？」我雖披的是一張人皮，自有人性的諸般缺失，若不先求自渡，又如何得能渡人？有了這樣的自惕，我總算覓著自己要走的道路了。

20

我和謝老先生前後共處了三、四年，有過太多次的長談，他的話語，豐沛莽蕩如江河，幽玄深奧處，都非我能盡知盡解。這其間，韓老爹北遷另一個城市，伯公也搬離了那條臨時搭建成的小街；我的談狐班子，轉眼又被拆散了。等到我退伍北遷，回首前塵，那彷彿又成了生命過程中的另一段夢境。

在孤獨中面壁，從事於閱讀和寫作，想到我這半生曲折的行程，覺得頗爲怪異。我原本不識得幾個字，就因著迷於狐的世界，迷迷糊糊，莫名其妙的就耳聰目明起來。如果說我還能有點智慧，好像這並不是天生的，而是吸收了狐的靈氣，這使我渾身上下也透著一股狐味，說起話來，都是一派野狐禪了。

此間無狐，我若想進一步的研究狐，非借重書本不可：有時候，日有所思，夜有所夢，那些夢也光怪陸離，彷彿是一頁頁的傳奇。我也許夜夜挑燈，太過疲累了，醒著時，迷迷盹盹的彷彿是在作夢；在夢中，反而比醒著時更爲清醒，久而久之，我連什麼叫醒什麼叫夢都難以區劃了。

一夜，我夢到自己飄飄蕩蕩的回到故園老宅，光景是玄黑的，我卻能在一片玄黑中，清晰的看見周遭一切的景物；顯門兩邊，分立著我童年時常常騎乘的白麻石雕成的獅獸，晉木加銅釘的黑漆大門，門裏邊面對的照壁，南屋左右的花壇，香椿、海棠和石榴樹的姿影，還是那麼熟悉的影立著。我噔噔的爬上樓去，看見紫檀木的書架前，父親在那兒坐著，以清朗的目光看著我，朝我微笑。

我並沒有時空錯亂的感覺，也忘卻他早已不在人世了，而我自己也絲毫沒有長大，仍然是個孩童的模樣。若用時光倒流去形容，那是不確實的，夢裏毫無那種感覺。

「聽說你在研究狐，」父親說：「摸出點兒心得來沒有？」

「說來慚愧，」我低著頭說：「兵來馬去的，奔跑了一些年，只零零星星聽過些狐的故事；若說有點心得，也都是旁人的心得，不是我自己的。」

「嗯，你倒是很誠實。」父親說：「其實，我年輕的時候，研究狐，寫了不少札記，結果也跟你一樣，談不上有什麼心得。人的一生不過幾十年，轉眼就過去了，要是能把斷簡殘篇都收集起來，印本小書留在世上，讓後世的人，接著再去研探，我相信，終有一天，狐族的真相會大白於世的呢！」

「斷簡殘篇，我真也收集了不少，」我說：「但我仍弄不明白，它對人能有什麼樣的用處。不錯，狐的世界確實比人的世界單純，也沒有那麼多的紛爭，但人的世界在不斷的進化，它是一直朝前走的，儘管愈走愈複雜，它卻無法再走回原始單純的路上去的，狐的世界只是一個夢，落在我們身後很遠的地方，沒有人再能回頭去捕捉它了。這個打在我心裏的結，我還無法去打開它呢！」

「嗯，人的問題，當然比狐的問題多。」父親說：「文學雖能啓發人，鼓舞人，但並不十分實際，要研究人的問題，得從史學著手，你至少要懂得，從原始到文明，人是怎樣一路活過來的。若能把人的歷史和狐的歷史互相比照，也許會有些新的發現罷。要能更進一步，把文學和史學結合起來，用處就更大了。」

「用文學去結合史學，這不是太難了嗎？」我有些惶惑起來。

「這也許是我讀了半輩子的書，得來的感受，」父親緩緩的說：「沒有史學根底，缺乏歷史的觀照，文學是沒有根的樹。如果你要了解人，從橫的一面看是不夠的，人性會在每一個不同的歷史階段，藉著多樣的生活表現出來的。我所謂的史學，實際上是包含了很多個部門，像原始圖騰的社族組織和發展、基本生活形態、社會結構和經濟結構的變易、各類典章制度的建立、人與人之間活潑機能的調整、各種不同本質不同形態的戰爭以及統治結構的更易……像近世的政治、經濟、文化、軍事、生產、各類學術，都是從史學裏衍發出來的。一般編年史的記載，就其內容來看，只是史的骨架而已，當然，文學結合史學，原就是椿難事，話又說回來，天下哪樣事是容易的呢？」

父親說著，站起身來，用手推開一扇窗，我靠過去，和他並肩站立著，順著他的手指，朝窗外看過去，在沉黑的巨大背景中，亮著一種奇異的幽光；有的地方是陰綠色，有的地方是灰藍色，一直綿延著極目無盡的遠處去。在那種光亮裏，無數無數的古代人類在活動著，說它是一種幻覺也好，說它是夢中之夢也好，我的心彷彿是一隻透明的眼，能直接的看見那些人物，圍著樹葉的、披著獸裙的、執著石斧的，那又彷彿是童年聽到的故事，在窗外復活起來。許多紛亂的圖景，走馬燈般的旋動著，歷朝不同的衣冠袍服，都在風中飄舞，一張張青色的臉，在幻光中搖晃著，他們嘴唇翕動，彷彿要說些什麼，但風沙四處瀰漫著，我根本聽不到聲音。

「你看到了麼？」父親說。

「看到了。」我正想這樣的回應時，忽然在墨裏，在四面八方，無數的窗都打了開來，窗光勾勒出窺看的人影，他們分別的，從不同的角度來看那些奇異的景象。

「史的本身是固定的。」父親說：「但記述史實卻是有角度的，修史的人物是有立場的，看史的人更是有不同觀點的，這正是史學的大難處之一。你想用狐去比映人，首先就要懂得人的心性，人的生活，根據歷代官文書的記載，所謂正史的修撰，實錄的記載，固然可以管窺出一部分民間生活狀況來；在廣義的史學要求上，那僅是官方的一面。另外像方誌類的書籍、野史逸聞、地方戲曲、民歌童謠……一切能反映全民生活景況的傳聞，都具有史的參證價值。近代史家在研究歷史的觀點上，本就顯得分歧，唯心唯物之爭，久久不息：有人主張心物一體，立意是很好的，但缺乏有力的史實根據去證實它，只能作文學和哲學思維去看待，總之，你想研究狐，就不能不涉及人類的歷史，你好自爲之罷。」

我從怔忡中醒來，壁鐘正敲著子夜兩點。

我回想著這個很奇怪的夢，它不像平常作夢那樣，恍惚、朦朧，我醒後，仍能記得父親所講的每一句話，當時就披衣下床，扭亮書桌上的檯燈，把它鏤記在我的筆記上。有些一夢，使我的心情變得沉重起來，人類的歷史，汪洋浩瀚，尤其是古史，更是傳說紛紜，莫衷一是，古今史家，往往窮畢生之力，僅僅能釋其一端，像我這般粗淺浮陋的人，哪裏能得窺門徑呢？

暫時拋開這使人煩惱的問題，反轉去看狐罷，至少，狐的世界遠比人類單純。一般說來，狐的文化多半得自於人，在傳說裏，狐所讀的書不脫儒、道、釋三家，卻仍以經、史、子、集爲正宗。牠們本身不立文字，著重於口授心傳，這樣便減少了一層文字障，也不會衍分出不同的學術流派，產生出許多各持己見的爭攘。牠們用心去讀書，隨時顧慮到整體的活化揉融，不會像某些讀死書的人，硬鑽牛角尖，尋章摘句的以偏概全；更有許多人，把原用以豐富人生的學問，當成利己的工具，有的把它斷章取義，用在鞏固統治上；有的揣摩上意，用它當作進身之階；有的站在相反方面，用它排除異己，煽惑人群，分明是人心污穢，卻害得學術遭殃。歷朝歷代，學術總是被牽入權謀的陷阱，從沒有真正的光大獨立過；連說真話的孟老夫子，也曾被逼得靠邊站，不能見容於暴君；至於真正爲學術爭地位的人，不知被割掉多少大好的頭顱。

不單一般人慣於頂著學術的殼子做假人，連儒、道、釋三家，也各有門戶之見，在爭攘中浮降升沉。書上說，早先有個文士，在炎熱的夏天，穿著內衣，躺在一處大廟的藏經閣上睡著了，睡到半夜，忽然覺得有人拽著他的手臂，大聲喊著要他起來，別褻瀆了佛經。他揉眼坐起來一看，原來是個白眉白髮的老頭兒；文士問他是誰，那老頭兒說他是守藏的神。文士也不害怕，看到天頂的月亮亮堂堂的，就和那老頭兒聊起天來。

文士問他說：

「我們儒家的書本那麼多，也沒聽說有什麼神守護它，是老天偏重佛經，才要您來守經的嗎？」

「那倒不是，」老頭兒說：「佛家以佛道設教，芸芸眾生，可信可不信，端看人的佛緣深淺，造化高低，所以藏經閣上，有神佛守著。儒家以人道設教，凡是在世爲人，都應該敬守，正因著人人敬守，不必再煩神佛了，這並非老天偏重佛經啊！」

「照這樣說來，老天對三教是同樣看待的嘍？」文士問說。

「三教的性質不同，不能一概而論。」老頭兒說：「儒教重在律己修身，經緯國族，道家重在虛淨至柔，將心性融於天地，反璞歸真；佛家講求定力慈悲，各有它的宗旨，至於導人爲善都是一樣的。一般說來，儒家像是五穀，凡人每天都要吃的；釋道像是藥物，在緊要關頭，能爲人解冤化愆，消除積孽，這方面，要比儒家捷便；但談到治世，仍以儒爲主，釋道爲輔；有些儒學偏重空談心性，排斥釋道，那都是缺少廣大見識的。儒道釋三者，就它們的教義來說，都是好的，但假信奉之名爲災爲患的人，正多得很呢！」

「那您是什麼樣的人呢？」文士說。

「呵呵，」那老頭兒笑說：「我原本不是人，我是天狐，以儒理、佛心而成道，自覺三教歸元，不像人間那樣排斥爭攘，你們做人自視爲萬物之靈，連這點道理都弄不清楚嗎？我看，不是弄不清楚，根本是各有成見罷了！」

以上這段故事，也許是出於文人假託，但拿它當成寓言看待，用它反思反省，倒是很有力的。狐的世界較人單純，他們爲外物所蔽的情況自然比人少，他們接受聖賢之說，能探求原理，直映天心；不像爲外物所繫的人類，凡事先講立場、角度、階層，如此一來，放諸四海而皆準的觀念，早已完全的喪失了。所謂的正義與真理，常爲交戰國雙方持爲盾牌，它們只是一堆閃光的名詞，再不具有任何的實質意義，人類在不同種族、不同國度、不同膚色、不同文化、不同歷史進程所培育成的偏見、管見中，形成難以溝通的分別自囚局面，彼此攻訐、敵視，甚至作血淋淋的交戰，試圖以「力」去分個高低，以「力」去解決爭端，語言、哲學、文學、科學，全被用爲「力」的蓄積；每一個國族，總在敵視著、防範著強勢的外邦，整個的人類世界，恆處在力與力的激盪中，坐在火藥桶上，高嚷著正義、真理與和平。

白天思想到無歸宿處，總覺在世爲人，實在疲極累極了。宗教的信徒們，臨著這種光景，只有雙手合十，或是低頭禱告，把許多想不通、參不透的事物，全都交給萬能的神佛，讓祂去作結；這樣，至少是經過思省，知道人的虛無，人的軟弱處了。人能在面對現實，無可奈何的景況下，選擇他們的宗教信仰，至少是具有些自知之明的做法，但進入較高的宗教層次之後，人類糾葛不窮的問題，仍然存在著；不同的宗教戰爭，在歷史上仍然層出不窮，就是明顯的例證。在權力的過度伸張影響之下，在本身利害得失的權衡之下，原本神聖的宗教，何嘗不被若干野心人士，借來當成工具使用呢？這種人類世界，實在荒謬得使人傷心了。

人既荒謬得無法自救，又不一定能靠宗教使全體得救，人只能依靠個別的靈性，自求多福，在精神上甩脫這片滾滾紅塵，謀求自我靈魂的圓滿超昇了。佛家把人間視爲「無邊苦海」，倒是十分穿透的看法呢！

話又說回來，如果人本身對這世界產生了空虛絕望的感覺，放棄了人本的追求，把一切無歸宿、不可解的事物，全交到神的手裏去，使人的處境，轉換到一個新的神權時代，人的價值又在何處呢？只怕臨到那時候，無體無形的神並沒掌權，真正的權柄反而落到教棍、神棍的手裏，以一種使人目迷的宗教色彩的渲染，把人類牽入另一座迷宮罷了。有些人真的是抱有這樣疑慮的，主要是對人性透視較深，深覺神即可信而人不可信，於是，死心塌地的期望來世早早降臨，舊的世界徹底毀滅，由上帝去另創一個新天新地，這種把希望寄於毀滅，冀求其再生的想法，對現實而言，卻是毫無裨益的。

我的思緒，儘管像展翅的鵬鳥，也飛不出這種無終無極的、看不透的藩籬。因此，另一個夜晚，冷冷的月光落在我的床前，我的兩眼大睜著，在清醒中走入了一場奇怪的夢境。不，那幾乎不是夢，一個身材高大，像傳說裏形容的鶴髮童顏的老人，微笑著站在我的床前，月色包裹著他寬大的袍袖，顯出熠熠的光耀來。這個仙風道骨的老人，一直是我記憶裏熟悉的形象，他究竟是誰呢？

我正在暗自思忖著，那老人彷彿看透了我的心思，笑著對我說：

「想不起來了，不是嗎？我是從崑崙山來的。」

「啊，您是傳說裏的狐祖師。」我說。

「不錯。」狐祖師說：「聽說世上還有誠心慕狐的人，所以我要來看望看望，早年人慕狐，有的是靠狐神吃飯，混些衣食，有的是希望得狐之助獲取錢財，有的是睨於狐女姣麗，大動色心，幸好你不是這類的。你想以狐映人，也未免設想太高，狐族要真有那麼好，也不會望月拜斗，一心想要變人了。」

「我是個愚昧無知的人，」我說：「滿腦子裝著些奇奇怪怪的問題，不能自解，您在世上活了幾千年，有了通靈的道行，今夜難得親見您，還請您多加點撥才是。」

「好啊，」狐祖師說：「我們這就找個地方，好生談談去。」說著，他把寬大的袍袖輕輕一拂，我便像一片輕雲，飛出窗子，飛進太虛，在寒意透胸的月色中，飛落到一處芳草如茵的山原上，盤膝趺坐著，隔著一隻煙篆裊裊的鼎爐，狐祖師也盤膝趺坐著。

「有什麼話，你就講罷。」他低低的說。

「您覺得人有很高的悟性嗎？」我說。

「當然很高。」狐祖師說：「人有參天地奧秘的本能，但人講七竅，卻忘了一竅，那就是靈竅，它常爲外物所蔽，全都堵塞住了。有些重現實的人，一心只顧眼前的事，不朝大處看，也不朝遠處想，反而嘲笑少數想得遠的，把它當成空想、玄想，日子久了，人就縮在現實生活的圍欄裏面，逐漸喪失了悟性啦！」

「人的苦樂不均，智慧也有高低，心性上參差也很大。」我說：「這些是否是人世紛亂的根源呢？」

「人的苦樂不均，並不是全由貧富引起的，在最早的獵狩漁牧社會裏，人幾乎沒有貧富懸殊的現象，等到有了商貿交易，私有制才逐漸擴大，有了財富累積；但財富的多寡，並不能和人間苦樂混爲一談，拿現今來說，有錢人並不一定換得真正的快樂，消除貧富的過度不均現象雖是緊要，用它去衡量苦樂就過當了。」狐祖師說：「智慧的高低不但人有，在狐的世界何嘗不是如此，像草狐和犯狐，智力上就相差很遠。人有聖賢愚劣，像白癡和低能兒，也和常人差池多等，但如智力高的都能幫助智力低的，這也不能算是大問題；最重要的是人在心性上的差別很大，實在會造成人世的紛亂。其實，狐族裏也是一樣，有的能克己修爲，走正道煉形騰昇，有的專事媚惑採補，爲妖作祟，甘犯天譴，這其間差別就大了。」

「您相信軟化能改變人的心性嗎？」

「當然相信嘍！」狐祖師笑起來：「要不然，你們人類蓋那麼多間學堂幹什麼?!不過，你們學堂的問題多多，教而不化，訓而不導還只是普通的問題，分明把許多活學問教死，那才是大罪過呢！一般說來，空在嘴上說說，紙上寫寫，不能身體力行的，都不能算是活學問，誰能要人人都成聖賢呢?真要是那樣，聖賢也就不聖賢了。在八股文倡行的年

代，造出多少腐儒？腐儒本身都食古不化，他們怎麼能『化』得了旁人呢？如今，你們把八股甩脫了，又一味著重在專業性的工具知識上。一般來說，講科技，求創造，立意並沒有錯，但文史的知識，人生的基本知識還是要緊，人首先要學會怎樣做一個人，不是一部生產機器，任何科學代替不了文史修身的知識，心性之學總是根本的學問。」

「你們狐族想必是重軟化的嘍？」我說。

「比起你們，實在要好得多。」狐祖師認真的說：「我們全用身教代言教，更拿很多活的例子，映證聖賢的話，而不是權衡利害，兩面作解，讓幼狐無所適從。比方說：你們人，若想釋放一個人的時候，就引用古人的教訓，說是『得饒人處且饒人』，若想長久囚禁他的時候，同樣引用古人的教訓，說是『放虎歸山，必爲大患。』若想立即處決他的時候，更會引用古人的話：『要斬草除根，免得夜長夢多』，像這樣的假借古人的話，濫加多面解釋，在我們狐族裏是決計不取的。我們軟化幼狐，純以天地爲心，探求至理，不像人那樣，對有權有勢的人，捧成聖明，對異己之士，責成妖孽；把學問用在權謀利己這方面，真學問變成假學問，欺地矇天，就拿明朝國子監做例子罷，人人都要捧讀朱元璋寫的『大誥』，那種文體粗俗，狗屁不通的玩意也被當成寶典，這種以權勢代替學問的霸道作法，歷代都是如此，真正治學的，不是落難蒙塵，就是被割掉腦袋。我們狐族，以人爲鑑，常拿人的顛倒做例子，去軟化幼狐，而人自尊自貴弄習慣了，哪會把狐的好處拿來軟化後進呢！」

人說：旁觀者清，當局者迷。正因為狐族不捲入人世的爭端，彼此隔了一層，狐祖師的這番話才會如此澄明，把人在軟化上的缺失都給指正出來罷。我平常聽到過很多一本正經的、訓誨式的話，往往陳意太高，連訓誨人的人本身也做不到，拿來板著臉訓誨旁人，實在有些可笑，聽狐祖師的話，句句滋心潤肺，毫無矯作的感覺，而且這些話，都是我平常沒有聽說過的，我真是打心裏感激著他。

從夢裏醒來，我又扭亮檯燈，提筆去記錄下這奇怪的夢境。有人說：夢是心頭想。又有人說：生活是實在的，夢境是空虛的。但我覺得不是這樣，有時候，我會感覺到；生活是冗雜空虛的，夢境反而是澄明實在的；白天我閱讀寫作，深夜入睡後，會作各種奇奇怪怪的夢，夢到鬼、狐、山魈、夜叉、羅刹、怪物、精靈、老魅、魑魅魍魎，我和他們彷彿都是同一類的，我見到他們，並沒有絲毫恐懼，反而能使用一種屬靈的言語，和他們交談。夢的世界是那麼廣大，我能展開翅膀，自由自在的飛翔，全不像現實那樣狹窄、冰冷，充滿了禁錮、牽扯，給人以高度的壓迫感；正因過分的看重現實，人才會心腸堅硬，冷酷無情，我在夢中卻體現了萬物同源，生命平等的樂趣。

我的夢，像漲潮時的海浪，一波接一波的湧來，有一些簡直是難以理解的。比如說，我在夢中和狐仙對談，他談到經學和史學，或是列舉出一段古人說的話，或是講一段歷史的記載，而那些書都是我從來沒有讀過的，我卻能清清楚楚，逐字逐句的記下他的話來，然後再去尋找書本，互相參證。如果說：夢是心頭想，試問：我真的能夠夢到自己知識極限之外的事物嗎？

我並沒有把這種情形，拿去請教高明，看他們會有怎樣的解釋，我只是把他看成「夢的教育」，因為我從一個目不識丁的文盲到現在，給我知識的，不單是生活，更不是學校，幾乎完全是夢帶給我的；每作一次奇怪的夢，我就自覺增長了一些知識。這些知識，和人所傳授的知識頗不一樣，也許有人會覺得怪怪的，後來我才恍然大悟，原來教我成長的是狐仙；我有許多狐老師，他們能超越時空來協助一個終生慕狐的人。

有些非常講「人」本的人，會把狐看成較次一等的動物，但這得看你用什麼角度來看了。比如說人的基本智力高，能朝多方面發展，像尖端科技的創發、數理的計算和運用、辯證的邏輯觀念、匡時濟世的道德理念、有效的政治作為，狐都自認不如人類，但狐對於道德的表裏如一的體現，修仙學道致獲長生的心志，力避外在誘惑的堅忍，老實說，都是人類所不及的。簡單說一句：人的心太骯髒，沒有狐的心那麼乾淨，一切人類問題的根源，全都出在人類自我的心障上，表現出來用以自炫東西，看起來都美輪美奐，頗像那麼一回事：骨子裏，卻烏煙瘴氣，差勁透頂。從這樣的角度看來，人應該領受狐教，加倍的努力磨練，不該把狐看成邪物，一味仇視、對立，甚至去獵殺牠們，打腫臉充胖子的心態，是不會引導人類拔脫泥濘，使人更上層樓的。

21

經過這一段密集的作夢期，大約有三、四年的樣子，我發現出自己有了顯著的改變，我每夜坐在燈前，如醉如癡的寫小說，究竟在寫些什麼，自己迷迷糊糊的，並不知道；我也常常應邀到各大專院校去演講，每句話確實出自我的口是沒錯的，問我爲什麼那樣講，我也迷迷糊糊的不知道。當時只有一種感覺，彷彿拿筆的手不是我的手，講話的口也不是我的口，因爲有很多東西，根本都是我生命經驗之外的，我也弄不清它們是從哪裏來的。那是狐，那一定是狐，我只能這樣的對自己說：他們是借用我的身體，宣揚狐道，他們是真心要幫助人類痛切檢視人的危險處境，革面洗心，重建萬物一體的、全新的文明。……那不是，那也許只是我的幻想，狐仙怎會揀著我這粗野不文的去做這種事情呢？我敢情是用腦過度，患了精神分裂症了。

那時我住在台北東區租賃的房子裏，經常徹夜挑燈寫到天亮；人越來越面黃肌瘦，不但體重銳減，也經常發著寒熱。每到下午，人就怔忡發燒，妻也看出我的病象來，陪我去醫院檢查，結果是患上了輕度的肺結核，需要長期打針。

「患輕度肺結核不算什麼，」我對妻說：「只要不患精神分裂就好了。」

「你的精神狀況也並不穩定，」妻說：「說起話來，顛三倒四，精神很恍惚，你都在想些什麼啊？」

「唉，」我憂怨的嘆了一口氣說：「大概是寫稿太累，夢又作得太多的關係罷。」

我無法對她解釋夢見狐的種種，那也太紛亂複雜了。

如果是在早年，遇上這種情形，別人定會大驚小怪，認爲我是遭到狐祟了，如果狐祟真是這種樣子，我倒是十分願意被祟的。那些出現在我夢裏的狐，個個都是坦率溫厚的長者，和我沒有年齡上的阻隔，假如換成是人的話，這就太難做到了。往往年齡較長的，常以經驗作爲先導，一味教訓年齡較爲幼小的，不論在學校、在家庭裏，到處都會產生所謂的「代溝」，要是一代和一代之間略有疏離倒也罷了，往往哥哥和弟弟間，年齡相差四、五歲，彼此在意見上就容易產生摩擦；甚至親如夫婦，也男說男話，女發女言，變成對立的冤家。試想，狐能煉形成人，沒有千年，也有五百年，牠們和現代的人相處，居然能談笑風生，毫無隔閡，足見牠們年紀雖老，卻沒有陷入老朽昏庸、固執僵化的境地。人若能了解，擁抱真理真道，才能超越時空，到達萬古常新之境，他們就不至於年齡不到半百，便理直氣壯的開口絕對，閉口當然了。

夢中的狐爲我開啓了一道門戶，門那邊光與影交織著、重疊著，恍惚有一列魔鏡，映出重重疊疊的千門萬戶來；它使我在思想的時候，放棄可能褊狹的先設觀念，從多面去認真摸索、虛心探求，記憶和背誦不能算是學問，和生命相融的學問，往往是建立在一個「悟」字上。

早在遙遠的童年，我聽過一個很美的傳說，說是有一個頭插金花的夢婆婆，她會到每個嬰兒的夢裏去，教他們微笑，教他們牙牙學語，等到孩子記事之後，她就不會再來了；因此，孩子們長大後，不會再記得這位可愛的夢婆婆了。我想，這正是夢婆婆最可愛的地方，她以無私無慾的慈心，教給天下孩子們許多至美純良的事，然後，悄然的引遁到人們的記憶之外，絕不居功。世界上雖有「爲善不欲人知」的話，但真能做得到的，又能有幾人呢？

狐對我，正像夢婆婆一樣，所不同的是牠們給我以一種極可貴的成人教育，我絕不用科學的驗證觀點，去徹查牠們的有無；至少，我無須懷疑「夢的教育」確有啓發的功效，要比僵化的形式教育高明得多。古時候，傳說姓江的文士年輕時作夢，夢見一枝筆開花，過後他便文思泉湧，到了後來，他又作夢，夢到仙人把筆收了回去，從此他就文思枯竭，再也寫不出文章來了；這個故事，使後世流傳著「江郎才盡」這句成語。早年我聽這個故事的時候，總覺此事荒誕，不足採信，經過連著幾年的夢的綿續期，我相信那是可能的啦！我沒有江郎的資質文采，夢不到那枝靈筆，但卻有狐爲師，悉心調教，總算也能粗浮拉雜的寫出幾十部書來，雖只是一般人的嗤之以鼻的「野狐禪」，既名之曰禪，總會有些用處的罷。

我從沒找過解夢的專家，詳細說明我連綿的夢境。在夢裏，我像被注射一般，不斷的接受一種靈素的注入，許多書本的知識，都是由夢中得之在前，後來才去找書印證的，我真想捧上一塊「春風化雨」的匾額，送上西崑崙，感謝那位狐祖師的教導之恩呢！

一般從書本中讀狐，從生活中講狐，都只把它當成故事看待，這在對狐族的認知層面上，是缺乏深度的。

紀文達公把狐視爲人與物之間的一類，認爲狐性和人性實質上是一體相通的，研究狐和研究人基本上並無太大的區別，只是人在本質上的發展性大，人文創造向多面發展的結果，使人的心志被多面創造所牽引，產生分散的現象；人性的貪慾大起，文明的發展愈高，副作用愈顯。比如說：工業的過度發展，造成空氣、水源的污染，逐漸蔓延到使整個生存環境都遭受污染，大氣層的結構遭受破壞，自然生態失去平衡，汽車所燒的石油，原就是地球的血液，這樣猛抽大地之母的血液，終有一天，地球會逐漸冷卻。而最嚴重的還不是這些外在的因素，野心和貪慾腐蝕了人類的精神，使人類的道德淪喪，良知漸泯，一切文字的、語言的道德訓條，都已成爲虛浮的外表；人間的排擠、傾軋、暴亂、戰爭，無日無之，人類是坐在本身製造成的火藥桶上，在麻醉中等待毀滅。而狐族沒有這許多憂慮和煩惱，牠們的生活是原始單純的，能夠摒除物質世界的創發和誘引，集中心志鑽研和自然冥合之理，走的是性靈的路子，甚至連商業觀念的累贅都甩脫了，充分享受到原始單純的樂趣。

有些人厭倦塵囂，想歸隱山林而不可得，而狐族一直生活在山林之中。事實上，現世的人們，精神深處都懷有山林的夢景，無奈的是，人類向前的腳步太快，陷在本身所創造的虛矯文明當中，無法再走回頭了。一部分仍然熱中於文明的人，會大聲斥責留戀原始、回歸單純的人，認爲他們消極怠惰，其實，這只是一種悲劇性的掙扎，沒有單純的生活，就沒有真誠的道德，人類若不回過頭，重新去檢討這些，可以說是無可救贖的了。

逐漸的，我的輕度結核症痊癒了，而精神恍惚的現象卻更形嚴重起來，我和文友們見面聊天，思想觀念上的歧異很深，許多人都沒有耐心聽完我的陳述，有一位文友指責我說：

「你是神怪傳說看多了，杞人憂天，人類的生存和發展，是在自然法則當中，依照既定的程序朝前進行的，一部人類的生存發展史，實在是人類引以爲傲的地方。當然，現代人類的處境，確實有些問題存在，但全不像你想的那麼嚴重，非要用社鼠城狐來諷鑑不可，那些東西和人類怎能相提並論呢？」

遇上這樣人氣十足的責難，我不想再作辯解了。古人講法天則地，一草一木都能啓發人，何況大自然的生靈，愈是把人舉得高高在上，人類的心靈愈感空虛；這在我思想的過程當中，已經略有感悟，但面對一些自以爲理直氣壯的人物，我實在找不出適當的言詞去闡明它。

我到南部去看鄉長伯公，他已經辭世了。韓老爹患病臥床，只有謝老先生能了解我的心情，他拍著我的肩膀，安慰我說：

「我一直以爲，用狐鑑人，不失爲一個好方法，這和各種宗教的用心一樣，旨在點化愚頑，使人能逐漸清除貪、嗔、迷、溺諸般惡德；因爲狐的毛病人類都有，如果用一則一則的小故事來說，更能打動人心。你不必計較旁人怎麼看你，你儘管努力做下去就成了。」

「謝老，您知道，我並沒有藉狐說教的意思，我本身自救不成，哪還能妄圖救世呢！」我說：「我只是想摸索出人以外的世界，像狐族的生活景況，給我自己一點教訓罷了，即使不登大雅之堂，我並不介意的。」

「唉，什麼叫大雅之堂呢？」謝老沉沉的嘆息起來。「今天，真正的博學鴻儒，早已死絕了，學術界鑽牛角尖的本領倒是很大，引經據典、玩考據、玩資料，把學術弄成屍衣，難道說那就算大雅?!人生的學問亦能都用科學ＡＢＣ的方法去作，真用那種方法，你的談狐就根本不用談了，在這方面，個人的感覺是最重要的，儘管別人說你胡思亂想，你都不要放棄它。」

這一趟南部之行，使我在悲酸中也有著溫慰，悲的是時光太快速，我年輕輕的來到島上，轉眼間已過中年，一些能指化我的老鄉長，臥病的臥病，辭世的辭世，我如果再不動筆去寫狐，只怕倏忽間就會老得寫不動了；安慰的是：許多人把我看成精神病患的同時，謝老先生還這樣的鼓勵支持我，他的話，給我信心和活力，使我對靈異世界的探索，能夠繼續下去。

在北部盆地都市裏，我尋訪了不少鄉友，像當年在南部結識的王四哥、趙大哥、鄉長張老先生、華老先生，我幼時的塾友老周、老胡等等，我們煮酒聊天，話題仍然是狐。

「人分三六九等，狐也一樣。」華老先生爽直的說：「你迷狐儘管迷狐，但也不能把狐仙過分的高估了。公狐的狡猾，母狐的媚惑，是人盡皆知的，人學狐若是學那些，這世界豈不是更糟？」

「說起母狐的媚惑，牠們只是媚人採補才用的。」趙大哥說：「母狐嫁給公狐，非但不媚，反而一個個兇霸霸的，潑悍無比。我們那個縣王家棗樹園，有個王二褂搭，是個窩囊廢，老婆二褂搭嫂，卻是潑悍如虎的婆娘；二褂搭開口講錯一句話，她當著外人的面，就擰一把捏一把的，把二褂搭身上都捏得青紫了，那男人都不敢吭聲。若單是擰擰捏捏，也倒罷了，她回家發起橫來，拎起門閂子，把丈夫打得殺豬似的哀叫。有一回，她把二褂搭修理狠了，男人趁著她睡熟，悄悄離家，逃到村外幾里遠的破廟裏去躲著，一心想等到天亮，他好去找村裏的尊長，替他說說人情，讓媳婦饒過他。誰知他逃走後，二褂搭嫂知道了，一路追他，追到那間破廟裏，一把將他揪住，當著神像的面，數落他的不是，要二褂搭趴在地上，她揮起雞毛帚子不斷的抽打他。

「嗄，剛打到十來下，二褂搭大聲哀叫起來，就聽見樑頭上發聲說：『真是豈有此理，潑婦打老公，竟打成這個樣子？當著神佛的面，這般的蠻悍，咱們若不教訓她，她真以為老天沒長眼啦！』

「說著，十多個化成人樣的狐仙一擁而上，把王二褂搭扶起來，靠在牆角；把二褂搭嫂抓住了，剝掉衣裳，綑個紮實，拾起雞毛帚子輪流抽打，打得二褂搭嫂鬼哭狼號，那群狐仙仍不放手。

「這當口，廟後又生出一片女聲的鼓譟，湧出一批狐婦來，扯著公狐叫說：『你們男的只知祖護男的，你們有沒有把事情弄清楚？王二褂搭只是表面窩囊，他竟敢背著老婆，在外頭勾搭上別的女人，這種該死的傢伙，他老婆打他一頓，你們竟也看不慣，真是狗咬耗子，多管閒事！你們把人家老婆脫光了綑著打，像什麼話？』

「這群母狐來勢洶洶，有的跑上去解開二褂搭嫂，有的圍至牆角，扯起二褂搭來，七嘴八舌的責罵羞辱；有的和公狐吵嘴罵架，把破廟變成了戰場啦！後來，廟外看青的莊稼人聽到喧鬧，以為裏面窩藏了強盜，鳴鑼開銃一轟打，大群的狐才逃竄掉。可是，二褂搭嫂被公狐打得一身是傷，哼哼歪歪的爬不起來了，還是二褂搭把她揹回家去的。」

「狐仙管事管得好啊！」王四哥說：「婆娘打老公，追到廟裏打，本就太過分了。」

「母狐幫著二褂搭嫿也沒錯。」華老先生說：「她們雖說來勢洶洶，可也是得理不饒人。在狐的世界裏，雖沒搞什麼女權運動，倒是男女平等的啊！」

他這麼一說，大夥兒都笑開了。

經過一段幽玄自閉的思索階段，我覺得研究狐不能離開生活，任何一個故事裏所蘊含的，都要比理論更為豐富。和這群鄉友隨意談談，愛說什麼就說什麼，加上三分酒意，什麼樣的感覺都放出來了，這不正是我所求的嗎？

「華老說的不錯，」張老先生說：「你不能把狐高估了，認定狐族比人類世界公平，據我所知，狐族裏頭，也有貧有富，牠們一樣使用人用的錢做買賣的；有些狐，照樣花錢買奴婢，要是狐奴狐婢伺奉不周，也是要受鞭笞責罵的。狐性近於人性，牠們也一意學人，人有的毛病，狐族一樣有；你說的少數學究狐，確實要比世上的腐儒酸丁高明，但牠們的立論，也超不出古聖先賢的範圍，你研究狐，用它參照可以，卻不能本末倒置啊！」

「只有吐納長生術例外。」華老先生笑說：「很多有道行的狐，都是活過千年的，但人極少活過百年。古代帝王要人尊稱萬歲，把他封的諸王稱作千歲，僅僅是一種空頭安慰，皇帝們縱情聲色，平均壽命更短過尋常百姓；這表示出：人的心境複雜，不如狐的專一平靜。至少，在這方面學狐，我們都無話可說。」

「你覺不覺得，狐的幽默感，也是牠們長生的妙訣之一呢？」我的同學老周轉對我說：「在很多狐的故事裏，牠們風趣、詼諧、喜歡惡作劇，甚至跳踉叫罵的時刻，也不動三昧真火，人實在很難做到這一點啊！」

「首先，我要感謝張老的教訓，」我說：「由於我對人類太多作為深感厭倦，不知不覺的，就把狐族世界在想像中過分的美化了。這也許是受了蒲松齡的影響，開始讀它的時刻，我還不太解事，後來重讀，也一再警告自己，這只是一部文人書，但先人為王的觀念，始終擺脫不掉。在這方面，我願意重加思考的。華老所說的長生法，原是道家修煉的道法，狐取之於人，能作多種靈活變化的使用，而人的心性不純，受情牽慾累，使白日飛昇、羽化登仙成為空幻的夢想。老周談到的狐之幽默詼諧，都得要心靈開朗平靜，狐是表裏如一的真境界，才能益壽延年。但我們人類說來可憐，有人放歌縱酒，得的只是麻醉性的歡快；有人是黃連樹下彈琴——苦中作樂，可見那種樂是硬『作』出來的；有人是強顏歡笑，只做出表面的形式，臉上的樂不能算是真樂，悲哀照樣在心底沉澱。一般說來，人能懂得及時行樂，已經算是好的了，至於那些：火冒八丈的、一心淒苦的、爲情所累的、爲慾煎熬的、含悲忍淚的，這些都是人自作繭，有這許多痛苦在，哪還能奢望長生不老呢？」

「哈哈，」華老先生大笑起來：「像我們這等人，一輩子都是在苦中作樂，你研究狐，一心卻擔著天下的憂愁，這算明知繭不可作，偏又自行作繭，人最矛盾、最差勁的地方，就是這裏啦！」

「這問題，說來牽扯很廣，」我說：「人是群體動物，本身的修爲是一回事，外界的影響又是一回事。狐在修道的時刻，能夠獨善其身，不受外務牽扯；但人的現實處境比較複雜，動心忍性，得要加倍功夫，這是一般人都難以做到的，你我雖不是什麼樞紐性的人，就算全是升斗小民好了，眼見天下滔滔，你我真能視而不見、聽而不聞嗎？」

「惡性循環。」張老先生說：「這真是自食其果啊！」

像這種把酒閒話，在忙碌的現實社會裏，大部分人會把它當成不切實際的空談，但我卻感覺出，每談一次，我在精神上都有相當大的收益。有時候，僅僅是一兩句話，卻像閃光一亮，扯開沉黑的天幕，讓人以心靈的眼，直接看見新的景象，好像張老先生所說：

人是在惡性循環當中，自食其果，這兩句話，真是一針見血的闡明了人類處境的險惡和無奈。

人為了增進修為或得求解脫，產生了不同的宗教信仰，而執事者的權與慾使宗教團體的人為結構崩壞變質，產生了排拒、攘奪和戰爭；人為了處理公眾事務發展了政治，執事者的權與慾卻使政治的形式和實質不符，造成虛浮、濫權和糜爛；人為了本身的利益，從不同的角度解釋歷史，批判文化，造成歷史觀和文化觀的混淆，使後世莫衷一是；人為了各個處境的不同，在思想和價值判斷上導向多元，使自由被曲解濫用，所有的規範都被視為藩籬；人就是在權、力、利、慾的交織景況中，進行著多面的、永無休止的戰爭。

我是從惡劣艱困環境中走出來的人，對人類社會從沒絕望過，但也不太樂觀，總覺得人應該虛下心來，從宇宙萬物中學習和感悟，天下事沒有比洗心更要緊的了；歐陸文化衍生出的「力」的哲學，完全是基於現實利害產生的。基本上，它擁抱著本位，像族群意識和國家意識極重，對其他的族群和國家置於不信任狀態，每個族群和國家都抱持這種對立、對抗的心態，世界大同只是嘴上說說而已；圓桌上的笑臉、口頭上的和平、論說中的高度理性，全是不可靠的，轉過臉去，便各自充實武力，發展國防，一旦到了利害交關的當口，仍舊是訴諸武力一途；人類的生存發展史，也就是這種力的循環激盪而已，我並不覺得有任何可傲之處。人類若想突破這種悲劇瓶頸，必得就人類整體社會的文化發展得失，重新檢討，謀求整合之道，並且要能脫胎換骨方克有濟。

這不能說是一種理想，因爲它太高太遠了，只能說是一種夢境，一種沒有天梯，難以達致的夢境。世上有許多假的聖賢、假的先知；有許多揎拳抹袖、熱火朝天的革命家，試圖用黨派、組織、政權、武力，硬行攀登，試圖到達峰頂，但他們對人性的基本估量的學養都未曾俱有，所使用的又是激進的古老方式，最後的結果又是怎樣呢？——攀上去的還沒有跌下來的多，根本不能掙脫悲劇性的巨大漩渦。

你說我是精神病患也好，至少，這是我傾慕狐族的根由，至少，狐的文化是人類唯一可以參考的重要文化啊！狐以靈智次於人的族類自視，能虛心學習人類聖賢的體悟，使狐類變化其心性，造成靈動和諧的狐社會。我們或可以說，狐的文化是在保守緩進的情況下，由內而外，逐步發展的，而人類的文化，發展得過分急速，物質文化的發展超過了精神文化的發展，人們耽於享樂，在物慾橫流的情況中欲振無力；這樣下去，也許再過上三、五千年，狐族會主宰世界，人類反過來要修煉成狐方能得救了！十年河東轉河西，世上事反客爲主並非不可能啊！

22

是誰說過，想事情想過了頭是不好的，我在煩悶的時候，就想拜劉伶爲師，貪戀起壺中日月來了；酒醉後，發誓不再去想千年萬載後的事，想是空想，談也是空談，慕狐的結果又怎樣呢？我既不能吞吸日月精華，又不能摒棄紅塵俗務，凡是屬於人性的缺失，在我身上盡皆具有，比起別人來，只會多，不會少，我有資格管天下滔滔麼？

在這段逐漸老去的日子裏，我冷眼觀看人世的浮沉，經常和一些鄉友會晤，我從心底認定，我不是什麼旋乾轉坤的角色，只是貧困潦倒的升斗小民，喝酒就是喝酒，談狐就是談狐，反而有一種灑脫的樂趣，比抱著頭苦思苦想快樂得多呢！

「從絢爛歸於平淡，這話說來容易，真正做得到是很難的。」張老先生說：「人說：三代以下無不好名者，現今的人，抗拒名和利，真是難上加難啦！」

「假如我們都是一群狐，名利心就會淡得多了。」華老先生笑說：「只要眼前有雞有酒，其他的事，都可擺在一邊啦！」

「如今的老人都變得聰明些了。」張老先生說：「他們會計算著還能在世上活多久，然後打算怎樣排遣餘生，孔夫子勉人『與四時合其序』，現代老人真的都能做得到了。」

「人是很複雜的，」老周說：「聰明的自歸聰明，蠢笨的自歸蠢笨，尤其是年紀較輕的一代，在現代競爭激烈的社會裏，變得又銳又薄，好像刀片一樣，機靈狡詐，恐怕連千年老狐也自嘆不如。總而言之，狐的好處他們沒有學到，狐的毛病，他們卻無師自通；我想，朝後去，人和狐的戰爭，還是會繼續打下去的。」

「哈哈，到那時候，我們兩眼一閉腿一伸，眼不看，心不煩，什麼都管不了啦！」華老先生豁達的笑了起來：「千年萬載的愁煩，咱們是揹不動的啊！來來來，咱們喝酒喝酒。」

酒喝到酣熱的時辰，話匣子更是打開了。王四哥提到辭世多年的家父，他回憶起當年在我家老宅裏，聽家父談狐的神采，不禁嘆出聲來說：

「令尊當年那一肚子狐的故事，留下來的實在太少了，在這沒有狐蹤的地方，再怎樣談，都覺得隔了一層，而且也聽不著新的故事了。」

「其實，故事不在乎新和舊，」老周說：「有些老故事都是個寶，咱們不妨挖寶，把它們都從心裏挖出來，一樣有用處的。」

「聽你這麼一說，我倒想起一宗事兒來啦！」張老先生說：「這兒的廟宇很多，善男信女，進廟上香的很多，我早先住中部的時刻，見過小偷拜廟的，他雖沒說明他是幹哪一行的，別人可都知道：他捐給廟裏的錢，不用說，都是偷來的。當時，我們曾經把它當成笑話談論過，談到廟裏的神佛收到這些錢，究竟應該把功德記在誰的頭上？是失主呢，還是小偷呢？……老實說，爲自求多福，對廟宇樂施的錢財，有些雖不一定是偷來的，但有些是盤剝來的；有些是訛詐來的；儘有部分不義之財在裏面，那筆賬究竟又該怎麼算法，只有神佛知道了。

「早先，在北方一個大廟裏，有一個借寓在那兒的書生，夏天的夜晚，他看書看得睏倦了，就在文昌閣的長廊下面睡。睡到半夜，就聽到閣頂有人在講話，一個說：『我們做狐的，要錢也沒有什麼用處，你積這一口袋的錢幹什麼呢？』另一個說：『你哪兒知道，我想用這許多錢，塑鑄一尊銅佛，送給廟裏供奉，盼著神佛保佑，早一天解形變成人啊！』

『呸呸呸！』另一個啐他幾口說：『這你就大錯特錯啦！布施得要用自己積攢的正當錢財，神佛怎會裝聾作啞，不問你錢財的來路，要你偷來的錢？你早點死了這條心罷。』

「那人側耳再聽，什麼聲音都沒了；可見在修煉中的野狐，還是有見識的，全不像有些人，厚著臉皮自欺欺人。欺人倒也罷了，連諸天神佛都要欺哄，那不但不能增進福業，反而會罪加一等呢！」

我們擠在所謂的違章建築裏喝著酒，明知這些升斗小民，無拘說什麼，對社會都沒有什麼分量，大人先生們也根本聽不見的，正因如此，隨便說些什麼，都不會受到拘束；也許是我們這些人，都是經歷過離亂的關係罷。看過各種形形色色的人，對人性的了解也比較深刻些，我們不願對人性的缺失，做冠冕堂皇的粉飾，人把人看得太高，對實際毫無補益，反而會弄得更糟的。

這樣喝酒聊天的日子，轉眼又經過許多年，居住在南部的韓老爹也去世了。謝老的健康情形不佳，每天清晨的散步也早已停止了，去年冬寒季節，張老先生亦已過世，連王四哥也都是七十好幾的老人了。

有時和鄉親把晤，我發現情形和往昔大不相同，因爲沒有人再有緬念過去的情趣；也許時間過得太久遠，原先的記憶早已朦朧莫辨了。人和人見面，能談的只是今天如何，像抗議遊行啦，舉著標語請願啦，各類血腥殘暴的社會新聞啦，好像社會實際上就是這個樣子，人性原本就是這個樣子，一口氣嘆過去，人就陷在冷感麻木之中，完全處於一種欲振乏力的狀態。

我的寂寞，也愈來愈深，想到當年，還有狐入夢，如今連夢也沒有了。趁著如今我還能運筆的時辰，如果我仍然一味遷延著不動筆，把我對狐的尊敬和愛戀寫出來，只怕有一天，再想寫也寫不動了。

總而言之，像古人所說的：他山之石，可以攻錯，借用狐族世界的種種，燭照人生，增添憬悟，確實是有益無害的；在眾人當中，我的資質如此淺浮愚拙，不也是受了狐的影響，把這大半輩子用在寫作上，一路反省著活過來了嗎？

這本書題名《狐變》，正是要修正以狐爲妖邪的觀念，因爲就心性而言，人間的妖邪有勝於狐者，正是書不勝書呢！

人頭

趙侉子是個鐵椿樣的粗大個兒，一圈鬍髭總是刮不乾淨，留下梗硬的鬍渣兒，望上去滿臉發青，自然有些凶慘的味道。

鎮郊鬧土匪，鎮上的鄉隊實力單薄，也缺少有經驗有膽識的人，商戶們恐怕土匪撲進圩子，搜劫他們辛苦積賺的錢財，就集議籌妥一筆錢，到外埠去雇請幾個膽大的槍手，趙侉子就是受雇來的一個。

據說當初雇他來鎮時，很多人家都不願意，因爲趙侉子早先也幹過殺人越貨的行當，後來被官裏招安，改了行，做過三年劊子手，殺過上百的人頭，鄉鎮上的民戶，對於劊子手，總帶著憎嫌。

但商會的徐會首堅持要請趙侉子，他說：

「管他幹的是什麼行業來著?!趙侉子是個火爆脾性的大老粗，幹事認真，心眼兒也不壞，一手匣槍打得奇準，真要找個能威壓土匪的人物，非他不成。」

「用他來以毒攻毒也好。」有人附和說：「土匪的腦袋一樣是肉做的，水包皮的貨色，他們聽到劊子手趙侉子的名頭，脖頸不發涼才怪呢?!」

就這樣，趙侉子仍被鎮上請的來了，講明平常每月十五塊銀洋的薪俸，每殺一個土匪，另加花紅獎賞銀洋五塊。也許正合上俗話所說：人的名兒，樹的影兒罷？趙侉子來到鎮上之後，土匪就沒來騷擾過，喜歡酗酒賭錢的趙侉子，樂得整天泡在鎮梢的賭場裏，跟人呼么喝六的大擲骰子。

鎭上一大夥做孩子的，對於幹過劊子手的趙侉子，都覺得非常好奇，也有些駭怕，大家在背地裏談論著他，或是溜到賭場門口，偷看他究竟是什麼樣兒？我也去看過，他的泛青帶黑的臉，帶斧頭草草劈成的，多稜多角，又毛毛糙糙的，他穿著一套緊身的黑襖褲，腰勒白色寬兜肚兒，斜插著一柄拖紅綢的匣槍。儘管在賭場上，他那柄單刀仍插在斜肩揹著的木製刀鞘裏，好像他時時都在提防著什麼。

實在說，趙侉子的脾氣很不討人喜歡，他一喝了酒，兩眼就佈滿紅絲，露出凶神惡煞般的光來，他在賭場上，吼叫的聲音比誰都大，夾著很多古裏古怪的罵人的言語，其實也並不是有意罵誰，但仍罵得咬牙切齒，連額角上的青筋都暴凸出來。

他抓住六粒骰子，朝大碗裏一扔，罵說：

「我操你箇祖宗十八代呀！」

「操你大妹子一朵鮮花嫩蕊呀！」

——那和他所希望擲出的點子根本毫無相干，誰也弄不懂他爲何喊罵那些粗話，如果有個孩子在一旁注意他，被他抬眼看見了，他會把人摟過來，親暱的罵說：

「你這個小賣屁股的，躲在一邊笑啥?!老子要讓你嚐嚐鬍髭渣兒的味道！」

一面說著，一面使用他頰上的鬍髭搓著人臉亂磨亂擦。直到對方窘急叫疼，他才放開手，朝天打出響亮的哈哈，顯出他惡作劇後的開心。

也許是劊子手的傳說帶來的影響罷？我每回瞧見趙侉子，心裏都覺得又怕又嫌惡，離開他遠遠的，恐怕被他一把摟住。奇怪的是總常被他吸引著，難以擺脫好奇心帶給人的，強烈的誘惑。

趙侉子倒是很喜歡孩子的，他常在傍晚時刻，坐在老柳樹下的碾盤上，神氣活現的跟一群孩子說故事，我也悄悄的站在一邊，當了他的聽眾；和他接觸久了，逐漸改變了內心的感覺，覺得他也有他許多有趣的地方，並不如當初想像的那樣可怕了。

「你當劊子手，也是用刀殺人的嗎？」

「有時也用槍，」他說：「這如今，殺人不像前朝前代那樣講究排場了，官裏捉住該殺的人犯，總要有人去動手殺罷？——我只是拿錢受雇的，上頭要我怎樣殺，我就怎樣殺……我就是不幹了，那個人一樣活不了。嘿嘿嘿，我這樣一想，也就無所謂了。」

「前朝前代殺人是怎麼殺的呢？」

「誰親眼看過來著?!」他面對問話的，攤開兩手，苦笑著聳聳肩膀：「我還不是當年做孩子的時刻，聽那些拖白鬍子的老長輩說的。」

他雖然這樣說，但他一談到前朝代殺人的故事，便興高采烈，口沫橫飛，把法場上的景境，形容得像他親眼所見一樣的清楚。他講起黃沙瀰漫的法場，背插亡命旗子的死囚，血跡斑斑的斷魂樁，身被紅袍的劊子手，講起劊子手怎樣攝緊男女死囚的長髮，把它絞繫在斷魂樁的鐵環上，使犯人的後頸繃得很長。講起劊子手使刀的學問也分三六九等·那內行的。用手肘抵住刀背，旋身下刀，嚓嚓一聲，人頭便在斷魂樁上盪了開去，犯人除了自覺頸子一麻，並不會有什麼大的痛苦，有些差勁的新手，下刀拖泥帶水，竟有一刀下去，人頭不落，還要補割的。

「你們聽說早先泰安州有個劊子手，叫快刀李五的沒有？」他說：「那李五行刑，是以快刀出了名的，有一回，山裏的盜魁落網，問了斬罪，堂上問他有何話說？他表示他不怕殺腦袋，只怕劊子手的刀不快，假如能准由快刀李五來動刀，他就死得心滿意足了！」趙侉子接著形容李五的刀法說：「問斬的那一天，果真派由李五操刀，刀光一閃，人頭盪開去，那盜魁身首異處之後還吐出三個字來說：好快刀……。」

據趙侉子說，快刀斬脖子，如果懂得用刀，存心不斬斷氣管，立即把腹袋接在頸子上，被斬的人還能夠活下去，爲這事，他在另一天傍晚，講過另一個故事，大意是說：

早先某個集鎮上，一群嗜賭的傢伙正賭到興頭上，忽然有一群土匪闖進鎮來，亂砍亂殺亂搶劫，有個姓丁的賭鬼走霉運，被一個土匪從桌肚底下揪出來，給他一刀，把個腦袋砍掉了，其餘的人急忙把他那腦袋接在頸子上，誰知姓丁的居然沒有斷氣，土匪走後，他養傷調治一段日子，便和平常人一樣出來走動了。當地一位替他診治的醫生，對街坊們解釋姓丁的不死的原因，是因爲土匪那一刀，沒能砍斷他的氣管和大血管。不過，他曾告訴姓丁的，朝後切忌大笑，一笑就會出危險的。

在當時，姓丁的真還能聽醫生的話，忍住不笑，後來日子過得久了。他便逐漸的淡忘了，他除了頸項上還留有一圈兒像細紅線一樣的刀疤，跟旁人沒有絲毫異樣。有一天，有個人講了一個笑話，姓丁的聽了，忍不住縱聲大笑起來，笑著笑著。頸項上的傷疤便迸裂了，不斷朝外溢血，不一會兒，他就斷了氣啦！……

我不知道趙侉子心裏想的是什麼？他對砍下人頭的事，究竟有什麼樣的感覺？好像他只是置身事外，一味講說他所知道的故事，卻很少把他的心意和看法，抖露給人，也許他很少朝上想罷？要不然，他怎會選上殺人像屠宰牲口似的劊子手這門行業呢?!

但是有一天，趙侉子正在講故事的時候，被鎮上教塾館的鄭廣才老先生過來打了岔，那位拖白鬍子的老先生指著一群孩子說：

「侉子，你做點兒積德的事罷，少跟這些把抓大的孩子，講這許多血腥殘忍的故事好不好？除掉砍頭割腦袋，你難道就沒有旁的事好說？」

「老爹，」趙侉子翻起眼，楞了一楞，然後搖頭說：「若說殺人流血不是一宗好事，我倒是承認，正因爲我幹上操刀的劊子手，我才嚐到這種滋味，不是人受的滋味，人，誰不是父母娘老子養的，落地一揸五寸長，一把尿一把屎淘弄到長大成人，容易的嗎？做父母的，誰敢想到自己的子女，被人綁上刑場，喀嚓一刀砍掉腦袋?!世上偏偏就有這種事，劊子手也成了三百六十行裏一門正當行業，我就是不講，孩子也都看得到，鎮上哪年不掛好多次人頭?!讓我騙哄這些孩子，說世上怎樣怎樣好法兒，我的良心不安。要我說謊積德，我幹不下來，你們教書先生閉上眼去騙去罷！我這顆腦袋，早晚也要被人砍的，但在沒砍掉之前，說話總要憑良心啦！」

「不錯。」鄭廣才老先生抹著鬍子說：「這世上確有不少凶狠暴戾的事，但它也有好的一面，不是嗎？」

「當然有。」趙侉子說：「但我趙侉子沒見著！我說這些故事，並不是慫恿孩子們日後要去殺人割腦袋，是要他們明白這個世界，認真想想我這個粗人弄不懂的事實，——爲什麼要把人當成牲口殺，又殺出許多花樣？許多學問來引這些事實，不講就行了嗎？」

說來也真怪的慌，在鄭老塾師和趙侉子臉紅脖粗的抬槓時，我對一向憎嫌恐懼的趙侉子，竟興起很大的同情來了。事實上，這些年裏，我們每天都聽見看見血腥殘忍的事，日本鬼子駐紮在縣城裏，僞軍駐紮在鄰鎮上，土共盤踞在北邊，中央的游擊隊活動在西邊，鎮上成爲朝秦暮楚的地方，馬賊、土匪、地痞流氓，也在夾縫裏橫行著，我們看過太多殺人的事，聽過的又比看過的更多，不用說聽的、看的和想的都是這些，連做夢也脫不了腦漿和紅血，從驚駭中醒轉，怔忡著，喉間漾漾的，湧著一股隱隱作嘔的感覺。像趙侉子這種野性的人物，半輩子在屍堆血泊裏闖蕩出來，活過今天不曉得有沒有明天，能要他怎樣呢？硬能要他蘸著人血畫成一朵花，指說人間世上是那麼美法兒，那似乎有些悖理了罷？——鎮上不是花錢雇請他來殺土匪，拎人頭的嗎？

當然，趙侉子也根本不用誰去同情他，他的故事，仍照樣的說下去，

「爲什麼老古人會說：寧作太平狗，不作亂世人來？」趙侉子和鄭廣才老塾師抬過槓之後，才把心裏的感慨抖露出一些來：「亂世人太難做了，有時真它娘連狗都不如，

殺啊！殺啊！殺人的，轉眼也就成了被殺的，連認真想想誰該殺？誰不該殺的時間都沒有。……我說的有半句是假話嗎？這些年裏，挨刀的，過鐵的，何止百萬，撥算盤數數兒，也夠人撥半輩子的，一本人頭賬，該打哪兒算起啊?!

真的，該打哪兒算起呢？前年鬼子下鄉來掃蕩，抓了四個人去，在鎮梢老柳樹邊的旱河心裏當眾試刀，他們用刺刀把鎮上的老弱婦孺都押到旱河兩邊，眼看著他們砍殺那四個中國人作樂。那是我頭一回親眼看到殺人場景，那四個被繩索綁住的中國人跪在旱河心的沙地上，夏天的太陽直射在沙上，騰閃著白灼灼的光，其中一個是瘦小的男人，穿著一件灰色的破小褂子，靠肩還打著白色的補釘，明顯是個莊稼人，另一個是拖鬍子的老人，至少也有六十多歲年紀了，兩眼直瞪瞪的朝前看著。

鬼子兵排成好多排，坐在柳樹行間的蔭涼裏，走出來行刑的，是兩個拖洋刀留小鬍子的傢伙，他們嘰哩咕嚕的說著沒人聽得懂的鬼話，一面拔出洋刀比劃著，彷彿在商議著什麼？然後，他們抓著刀，分別站到那四個被綑綁跪地的中國人身後，突然齊聲吶喊著，揮動洋刀，從跪在兩邊的那兩個中國人的頭頂上直劈下去，圍觀的人們這才明白，他們是在舉行殺人比賽，用當頂直劈的方法，看誰的腕力大？下刀準？正好把一個人劈成兩個半邊？比賽的結果，一個矮胖的鬼子贏了，他所劈殺的，正是那個拖鬍子的老人。對於另外兩個人，鬼子改用橫砍的方式，把他們的頭切了下來，懸掛在柳樹上，然後開拔了。我看過那兩顆人頭，他們都是睜著眼的。

單是這一宗殺人的景象，就把我的心塞滿了，使我自覺這一輩子也不會忘記它，更甭說是千宗萬宗啦，正因這樣，才讓人覺得趙侉子做人的難處，他不但眼見過砍殺人頭的事，他自己也幹了這種操刀殺人的行業，他心裏的滋味，也只有他自己才能領略罷？

「揮刀砍人腦袋，真不是好玩的事兒。」有一天傍晚，多喝了幾杯老酒，趙侉子當著一群孩子的面，坦然的招認說：「世上人，沒有誰的腦袋是銅打鐵澆的，一般人形容人的腦袋瓜子，都說它是水包皮的貨色，碰碰就破，又有人說它是吃飯的傢伙，沒有它，飯就吃不成了，平常護著它還來不及，何況拿刀去砍它，刀一揮就是一條人命，這不是說書唱戲啊！」

「你既曉得殺人砍腦袋不是一宗好事，爲什麼又要選上這門行業呢？」一個年紀大些的，這樣問了。

趙侉子歪歪嘴，扯出一絲苦笑來：

「你以爲行業都是人自己選的?!……只怕這世界還沒好到那種程度。像我這號混世的人物，早就捲進了是非窩，不幹也不成啦！兩眼漆黑的世道，誰它娘的弄得懂啊?!人該遭劫了，我說。」

人該遭劫了！這種沉重得像錘擊似的言語，不光是趙侉子一個人這麼說，四鄉八鎮，人們都常常掛在嘴上，說來也算多年傳衍的老習慣了，鄉下人沒攻書進塾，腦瓜裏沒有幾大條紋路，遇上想不通看不透的事，只好認命。人該遭劫了，不是認命是什麼？趙侉子確是那種人，埋著頭閉上眼，在命運的網羅裏亂撞，一樣的撞不出結果來。正因爲他是幹劊子手的人，他的痛苦，顯然比一般人更多了一層。當他喝多了酒，低著頭，一個人呆坐著的時刻，那種煎熬般的痛苦，就鎖在他緊皺的眉頭上。

他到鎮上三個月了，拿了四十五塊銀洋的薪俸，大都花費在酒館裏和賭場上，刀也沒動過，槍也沒拔過，鎮上的商戶們平素都是小器慣了的，難免在背地裏說閒話，有人認爲趙侉子的薪俸太高，拿了錢沒事幹，請他太不合算了；有人認爲土匪既沒蠢動，不如暫時解散自衛隊，免得被各方面誤會，反而使鎮上遭殃，有人更露骨的說：

「這種天塌地陷的年頭，聚合幾十桿槍自衛，能自衛得了嗎？就算擋得了私土匪，也擋不了鬼子僞軍和土共那些官土匪，要認命，不如認到底，光防著土匪，到頭來也是空的。」

這些話傳到徐會首的耳朵裏，他便把街坊上的人召聚起來發話了：

「我曉得如今咱們都是兩眼漆黑，朝前挨日子，活一天，算一天。但則咱們有口氣，在世爲人，就得把是非分得清楚，盡力而爲。亂世裏，有了這許多魔王，逼得咱們東逃西躲不得安身，這還不夠嗎？黑道上那些土匪還要趁火打劫，足見他們毫無心肝，咱們攫住了，多殺幾個，不算是壞事。爲什麼大家容不得一個趙侉子呢?!」

徐會首的一番話，把滿街坊的議論鎮下去了，他跟大家說得很明白，世上無拘什麼人，只分好人和壞人，壞人若是要咱們的命，咱們只要捨命保命就夠了，至於保不保得住自己的命，那是另一回事，空話講的再多，若於事實無補，還不如咬住牙根不說的好。

經過這番折騰之後，趙侉子還是被鎮上留了下來，他的日子沒有什麼改變，仍然是酗酒賭錢，傍晚坐在碾盤上，跟孩子們說故事。

「徐會首的看法，不能說有錯，」他說：「我早年也是幹過土匪的，想想當年所幹的事，我這腦袋真的也該搬家，不過，若說凡是幹土匪的全該砍頭，可也不是那麼一回事，據我所知，土匪裏頭也有好人，忠厚、老實，在家被人壓榨欺侮，蹲不住身，才拎搶出去混世，希望得機報仇的。」

「土匪裏頭也有好人？你說。」

「當然有。」趙侉子爽快的說：「早先我領的那股人裏，有個姓張的，原先在家賣豆腐爲生，人老實成那樣，——狗咬在他腿肚上他都不叫。姓張的有個妹子，十七八歲年紀，長得像畫上的大美人兒。鄰村有個青皮陳小疤臉，看上了她，一心想娶回去做小。陳小疤臉當面跟小張提過，小張一口回絕了。對方惱羞成怒，伸腿踢翻了小張的豆腐擔子，還叫人把他打得遍體鱗傷，威脅他朝後不准賣豆腐。小張勢孤力單，根本鬥不贏陳小疤臉，遇上亂世，告狀都無處可告，結果，陳小疤臉糾合幾支槍，把小張的妹妹搶了，小張逃出來，不敢再回家根，就入了夥，跟咱們混起世來啦，……像這種人，並不是小張一個，說起來還多得很呢！」

「小張後來又怎麼樣了呢？」有人問說。

趙侉子楞楞的咬著下唇，過一晌才說：

「在蔡家圩子，被一股剿土匪的聯莊會圍住，我算走運，逃了出來，大多數人，都被對方舉火燒死，又割了頭去啦，想起來，真像做了一場噩夢。」

他也許嘆了一口氣，但並沒發出嘆息的聲音來。天逐漸轉黑了，黝暗的天空裏，有著蝙蝠抖動的影子，趙侉子回憶起在蔡家圩子被圍殲的情形，也墨沉沉的，據說聯莊會的那股人，少說也有一千多口子，他們推來七尊巨大的紅衣子母炮，團團圍困了蔡圩子，發炮猛轟，趙侉子的那股土匪，只有一百多人，想逃也無法可逃，困守在村舍裏抵死掙扎著，子母炮把村舍轟成一片大火，趙侉子算是機伶，他拖了一床棉被，打濕了水，扯頭帶臉圍起來，衝過濃煙烈火，一頭鑽進一個薯窖裏藏身，但其餘的人，多數都葬身在火窟裏，被燒成了黑炭，也有的雖然闖離火場，但全被聯莊會上的人截住，在當場被砍掉了腦袋，那些聯莊會的人，爲了要表示他們剿辦土匪的成功，特意找來很多付籮筐，把人頭堆在籮筐裏挑回鎮上去，遠看像挑著一擔擔西瓜。

「就算幹土匪的全該砍腦袋罷，」趙侉子最後說：「但票房裏的三個肉票該怎麼說？他們的腦袋竟然也被聯莊會上的人給錯砍掉了，——事後他們才明白，不過，掉了的腦袋再也沒法子接上去了。」

趙侉子倒不是有意要嚇唬孩子，亂世的人命不值錢是真的，砍錯了人，只怪那些人倒楣，沒有腦袋的人哪還能告狀？但他說的話，讓人聽了，心裏總沉甸甸的，很不舒坦。

「其實，怨這些也沒有用的。」趙侉子叨著煙捲兒，悶了好一陣，忍不住又說：「人若生在黃巢造反，殺人八百萬的那個朝代，躲在空心的老樹洞裏逃劫還逃不掉呢！……若是生存在李闖王和張獻忠作亂的那個朝代，砍腦袋還算是很痛快的死法，我這笨腦袋瓜子既然想不透，乾脆就閉著兩眼朝前過，不再去想它了。」

其實，他不說，也有人看得出來，他是想忘掉什麼，他整天離不開賭場和酒館，喝得醉醉的，賭得暈暈的，他年過四十了，還在打光棍，也有人替他做過媒，他歪著嘴角笑說：

「算啦，這檔子事，千萬甭再提。我這腦袋只是暫時寄放在我的頸子上，不定哪一天，會被人拎走，我還忍心糟蹋人家黃花閨女，作那個孽嗎？我它娘只配泡泡後街暗巷裏的賣貨，她們不是玉女，我也不是金童。」

看來趙侉子爲人，真有幾分閉著兩眼朝前過的味道，彷彿替他自己算過了命，料定他的下場，和那些不幸被砍掉腦袋的人一樣的悲慘。鎭上的徐會首責怨過他說：

「侉子，你怎麼老是這樣想呢！難道人逢亂世，非得掉腦袋不可？就因爲你抱定你這種想法，你才會自暴自棄，成天酗酒賭錢，好像過了今天再沒明天了！」

「我說，徐大爺，承您這麼瞧得起我趙侉子，我是決意盡力幫鎭上一點兒忙，儘管我一個人挽不了眼前的大劫數，替您抗土匪，總能擋上一陣子。俗話說：得人錢財，與人消災，我不能白端這隻飯碗，至於我心裏的想法，那可是很難改得的啦！」

趙侉子說話不打誑，不久就見諸事實了，七月裏逢著集市的日子，一大群土匪化裝成商賈和莊稼人，隨著趕集人群，混進鎮來，天還沒到晌午，一聲槍響，他們便紛紛掏出隱藏在身上的短槍，當街大搶起來。鎮上的自衛隊倉促拉出來，和土匪展開混戰，趕集的人不敢留在街心，怕碰上流彈，都爭著躲到沿街的廊簷下面和商鋪裏去。這時候，大家都在擔心著鎮上的自衛隊能不能逐退這群土匪，使這兒免遭洗劫？他們懷疑趙侉子一個人，即使有再大的膽氣，再精的槍法，也很難壓得住這種亂哄哄的場面。

槍戰在街上持續著，槍響得像一鍋煮豆，夾著吆喝聲，吶喊聲，奔忙的腳步聲，一陣又一陣的，也不知誰在奔跑？誰在追逐？我蹲在南牆邊的梧桐樹下面，渾身抖索著，只能看見在晴空裏迸閃的槍煙。這樣經過一個時辰的樣子，槍聲停歇了，就聽有人說：

「好啦，老天菩薩，土匪總算被打退啦！」

「說起來全虧趙侉子，若不是他領著幾個人豁命的打，自衛隊差點被對方盤掉！……趙侉子真夠猛悍。他明知土匪頭兒錢老五在張家茶食店裏紮了架子，至少有六七支匣槍護駕，他一個人還是直撞了進去，揮刀砍下了錢老五的腦袋，人說：蛇無頭不行，鳥無頭必散，土匪丟了頭領，哪還能站得住腳?!」另一個聲音很熟悉，好像是商會裏的哪位老爹，平時討厭過趙侉子的。

等到街面上的人，都確信土匪被打退了，趙侉子拚命搏殺土匪頭兒錢老五的事，才被繪聲繪色的傳揚開來。原來土匪進鎮時，先放了臥底的，那傢伙就是張家茶食店站櫃的小徒弟，等到錢老五帶著土匪混進鎮來，到張家茶食店裝做買茶食點心的，茶食店的老板娘上櫃招呼客人，小徒弟便在身後拔刀把她抵住了。制服了老板娘，錢老五一揮手，幾個護駕的便一湧而入，進到店堂背後的小暖閣裏，把茶食店當成舉事的架子山。

由於老板娘被挾持，老板不敢吭聲，店面生意還是照常的做。錢老五認爲他手下的匪槍多，槍火又足，趁著滿街人群熙攘的時刻動手，造成極大的震驚和混亂，鎮上的自衛隊措手不及，自己已經飽掠而去了，心裏既有這樣的如意算盤，便叫店裏沏上一壺好茶，端上精緻的糕餅，安心的享用起來。

誰知精瘦的店老板是個有計算的人，他趁著記流水賬的時刻，寫了幾個字在紙條上，揉成一個小紙團，塞在捲起的衣袖裏，遇著鎮上熟人來買茶食，暗中遞了過去，那人出店打開一看，上面寫著：

「匪首錢五在本店內，速報徐大爺知曉」。……等那人奔去報信時，土匪業已開槍亂幹起來了。徐會首得了信，和趙侉子一商議，趙侉子認爲打蛇要打頭，只要能撂倒錢老五，其餘的便會紛紛竄散的。他願精選幾個膽大的鄉丁，撲向張家茶食店，說妥了由他裝成買茶食的，從正面進屋，另外著兩人翻牆進院子，到小暖閣和他會合，其餘的在前後把風，土匪竄出來就揮刀砍殺。

這樣分配妥當了，他便把單刀挾在衣袖裏，搖搖晃晃進店去買茶食，茶食店小老板認得他，朝後一呶嘴，趙侉子一隻巴掌捺在櫃檯面上，身子平飛起來，一衝就衝進暖閣，他的眼尖，一眼看見好幾支匣槍放在桌面上，所以他先伸腿踢翻桌子，當土匪彎腰撿槍時，他出刀便砍，當時就砍倒了三個。

匪首錢老五的匣槍沒摘出來，藏在褲襠裏，沒有時間取槍，只有翻身朝外逃，出另一扇門逃進院子，被翻牆進來的鄉勇抱住了，趙侉子趕出去，一刀切開他的前頸，割斷他的喉管，替錢老五放了血，再一刀才把他的腦袋割下來，用錢五的腰帶串了倒拎著。

他拎著錢老五的人頭上街追逐土匪，把那些土匪嚇得屎滾尿流，有些已經捲劫了財物細軟的，把得著的東西也全扔掉了，前後不到一頓飯的功夫，土匪就退光啦。

「趙侉子如今人在哪兒？」有人這樣問。

「在街梢酒鋪裏喝酒呢！」誰這麼說：「他把錢老五的人頭放在桌面上，彷彿那是他的下酒菜似的。對著人頭喝酒，真是天大奇聞。」

經他這麼一形容，一大群爭著看熱鬧的人都朝街梢湧過去了，我也好奇的跟過去，想看看究竟？那人沒有說謊，趙侉子真的坐在酒鋪正當央的那張八仙桌子邊，紅著眼，大口的喝著酒，桌子上端端正正的放著錢老五的人頭，和一柄帶著血跡的單刀。

頭雖不在頸子上了，但錢老五的那張臉還好好的，沒有破損，從他的臉，看出他是個胖子，眉毛很濃，很黑，兩眼還睜著，嘴唇厚厚的，兩隻滿生肥肉的腮幫朝外鼓凸著，有個愛打諢的人形容說：割下來能炒一大盤子。

看熱鬧的人圍在店鋪裡，但趙侉子全像沒見著一樣，自管喝他的酒，連眼皮也沒抬一抬。他那種反常的舉動，使大夥兒怔住了，也都靜默的望著他，沒有誰敢上去問他什麼話。趙侉子斟滿一杯酒，潑在那顆人頭上說話了：

「我說，錢五，咱們是一起出來混的，你明知我趙某在鎮上，偏衝著我來，何苦呢？這是我不夠交情？還是你不夠意思?!我若不伸刀砍你腦袋，你也會拔槍，在我胸脯上弄幾個血窟窿的。人生就像一場賭，碰上了，總有個輸贏，你只是運氣差那麼一點罷了。」

他說他的，人頭不聲不響，彷彿老老實實的傾聽著，斷頸間溢出的血水，和酒液滲合，一道扭曲的紅蛇般的在桌面上向外游動，彷彿默認運氣不佳就該落到這樣的下場，我不知道土匪頭兒錢老五活在世上是怎樣凶橫？但他那顆頭顱給人的感覺，倒是很安分，完全認命的樣子。

而運氣比較好的趙侉子，那天卻喝得酩酊大醉。

錢老五的那顆腦袋，經趙侉子的要求，鎮上並沒有懸起它來示眾，反而叫朱小皮匠用針線縫合在錢老五的屍身斷頸上，用一口白木棺材，替他裝殮妥當，埋到西邊亂葬崗子去了。趙侉子也沒有領取那五塊銀洋的花紅獎賞，並且還到錢老五的葬處去燒紙化箔，直認錢五當年一度和他在一起混過世，有幾分熟人的情分在。

「真的，我從來沒想到要殺他，」他說：「我竟然砍下了他的腦袋了！」

他說這話之後不久，一天夜晚，他就在賭場上失蹤了，三天後，有人在西亂葬崗子上發現他的屍首，各處都沒有欠缺，僅僅差了一顆腦袋。

趙侉子的頭究竟被誰割去了？案子一直懸著，無從去破，鎮上人紛紛議論，也都是些猜測之詞，有人認為是土匪錢老五手下尋仇報復，有人認為趙侉子幹劊子手，和各方結仇結怨太多，也許是那些受害人的家屬，得機把他逼出去砍了頭。議論到末了，趙侉子的死因仍然成了一個謎，他的頭顱，即使在旁的地方也沒出現過。

我記得那年九月以後，鄉鎮也全被日軍控制了，鎮上各街梢都成了刑場，砍頭的，槍斃的，每天都有好幾宗，懸頭示眾的事，也成了家常便飯，西門口有一顆人頭，掛了很多天沒人收，腫大得像柳斗，臉都成了紫黑色，一陣風過，便飄出一股瘟毒毒的臭氣，人頭看得多了，夜晚做惡夢，也都夢見那些，各種各樣的人頭，在半空裏騰躍，會笑、會喊、也會說話。

另一年秋天，我到南鄉的外祖母家裏去，走過一片低凹的沙野，在沙地上看見一個白骨磷磷的骷髏頭，它被半埋在沙裏，兩排牙齒含著沙粒，它的兩隻眼窩，是圓圓的大黑洞，鼻孔則是兩隻圓圓的小黑洞，死亡恍惚就是那種樣子，令人不敢逼視。風從遠處吹來，刮過骷髏時，它便像打呼哨一般的發出一種綿長而空洞的聲音，光光細細的，仿彿是在幽泣。

「骷髏蓋兒，」我指著叫說：「在那邊哭呢！」

「孩子家，不用看它。」推車的老孫說。

「不！」我說：「也許它就是趙侉子呀！」

「嘿，你說受雇到鎮上來的那個劊子手？」老孫說：「虧你還在記著他。……這一路下去，唧沙的骷髏頭多得很，天底下哪有這麼巧的事，你遇上的這個就會是趙侉子？再巧，人死了，什麼都過去了，人若是總替死人難過的話，那就是活在世上，比死還艱難啦，年輕輕的人，要多朝前看啊！」

「我不是朝前看了嗎？」我說：「前面河崖邊，又是一個骷髏頭在那兒哪！」

「嗨，」老孫沉沉鬱鬱的嘆了一口氣：「我是扁擔長『一』字也不識的鄉下老土，一大把年紀在身上，這一輩子兩眼漆黑，朝前摸著過日子，也許巴不著看不著什麼了，你年紀輕輕的人，總該能看到不見人頭落地的那一天罷?!……遍地人頭也算一本書，比白紙黑字那種書更難唸得懂啊！一個你熟悉的趙侉子，只算是開蒙罷了！」

我點點頭，忽然朦朧的感悟到什麼？——甭看推車的老孫不識一個字，不識字的說起話來，一樣是蠻有學問的。只是心裏的這點意思，當時不知怎樣講？看樣子，一個不見人頭落地的中國，我只好等待了。

興隆集風波

興隆集是個水陸碼頭，雖然比不得通都大邑，卻也挺熱鬧的，比起四鄰寒傖的小鎮，規模要大得多了；因而，一般走江湖的人物，大多麇集到這兒來討生活，使這兒充滿了形形色色的花樣。

那天傍晚，在熱鬧的碼頭口，有個穿長衫的胖子，從人叢裏晃過來了。碼頭臨著河，河堆上就是街市、茶樓、酒館、賭場、當舖和澡堂子林立，街廊下還擠了許多賣洋貨的地攤子，賣零食的擔子。一盞盞帶風罩的方燈，搖搖曳曳的吐著光霧。幾個算命打卦的攤位前面，白布長招在夜風裏飄盪著，這邊是「李鐵嘴」，那邊是「趙半仙」。兌換銀洋的掮著雙馬兒，手掌把銀洋掂得叮噹響，嘴裏像報流水碼子似的，飛快的背誦著各式銀洋兌換的價碼，什麼鷹洋、小帆船、嘉禾、鼓肚子龍、大頭、小頭，……一大堆古怪的名字。

胖子搖著黑骨的摺扇，橫羅長衫飄飄抖動著，一搖三擺，顯出很闊綽的氣派。論年紀，他不過廿七八歲的樣子，但他一臉穩沉的神色，看來是個走過大碼頭，見過世面、腰懷多金的商人。

他走到盛昌銀樓門口，看到那兒人群聚湧，便開口喊著說：

「嗳，諸位，諸位，我是來換銅板的（**註：銅板、銅角子，都是銅元的俗稱**）。誰有四川黃銅鑄造的銅板，我願意兌換，一枚四川銅板，換三個普通銅板，多有多兌，一個子兒賺三倍！」

他這麼一嚷嚷，可把人群都吸引住了。在當時，各省都設有銅元局，專門鑄造銅元；

三個銅板抵一分錢。在各省所鑄的銅元當中，有赤銅的，有青銅的，有褐銅的，唯有四川省鑄的銅元是真正黃銅的，雖然看上去悅目，但價格一向沒有差異。奇怪的是，這個胖子爲什麼要拿三個普通銅板換一個四川銅板呢？人們雖然議論紛紛的猜疑著，但眼前有實利可圖，誰不願意討這種現成的便宜？

「我這兒有十多個，換給你了！」人叢裏有人擠進來，捏著一疊四川銅板說：「當真是一個兌三個嗎？」

「當然了！」胖子說：「我當面兌現。」

說著，他果真收兌了。

這一來，求兌的人便多了起來，可惜人們荷包裏的四川銅板並不多，不一會兒工夫，就都被胖子收兌完了。胖子把四川銅板數了一數，大約收兌了兩百多個，他很滿意的笑笑說：「今晚上，就收兌這些罷。你們回去，要是再找到四川銅板，可以拿到悅來客棧去。兄弟往往在那兒，明天整天都可以收兌。」

說著，他揹起雙馬子，晃進澡堂子去洗澡去了。

有人到悅來客棧去問過店家，他們說這位胖先生姓陳，是僱了船打省城來的，至於他爲什麼要收兌四川銅板？旁人都不知道。一般人推測，他既然願意高價收買四川銅板，想必有好處。究竟有什麼樣的好處？外人自然弄不清楚啦！這個陳胖子雖長得胖嘟嘟的，但他一臉精明相，決不會是甘願貼本的白癡。

這位陳胖子在悅來客棧坐兌四川銅板，仍然是一個換三個。最先兩三天，拿著四川銅板去求兌的人很多，黑壓壓的擠滿一屋子。但是到後來，竟然沒有人肯去跟他兌換了。原來興隆集上，好些商號和錢莊，也一窩蜂的設了兌換處，公開掛出牌子，一個兌四個，一個兌五個普通銅板。

有人問銀樓掌櫃的，爲什麼也要高價收買這種四川銅板？那禿頭掌櫃的說：

「既有人出高價收買它，一定有好處在裏面。咱們先收買下來放著，總沒有壞處。免得日後好處都被那姓陳的外路人獨攬去。」

興隆集的商戶既有這種投機的想法，四川大銅板的身價便節節高昇，變成奇貨了。不光是在鎮上如此，搶著收藏四川銅板的風暴，從這兒飛快的捲了開去，傳到附近的鎮市和無數的鄉村；愈是有人出高價收買，大家愈是心存觀望，不肯輕易脫手。不但不脫手，反而要以更高的價錢買進。人心原就是這個樣子。

這時候，很多謠傳在人耳語中輾轉著。有人不知聽誰傳講的，說省城裏一枚四川銅板，要值十二個普通銅板；又有人得著更秘密的消息，說是：

「聽說四川的銅元局，要用一比十五的兌換率，把這批黃銅鑄造的銅板整個回籠。」

問題是四川銅元局爲何要以駭人的高價，使這批黃銅鑄造的銅板回籠呢？對於這種疑問，謠傳很快便有了答案啦。據說，四川銅元局以黃銅鑄幣時，錯把廿錠馬蹄金的金塊熔進去了，等到銅板散出去，盤存時才發現金塊短失。他們不敢透露出這個秘密，只想高價把出籠的銅元再收買回去。說這話的人，爲了使人相信他的話不假，一面說著，一面取出一枚四川銅板來，踩在腳底旋磨幾下，再捏起來，湊在對方的鼻尖下，說：

「你瞧瞧好了，這分明是夾金的銅，一般紅銅，哪會有這麼亮法兒?!」

由於這種傳說言之鑿鑿，大夥便都相信了，收兌四川銅板的商號愈多，一般手邊存有四川銅板的人愈是奇貨可居，不肯撒手賣出去，更有許多民戶，也跟著盲目出價，收購起四川銅板來。

在這種一窩蜂的情形下，哪有那許多四川銅板供人收購呢？嘿，旁人是沒有，那個挑起這次搶購風暴的陳胖子有，——他雇的那條船上，裝有幾麻袋四川銅板，在他向人收購四川銅板時，早就打算把這批存貨以更高的價錢兌換出去。他看到搶購之風盛了，立即把這批四川銅板，用一比六，一比八的兌換率，兌了出去，換回滿滿一船的普通銅板，拔錨起錠，揚帆而去了。

搶購四川銅板的風潮，不久便平息下來，各縣都張了告示，大意是說：銅元是全國通行的貨幣，各省所鑄造的銅元一律等值，四川銅板並不例外。勸告各地商民，不可輕信謠言，自取損失……。

可惜佈告張貼得晚了一步，興隆集家家戶戶，都花了好幾倍的錢，兌進若干視爲珍寶的四川銅板了，受了損失的人再結夥去找住在悅來客棧的陳胖子；哪兒還能見著人影兒？他早就開溜大吉啦！

後來有人得到風聲，說那個在鎮上公開露面的陳胖子，只是這宗大騙案的媒子，幕後另有其人，那人就是在江湖上鼎鼎有名的騙子老六指兒。老六指兒只在通都大邑活動，自己從沒到鄉鎮上來過，誰也不知道他是什麼長相。但「人的名兒，樹的影兒」，興隆集上雖沒誰見過老六指兒其人，但很多人都聽過他行騙的故事。據說老六指兒的腦筋特別靈活，能施出若干偷天換日的手法，他手底下又有些徒子徒孫，是一個專門行騙的幫口。

像興隆集這種鎮市，雖不是通都大邑，但水旱碼頭，非常的繁盛，四鄉來的土佬又多，容易上鉤受騙，在老六指兒的眼裏，當然是塊肥地。他差遣陳胖子放船下來騙銅板，當然也不足為奇了。

不過，興隆集上也有些不信邪的人物，四川銅板的風波激怒了他們；這批人以集主黃德仁為首，還有鄉團的團統張好古，商會的會長王石漁，以及碼頭幫的首腦陸大個子。

他們聚在黃集主的宅子裏開會，黃德仁很激憤的說：

「諸位都在這兒，咱們興隆集這一帶的人，務農的勤耕動作，經商的將本求利，都是實心眼的老實人；哪怕是一文錢，也是好不容易賺來的。咱們決不能讓老六指兒的徒眾來這兒行騙。無論如何，咱們要設法防止像兌換四川銅板那類的事情再發生。」

「集主說的話，對極了！」團統張好古說：「俗話說：想撿一文錢，也得彎次腰；這些騙子連腰也不彎就撈走大把的錢，該算是天底下極可惡的人了。咱們非得對付他們不可！」

「騙子騙人，多半是騙經商營利的，」商會的會長王石漁說：「站在商會的立場，兄弟完全贊成兩位的意見，……其實，早先咱們鎮上，對小偷、扒手和騙子，懲罰不能算不嚴；捉著扒手，都吊起來抽鞭子；對騙子，除了吊打一頓，真該割掉他們那隻花言巧語的舌頭。這些事，只有鄉團才能辦得了。」

「我會張出告示，要鎮上人留神受騙，」團統張好古說：「也得寫明怎樣嚴處行騙的人，這樣，騙子才不敢再到興隆集來亂打歪主意。」

「咱們碼頭工，扁擔不離肩，都是一夥粗人，」陸大個子說：「咱們頤意配合鄉團，一捉住騙子，就先賞他一頓，把圓的替他砸成扁的，看他老六指兒有什麼能耐？讓他來試試好了！」

「對！」黃集主說：「既然大夥兒齊心合力，咱們就把話風放出去，讓它傳到老六指兒的耳朵裏去，他要不服氣，不妨親自下來，咱們好跟他鬥鬥法，看看究竟是他的主意靈，還是咱們的手段狠？」

他們作了決定，果然四處放話出去，說是決不讓老六指兒手下的騙子，在興隆集上興一點風，作一點浪。只要被捉住了，除了鞭打，還得要割去舌頭。俗話說：「人嘴上的話頭，快過野地上的風頭」，一經播傳出去，前後沒幾天，就傳至遠在省城的老六指兒的耳朵裏去了。

「真是笑話了！」老六指兒說：「人要是不貪心，不枉求，怎會好端端的被騙？」於是，他把興隆集上的情況打聽清楚以後，召集他的幾個徒弟，要對興隆集幾個有頭有臉的人物下手。

自從興隆集上幾個領頭的人物開過會，張出防偷防騙的告示之後，集主黃德仁帶著隨從，經常到街上巡視。團統張好古更是如臨大敵，使他的鄉團人槍日夜戒備著；他更派出許多耳目，隨時查察各客棧、酒館、賭場、茶樓、鬧市、澡堂和娼戶等地，要他們加意防範老六指兒手底下的騙徒潛進鎮來活動。商會的王石漁更是「小心火燭」，除了常去各商號盤查可疑人物的行跡外，更編出一套防騙的歌訣，散發給各商戶，張貼在牆上，要那些初站櫃的小學徒都背得滾瓜爛熟。至於陸大個子率領的那些碼頭工，也都準備隨時抹起袖管，掄起扁擔，痛揍騙子。

這樣一來，興隆集充滿了緊張氣氛，集上許多受過四川銅板禍害的人，更成爲驚弓之鳥，凡是看見陌生的面孔，都懷疑對方就是老六指兒差來行騙的。騙案是沒發生，但疑雲遍佈的結果，使興隆集的生意買賣受了影響。再過了一陣，大家的戒備慢慢鬆下來了。這時候，落宿悅來客棧的一個富商說話了，他對附近的商戶說：

「貴鎭這些領頭的紳士，依我看，一個個都是傻瓜！他們沒想想，一個過路的騙子，用兌換四川銅板的手段行騙，只是這一回，就把他們嚇成這樣，硬指老六指兒要來興隆集。你們日夜窮緊張，老六指兒也許正在省城裏睡他的安穩覺呢！消息傳到他耳裏去，怕不笑掉他的大牙嗎？」

「您說的雖是有道理，」一個商戶說：「但咱們黃集主也沒有什麼錯。俗話說：害人之心不可有，防人之心不可無，咱們提防被騙，有什麼不妥呢？」

「有什麼不妥？你們自己也該看得出來，」那富商說：「你們家家戶戶，疑神疑鬼，把外路人都當騙子看待，結果，真正的騙子沒捉著，可把生意都攆跑了。長此以往，興隆集不興隆了，那時你們再想想我的話好了！」

有人腦筋靈活一點兒，一聽這話。便說：

「說的是啊！騙子行騙，大不了只騙一家兩家，咱們這樣疑神疑鬼，弄得市面蕭條，到頭來，大家都吃虧受累。真的，咱們結夥跟集主去說去，千萬不能這樣劍拔弩張的。老六指兒按兵不動，咱們日夜瞪著眼乾防著，空耗著，可不是太笨了？」

「除了一個笨字，真還沒有旁的字眼兒好形容，」那富商說：「天下會有這樣的人，——出拳打人之前，先高聲喊出來：老六指兒，我要出拳打你了！你要是老六指兒，你會伸著鼻尖來挨揍嗎？」

這位富商的話，言之成理，大夥兒酌量又酌量，無法不相信他。

由於商戶們聯名要求，集主黃德仁無法再堅持己見了，他有些洩氣的說：

「這年頭，替人著想，倒過頭來反落人怨。我又何必狗拿耗子，多管這些閒事？真不如關起門來，睡覺養精神。只要騙子騙不到我頭上，我管不了那許多啦！」

「集主打了退堂鼓，我也不站在堂口上當箭靶子了！」團統張好古：「蛇無頭不行，鳥無頭必散，我這就跟著收攤子，免得勞精費神，吃力不討好。」

「我們商會的人，在商言商，」王石漁聳動著腦袋說：「讓大家生意買賣受影響，我實在不好堅持，……真要有騙子出現，我們一樣在暗中注意得到，那時候再動手抓人，也不算晚。」

但這些人做夢也不會想到，住在悅來客棧的那個富商，就是老六指兒的大徒弟趙海。他說話做事，一向海慣了的，海口一開，興隆集上就退讓了。

黃集主和張團統這一退讓不要緊，不久，興隆集上的騙案，接二連三的發生啦！悅來客棧裏，住進了很多新面孔的客人。除了裝成富商的趙海，還有裝成走江湖的白七，裝成賣藥材的胡嚴，以及裝成帶著戲班子下來唱戲的何苦。他們各有行業，誰也看不出他們是騙子，但他們都是老六指兒的徒弟。

有一天，集主黃德仁坐在宅子裏，管事的遞上一張拜帖來，說是落宿悅來客棧的一位趙大爺，親自登門拜訪，商會裏好幾位商家老闆陪著他來的。

黃德仁不認識這個姓趙的，但他是興隆集的集主，外地的商戶經常有來宅投帖拜會的，他並沒覺得有什麼不妥，當時就吩咐管事的，請來客進屋。

來客進屋後，黃德仁舉眼一打量，就覺得這位趙大爺的舉止行動，確是夠氣派；他穿著紡綢的長衫，手扶著帶金球的司的克手杖，鼻梁上架一付金絲邊的眼鏡，大襟邊拖垂著小指粗的懷錶鍊子。

「兄弟趙海，特意來拜訪集主，有事商量。」

「好說，請來奉茶。」黃德仁說：「不知趙大爺有什麼指教？」

「兄弟想在貴鎮買塊地皮開座酒坊。」趙海說：「兄弟早就查問過，這兒土質好，水質硬，附近盛產高粱，一般收進的價格又相當的便宜，這些條件，都適宜開酒坊，產高粱酒；但這集上的地皮，聽說多半是黃大爺的，這就不得不先來拜碼頭，請您大力幫忙啦！」

「噢，是這麼回事？」黃德仁笑說：「有人肯開酒坊，這是繁榮地方的好事，兄弟當然歡迎。至於買地的事，嗯，好談，好談的！」

黃德仁家在興隆集，原有許多地產，後來集市初成，買賣舖戶越來越多，紛紛向黃家買地，黃家的地產，大部分賣掉了，只有北街的街尾有一大片窪地，積水成塘，沒人願意買，黃德仁早就想找機會把它脫手售出，這可正遇著機會了。

既然要出售那片窪地，跟姓趙的打起銀錢的交道，就不能不摸清對方的底細，他還沒開口問呢，陪著趙海來的幾個當地的股商就說話了。

「黃大爺，您只怕還不知道這位趙大爺是什麼樣的人物罷？」一個錢莊的老闆說：「他在省城有四個大工廠，十多爿店面，這回雇船來興隆集，光是替他挑錢擔子的挑伕，就雇了五六個人，他除了準備開酒坊，還打算開油坊、開紙廠，咱們有幸交上這位大老闊，日後興隆集自然會更興隆啦！」

「那真是太好了！」黃德仁說：「趙大爺，您買地的事。沒有問題，只要是我的地，我都願意賣出，不會抬高價錢的，您說個時間，我就親到悅來客棧，接您去看地，怎麼樣？」

「其實也不用那麼急，」趙海說：「爲了感謝黃大爺您答應幫忙，明兒晚上，兄弟設了酒席，想請您賞光，咱們先敘敘。您要是不嫌棄的話，就不必客套謙辭了。」

「您既這麼說，兄弟怎好不答應。」黃德仁說：「不過，後天晚上，兄弟也備了幾桌酒席，算是替您接風，您也該賞臉罷？兄弟要把當地幾位士紳都邀來，跟您見個面，日後您開酒坊，辦事也有許多方便。」

倆個人是彼此拍打肩膀，打著哈哈分開的。二天晚上，黃德仁到悅來客棧去赴宴，對方把悅來客棧的大廳整個包了，酒席只設兩桌。席上有些山珍海味，黃德仁甭說生平沒吃過，甚至連見也沒見過，聽也沒聽過。酒席上用的筷子是象牙的，器皿都是雕花純銀的，在吊燈的映照下，閃出使人眩目的光彩。

黃德仁在興隆集雖然是數一數二的人物，但半輩子沒走過大碼頭，沒出過遠門，哪見過這等的排場？真以爲遇上活財神了。

在桌上，趙海替他引介了幾個朋友：一個是江湖人物白七爺，一個是藥材商胡嚴，一個是戲班子的班主何苦，大家熱熱鬧鬧的談著省城許多事情，黃德仁只有出耳朵聽的份兒。

不用說，黃德仁吃了人家一頓之後，也不惜破費，設席回請了趙海和幾位省城的來客，把團統張好古、商會會長王石漁、碼頭管事的陸大個子，都引介給對方，彼此交起朋友來啦！

接著，黃德仁就請趙海去看地皮了，當他指著北大塘那塊蘆草叢生、積水未退的窪地給對方看時，趙海不禁啊了一聲，說：

「黃大爺，您是開兄弟的玩笑？兄弟是準備了大批現金買地蓋酒坊，可不是打算買個池塘養魚養蝦呀！」

「不瞞您說，市面上的地皮，早就分售出去啦，」黃德仁說：「這塊地，除了地勢低了些，倒是很寬闊的。好在價錢低，您買下之後，再雇工挑土塡平，還是划得來的。」

「不成！」趙海搖頭說：「我打外路來，不能在興隆集耽誤太久，過幾天就得回省城去了。買塊地，買個麻煩在這兒，我不幹。我哪兒找得到那許多工伕來挑土？您要是能在半年內把地塡妥。還可以商量。」

「要我雇工塡土，也行！」黃德仁說：「不過，到那時，少不了羊毛出在羊身上，又是另一種價錢啦！」

「價錢高點兒，低點兒，我倒不在乎。只要不離大譜就行了。」趙海說：「另外，我還想拜託黃大爺，我在這兒蓋酒坊，街上還得有個門市，您一併幫我找地罷，若沒有空地，轉買旁人的房子也行。我偷個懶，——只認您黃大爺一個人。」

「好，」黃德仁說：「兄弟照辦。到時候，一定替您準備妥當就是了。」

「我有事急著回省城。」趙海說：「白七爺是我老朋友，有事找他也是一樣。」

看過地皮後，趙海走了，但黃德仁卻忙碌起來。他計算過，雇工填平這塊窪地並不簡單，得有上百的工伕，管吃管住，填上半年。不過，這筆錢當然可以加在地價裏，好在姓趙的是個大財東，多賺他一筆也無所謂。另外，他先墊錢去買街口的兩家門面房子，日後好和地皮一道兒出手，以好價錢轉賣給姓趙的。他預計兩筆合在一起算，至少賺它一萬大洋。

趙海買地開酒坊的事，在興隆集各商戶間，當成一宗大事，互相輾轉傳說。很多人都羨慕黃集主遇著財星，能把一塊蘆草叢生的廢地，換成白花花的銀子，少說也有萬兒八千的賺頭。財主回省城去了，財主的幾個朋友，在興隆集上可被人爭相巴結起來啦。張好古想請趙海做鄉董，維護他的鄉團，硬把白七呵奉到他宅裏去，當成貴客款待。白七也就老實不客氣的白吃起來啦。

「七爺，」張好古說：「趙大爺他是大財東，日後他在興隆集開酒坊，總得要有看門守戶的。鄉團有人有槍，每人一份糧，都是由當地殷商富戶湊起來的；您是趙大爺的好朋友，務必替兄弟說說，請他掛個鄉董的名，多捐助些。」

「那當然，那當然，」白七在白吃之餘，打著飽呃，抹著沾油的嘴唇說：「容我打個不好聽的比方，——養條狗，也得扔根骨頭。想讓鄉團替他保產保業，總得要多花費幾文。這話，我一定替您說到就是了！」

「那真感激不盡，」張好古說：「趙大爺略爲鬆鬆手，指縫裏漏的，也夠咱們撿的了！」

白七爺點著頭，他要騙的就是張好古；如今白吃白喝住在他的宅子裏，已經落地生根。

在同時，藥材商胡嚴也跟商會的首腦王石漁的交往密切起來。王石漁開珠寶店的，很殷實，但常常想再發些橫財，對於省城來的富戶，當然會竭力拉攏。胡嚴原就選定王石漁施騙，當然趁虛而入啦！

若論行騙，黃德仁、張好古、王石漁這三個，都有些油水，只有碼頭上的陸大個子，是個光棍，有幾文錢，也都吃吃喝喝，嫖嫖賭賭弄光了，趙海師兄弟三個，都先選妥了行騙的對象，預爲佈置，吊著玩了，只有何苦沒法子挑選，只好準備見機行事，把陸大個子當成對象！

在集主黃德仁那方面，爲了儘快能賣出窪地撈筆大錢，便不惜工本，雇了幾十個工伕，到鎭外他自己的田地上，起土挑沙，運來填塞北大塘，那塊窪地總有幾百畝，需要好多萬土方才能填平。

除了忙著塡地，黃德仁又在十字街口買下兩爿店面，準備跟北大塘一道兒轉售給趙海，裏外一折騰，把家裏的現款全貼出去，還臨時向別處調動了一些。

這時候，白七替張好古出主意：

「好古兄，趙大爺在此地開酒坊，已經成了定局，酒坊離不開高粱，你何不趁這季高粱初收，價錢便宜的時刻，先收它千兒八百擔的，裝在庫裏存放著，等趙海要收高粱的辰光，你是奇貨可居，再高價賣給他，轉手就能賺個一倍帶拐彎兒。」

「真會有這許多賺頭嗎？」

「嘿，要不是您這樣款待我，我決不會幫你拿這個主意呢，」白七說：「準賺無賠！」

張好古雖是幹團統，手裏錢財卻是有限，他聽了白七的話，在興隆集各糧行裏大肆收購高粱，現金不足，借了不少的高利貸來應付，總算勉強收了滿滿三庫，一千多擔高粱囤積著，準備待價而沽。

在王石漁那方面，胡嚴進行得也很順當，他說已經在省城裏替王石漁租妥了門面。趙大爺出大股，幫助他去開大珠寶店。省城是一等大碼頭，有錢的財主多得很，趙大爺和他們都有交情，一樣的貨色只要經過他一推薦，一吹噓，就賣好價錢。王石漁聽得心動，打算跟胡嚴一道兒回到省城看看，再回來籌措開張的事。胡嚴說藥材沒收全，寫封信要他去見趙海，他說：

「趙大爺您是見過面的，他在省城裏，也數得上算是一等一的財東，人很豪氣，也很樂意幫助朋友；你拿這封信去找他，一定沒問題。到時候，把珠寶裝到匣子裏帶去，跟他合夥就成了！」

「您既不能陪我去，我看也只有這樣了，」王石漁說：「兄弟走後，店裏缺少人手，兩個夥計都是粗人，沒計算，店務方面，還請胡兄多爲照顧。」

「那不成，」胡嚴說：「您開的是珠寶店，芝蔴大的玩意兒，都值成千上百的錢。我們雖是朋友，我也決不沾那個，要不，您就再等兩天，我把藥材打包，合雇一條船，您帶著珠寶箱子上船，免得麻煩。」

「那也好。」王石漁說：「既然您說過，趙大爺肯幫忙，我這趟就帶個夥計過去，免得又要回頭運貨，把珠寶帶兩匣子去，先開了張再說。」

胡嚴果真和王石漁合雇了一條船，走了。隔不上幾天，白七也回省城去了。而何苦的小戲班子，也只賸下最後一天的戲碼啦。

陸大個子是地頭蛇。每晚去聽白戲，照例不買票，何苦都給他安排前排的坐位，有說有笑的，把他當成興隆集上的人物看待。其實，陸大個子對於看戲，倒沒有多麼大癮頭，他是看上了小戲班裏的一個旦角杜來喬啦，那妞兒二十上下年紀，圓圓細細的葫蘆腰，說起話來甜甜蜜蜜的，走起路來嬌嬌滴滴的，老是朝陸大個子拋媚眼，瞇呀瞇的眼縫裏。含著半隱半露的情意，真把陸大個子弄迷糊了。

「這個小娘們，真夠風騷的，」陸大個子當著何苦的面，也不隱諱他的心意：「我說，何班主，她是不是有價錢的貨色？」

「不成，」何苦說：「她是有主兒的，那個打鼓的小周，就是她的丈夫；他可以縮頭縮腦不管她的事，我這做班主的，卻不能拉這個皮條。」

何苦雖然推拒了，但話因兒裏已經暗示著，若想成事，你得自己去想辦法。陸大個子不傻，他懂得何苦的意思，央告著說：

「這樣罷，今晚是最後一場戲了，您只幫我一個忙——今晚散戲之後，把那個小周約到悅來客棧的客堂裏喝酒聊天，讓杜來喬放單留在房裏，其餘的事，我來辦好了。我瞧得出，她是對我有意的。」

「好罷！」何苦勉爲其難的說：「不過，我得先跟你說明白，杜來喬真是個混過了的，你若栽在她手裏，我可幫不上忙啊！」

在陸大個子眼裏，何苦真夠幫忙的。戲班子唱完戲，下了裝，回悅來客棧歇息了，何苦果然備了些酒菜，請大夥兒到客堂來宵夜，杜來喬和另兩個旦角說是睏倦，各自留在自己房裏沒出來。陸大個子趁機會，一溜煙似的溜到杜來喬的房裏去了。

過不上一會兒，也不知怎麼弄的，杜來喬抱了一包衣裳到客堂裏，氣嘟嘟的朝地下一摔說：「客官們都在這兒，興隆集的碼頭還能混嗎？一個野漢子溜進我的屋，不問情由，就要對我這有夫之婦行強。虧得我機伶，得機會抱了他的衣裳逃出來了！」

大夥兒一聽，都覺得很氣憤，揮拳抹袖趕過去，踢開房門一瞧，陸大個子渾身脫得光光的，腰下用一條毛巾圍著，蹲在地上站不起來啦！戲班子裏的人多，一聲喊打，拳腳交加，還是何苦出面講情說：

「這是碼頭上領工的陸大爺，瞧我的面子，把衣裳還給他罷。喧嚷出去，他不好做人啦！」

「不成！」打鼓的小周說：「衣裳是證物，不能還給他，給他一條短褲穿著走，已經很客氣的了！」

陸大個子平素很蠻橫，這回挨了一頓打，卻抱著頭，穿著一條短褲跑開了。直到何苦帶著戲班子搭船離去，他才自認倒霉的說出他是受騙了，因爲他進屋要跟杜來喬敘敘，杜來喬並沒拒絕，只捏著鼻子，嫌他一身汗臭，要他到木桶裏抹個澡；他脫衣裳抹澡，杜來喬就把他的衣裳鞋襪都抱跑了。

「何苦是存心整你冤枉的，」旁人說：「說來也難怪，誰叫你色迷心竅來著？」

陸大個子的事情發生之後三天，王石漁和他的夥計，哼哼歪歪抱著珠寶匣子走路回來了。旁人問他是怎麼一回事？他說：

「也不知是怎麼搞的？我跟夥計倆人，和胡嚴合僱一條船去省城，一上船就鬧瀉肚，一個勁兒跑茅房；船走一整天，在一個村子附近靠了岸，我和夥計想上岸找點成藥吃，誰知再回去找船，船就沒啦！只好朝回走，一路走，一路瀉，人都快虛脫啦！」

「姓胡的會不會是騙子？」

「不會的。」王石漁說：「我們下船的時候抱著珠寶匣子，他並沒拿走，他還有封給趙大爺的信在這兒，騙我什麼？」

他說著，打開那封給趙海的信一看，呆住了，因爲那信不是寫給趙海的，卻是寫著：

「老六指兒你們無緣見著；老六指兒的徒弟，你們算是見著了。人心若是有鬼，防騙總是防不了的。黃集主的窪地，賣不了平地的價錢；張團統的高粱，早賣還可抵債。王石漁老板喝的是巴豆湯；珠寶匣子雖然還由他抱著，裏面的東西換掉了。碼頭上的陸大個子好色，受了點小教訓。……這不過是開開玩笑罷了！」

「這還算開玩笑？」黃集主聽說趙海不再來買地，急得雙腳跳說：「我塡好了窪地賣不出去，週轉不靈，可被害得要破產啦！」

「我還不是一樣？」張好古也苦著臉：「酒坊不開，我那三倉高粱賣給誰去？」

王石漁打開珠寶匣子一看，裏面裝的是些爛紙裹著的小石頭。他兩腳一軟，斜靠在椅子上；額頭上的汗珠一粒一粒地，比黃豆還大，他半晌說不出一句話來。

但經過這一回之後，興隆集上的人都彷彿有了些領悟，那就是：騙子實在可惡；但是，世上要是沒有騙子，有些人還不容易看出他們自己的嘴臉來呢！

二傻子娶媳婦

二傻子塊頭長得蠻大，站著比人高，睡倒比人長，只是傻得連男女都分不出來，無怪村前村後的人，都說他是十足的傻蛋了。

他是殺豬販朱志的第二個兒子，他哥哥乳名叫大傻子，朱志殺豬賣肉幾十年，有積有賺的，半點兒也不傻，偏偏前後生了兩個兒子，傻到一堆去了。大傻子長到十來歲，看見隔壁鄰居薛小嫂兒上吊死了，覺得脖上套繩子，腳不著地，懸在半虛空裡晃盪，倒是透著新鮮的事，回去學學樣兒，使朱志賠上了一口棺材。

大傻子傻得死活不知，二傻子比他哥哥還要傻，怎能不叫朱志老夫妻倆煩心？因此上，倆人就把二傻子看守著，使他不離眼面前。不過，二傻子連他哥哥那種好奇心都沒有，只懂得吃飯拉屎，高起興來，學學豬叫，——完全是捱刀的那種叫法，聽得人汗毛直豎，骨肉分家，這樣狂叫雖有些駭怪嫌人，但總比玩上吊要好些，朱志夫妻倆，也就沒什麼好褒貶的了。

「嗨，殺豬馱販是下三等的行業，」有人說：「我倒不是瞧不起這行業，而是說它殺孽太重，應了現世報了！……你瞧朱志那兩個兒子，不是活脫是笨豬托生的嗎？一個要學上吊，一個吃飯拉屎，大傻子翻眼翹掉了，二傻子還有得淘神呢？他哪天能懂得人事啊？」

「話也不能說得這麼篤定，」也有人說：「殺豬賣肉，也是三百六十行裡面的正經行業，若說殺豬的該得報應，那咱們吃肉的呢？能有嘴說人家麼？天底下殺豬的人家多得很，兒女照樣聰明，天上若真施報應，也不該單單挑上朱志呀！」

無論旁人怎麼說，二傻子這一輩子，看樣子是要傻到底了，二傻子不懂得的事情太多，當然不懂得什麼叫做傻？所以人家叫他二傻子長，二傻子短，他都高高興興的應著，笑出一口牙來，那一味傻笑，也就成了他的門面招牌了。

傻子喜歡聽傻故事，街坊的秦老爹叨著長煙桿，跟孩子們講故事時，二傻子總蹲在一邊，歪著頭，瞪著眼，半張的嘴角邊拖著口涎，彷彿要把旁人講的話都吞進肚裡去的樣子，可是故事講完了，問他剛剛聽的是什麼？他卻一句也說不出來，只會嘻嘻嘻嘻的傻笑。秦老爹爲了讓他聽得懂，故意講了一些專門講給傻人聽的傻故事：

「……從前啦，很遠的地方有座山，山上有個老和尚，老和尚說：從前啦，很遠的地方有座山，山上有座廟，廟裡坐著個說故事的老和尚，老和尚說：說從前啦，很遠很遠的地方有座山，山上有座很小很小的廟，廟裏坐著個說故事的老和尚，老和尚說：從前啦……。」

二傻子一聽就聽迷，這樣反反覆覆的聽著，居然記得了老和尚，什麼是和尚呢？秦老爹告訴他，穿著僧衣，光著頭，頭頂有戒疤的，就是和尚了！秦老爹也曾指著過路的和尚給二傻子看過，告訴他，在世上的人裡，認和尚是最容易的。

街上有化緣的僧侶托缽，二傻子瞧見了，像得了寶似的，一路高喊著：「和尚！和尚！」

「你瞧，我們家二傻子變得聰明了，居然能認出和尚來啦！」二傻子他媽志嬸嫂樂得不得了，逢人便誇讚她的傻兒子開了心竅，並且誇讚秦老爹懂得教傻子：「假如大傻子當年多聽秦老爹說故事，他就不會把脖子伸進繩圈去，學著上吊玩啦！」

就憑二傻子見了和尚喊和尚，就能說他認得和尚，未免也太早了一點，東街有個癲痢頭，二傻子見了他，一樣和尚和尚的叫喚著，西街有座尼庵，小尼姑上街，二傻子也指著她們喊和尚，秦老爹聽著，有些啼笑皆非，不得不多費唇舌，開導他說：

「二傻子，你弄錯了，她們是尼姑，不是和尚。」

「你不是說：光頭有戒疤的，都是和尚嗎？」

「嗨，這叫我怎麼說呢？」秦老爹抓頭說：「男的叫和尚，女的叫尼姑，你不懂嗎？」

二傻子搖搖頭，一臉迷茫的神情，他不懂得什麼叫男的，什麼叫女的，秦老爹不便拿人打比方，看見路邊樹上拴有幾匹驢子，便指著公驢說：

「拖黑棍的是公驢，換成人，就是男的，襠下沒拖黑棍的是母驢，換成人，就是母的，公驢我們管牠叫做叫驢，母驢我們管牠叫做草驢，再換成和尚來講，叫驢就像和尚，草驢就像尼姑，你還不懂嗎？」

二傻子更用力的搖搖頭，秦老爹越比方，他越迷糊了，一個人傻到連男女公母都難分，秦老爹自認爲他費盡唇舌，也無法讓二傻子開竅了，他衝著朱志說：

「朱志，你是怎麼會生出這種寶貝兒子來的？男女公母分不清，日後怎麼娶妻生子，替你傳宗接代呀？」

「嗨！老爹，他是塊劈不開的木頭，叫我有什麼辦法呢？有人說我兒子是豬托生的，我覺得那全把他抬舉高了，就算他是豬，也會懂得那樁事呀！」朱志是個粗漢子，著起急來，沒命的用拳頭擂他自己的胸脯。

朱志也知道，著急是沒有用的，二傻子不光是傻，根本就是個白癡，志嬸嫂認爲，即使父母扳著嘴教，也教不出所以然來，最好的辦法，就是要請媒婆幫忙撮合，讓二傻子娶房媳婦兒，到那時候，兩人沒有衣裳隔著，就容易分得出男女來了。

「妳是儘打如意算盤！」朱志跟老婆說：「誰的耳聾了，眼瞎了，願意把閨女朝火坑裡送，嫁給這種人不知事不曉的白癡，叫她怎麼過這一輩子？人的心是連著肉長的，咱們的心疼自己的骨血，人家難道不疼他們的閨女？妳算了罷！」

「你這是什麼話？」志嬸嫂爲了兒子受丈夫的搶白，心裡很惱恨，抗聲說：「我看你是越老越糊塗了，咱們兒子五官端正，不是疤癩醜，連皮帶骨上秤稱，也不比旁人的份量輕，只要成了婚，就會有兒子，你不出心替他物色，還在一邊兒頭潑冷水，你這個爹，是怎麼做的？」

「好了，我也沒精神聽你嘮叨了！」朱老沒精打采的說：「我還要殺豬賣肉呢！妳要自認有法子，妳就去打點去罷！花費幾文錢，我倒是不心疼的。」

有了丈夫這句話，志嬸嫂就活動起來了，在平常，街上那些舌頭上生花的媒婆，都是巴結有男有女的人家的，一項婚事撮合成了，媒婆多的是油水，俗說：媒八嘴，媒八嘴，爲了拉縴跑斷腿，一點兒也不假。但這種情形，在屠戶朱志的家裡，根本見不著，誰都知道他家的二傻子是個白癡，沒有人肯把女兒嫁給他，跑也是白跑，忙也是白忙，弄得不好，女方會拿棍打人的。

媒婆不上門，害得志嬸嫂小腳像揣春似的，到處奔跑，許厚酬，送重禮，央托好幾個媒婆，替二傻子多方物色媳婦兒。

「我兒子腦子不清爽，」她說，「只求有個年輕的女人嫁過來，也無法挑揀了，我若能因此抱個孫子，定當重重的酬謝媒人！」

「志嬸嫂既這麼說，我們哪有不盡力的道理，」綽號大腳鴨子的劉媒婆說：「不是我說誇口的話，凡是我出馬說項，婚事都能說得妥，我決不會找個歪瓜爛喇叭來搪塞，志嬸嫂，日後媳婦進門，妳就知道了！」

劉媒婆先誇下海口來，志嬸嫂不能不送她一筆跑腿錢，緊接著，張媒婆，李媒婆，全照例伸手。事情雖然八字沒見一撇，但每人都先撈了一把。

這樣物色了幾個月，總算大腳鴨子劉媒婆有辦法，居然找到一戶人家，那是西街頭打更的丁爛眼家的閨女，丁爛眼是個貧苦的老好人，他老婆鬆皮鼓肚，是個油膩的矮胖子，人肥欠精神，成天睡眼惺忪，呵欠不離嘴，能坐決不肯站著，能躺決不願坐著，湊上丁爛

眼也是個夜晚敲更，白天睡覺的，夫妻兩床上見面，難免就……所以，兒女也就生的多了些，一窩六個，都是女兒。丁爛眼本人重男輕女，他老婆也看重香煙後嗣，對這些賠錢貨有一種說不出口來的厭煩，巴不得一個個早點嫁出去，但丁爛眼那付武大郎的長相，配上他老婆的矮肥身段，生出來的女兒也就出落不到哪兒去了，這些冬瓜和水桶，要是出生在大戶人家，還有一份豐厚的嫁粧撐腰，丁爛眼一天三頓都混不周全，哪還有陪嫁的物事？結果，大姑娘年過廿六七了，還擱在家裡老著，可把他給急煞啦！

大腳鴨子耳線靈通，曉得丁爛眼的那些女兒急著朝外送，根本沒挑沒揀的，她便大腳一蹓，轉到西街去了，她去西街，用替人作媒做藉口，並不踏進丁爛眼家的門，卻只在他家左鄰右舍打轉。

丁爛眼的老婆忍不住扯著她拜託說：

「劉媒婆，我們家姑娘六個，最小的也十八啦，妳沒掛在眼上，替她們找個婆家嗎？」

「哎呀呀，我劉大腳吃的是這行飯，這全鎮的年輕男女，哪一個不在我心上呀？」媒婆笑說：「不過，婚姻這檔子事，牽扯多著吶，門要當，戶要對，雙方的品貌性情要投合，要不然，成了怨偶，那不把媒人罵死才怪呢！」

「我家閨女多，一不挑，二不揀，只要對方是個未婚的男人，老些，醜些，都不要緊，難道就沒有適合的嗎？尤獨是老大，業已廿六了！再不嫁，就只能在家養老啦，妳做做好事罷！」

「男人倒是有，我怕妳跟爛眼不願意。」劉媒婆說：「其實對方也是高高壯壯，有模有樣的，年紀不大，年紀比妳們家老大還小三歲，只是傻氣些兒，俗說，傻人有傻福，我倒不覺有什麼不妥。」

「妳說傻是哪一家？」

「屠戶朱志的兒子，二傻子！」劉大腳說：「朱志殺豬，有積賺，身邊就只這麼一個寶貝兒子，日後沒人爭著分家產，妳閨女一過門，來了個開門喜，馬上就有福享，妳願不願要個傻女婿？先跟爛眼商量妥了，再來找我！」

爛眼的老婆知道二傻子，模樣長得倒很入眼，只是傻過了頭，好像只會呲著牙傻笑，旁的什麼都不懂，她和爛眼商議這件事，爛眼認爲傻子像長不大的小孩一樣，好哄好帶，不會惹草沾花，不會欺負到自己閨女頭上來，朱志老夫妻倆膝下只有這麼一個獨種寶貝，沒有妯娌小姑之類的人物夾在當中，閨女不用爲處人犯愁，最後他說：

「旁的都是假的，只要閨女嫁過去，能替朱家留個子嗣，還怕不把她捧成皇太奶奶?!」

雙方一個要把女兒送出去，一個要把媳婦巴進門，再加上大腳鴨子來往穿梭，兩頭拉縴，事情哪還有辦不成的？屠夫朱志揀個日子下聘，爛眼收受了，把大閨女丁牽弟許給二傻子做媳婦了。訂親不久，志嬸嫂那頭，就準備著擇日迎娶。

「我說，二傻子他媽，」朱志說：「妳不覺得這樣太迫促了一點？」

「有什麼迫促的？」志嬸嫂說：「二傻子不曉得事情，全由我們替他作主，對方的大閨女牽弟廿六歲，早就熟過了頭了，再耽誤下去，頭胎孩子很難落地呀！」

「嗨！」朱志嘆氣說：「妳急著這事，難道我就不著急麼？光是咱們著急有什麼用？妳以爲妳那寶貝兒子那麼容易開竅？他懂得怎樣生兒子嗎？他要是不懂，試問妳是怎麼個教法?!」

「哦，你是煩著這個？」志嬸嫂說：「你放心，大腳鴨子劉媒婆對我拍過胸脯，說是迎娶時，由她當老伴娘，替新郎新娘送進洞房，她包教兩人成堆，決不空房，等到事情辦妥了，她再退出來，把房門反鎖了，就等第二天，捧出小褥來，讓咱們驗紅，送她喜錢！」

「嗯，想不到！」朱志搖頭說：「大腳鴨子一個老婆娘，她會有這等神通？」

「你又怎能說她沒有那種能耐？」志嬸嫂說：「她幹媒婆許多年了，哪種樣的人沒遇著過？這就像你幹屠夫，見著豬還有不知從哪兒下刀的嗎？」

「妳一味在說歪理，比方也覺不倫不類。」朱志有些鬱惱說：「我幹屠戶，殺豬刀握在我自己的手上，但成婚生子的事，全在於二傻子，他的刀活不靈，閨女破不了瓜，大腳鴨子在一邊，怕也只有乾瞪眼的份兒，她還能有什麼樣的辦法？」

「你甭先乾抬這個槓了！」志嬸嫂說：「你儘管殺你的豬，賣你的肉去罷！二傻子既已訂了親，早娶也是娶，晚娶也是娶，不能因爲你擔心，就擱著不娶，這事交給我辦好了！」

迎娶的事，辦起來不難，只要有錢去鋪排就成，爲了二傻子娶媳婦的事，志嬸嫂不吝花費，把私房錢積蓄，全部老底兒都抖了出來，迎娶的日子是在秋天裡，天氣不冷不熱，選的當然是吉日良辰，這些廢話當然都不消說了，朱志夫妻倆嘴上沒講，心裡仍都擔心著這新婚頭一夜，二傻子會怎樣對待那破題兒第一遭？大腳鴨子說得天花亂墜，臨前那緊要關頭，如何說動二傻子成事？志嬸嫂一邊自寬自慰著，心裡仍暗揑著一把汗。

迎娶那天，賀客盈門，街坊鄰舍們，不乏有竊竊私談的，大夥兒都想到這樁事上去了，二傻子是個男女不分的大白癡，大腳劉媒婆怎樣開導，才能使他懂得男女之事？大腳鴨子先到爛眼家去陪新娘子，不知在教她些什麼？越談越得不出結果，也就越覺得神秘引人了。

嗩吶嗚哩哇啦的吹過來啦，花轎顫巍巍的抬過來啦，鞭炮劈劈啪啪的爆響啦，被人妝點成新郎的二傻子出來接轎啦，新娘子穿得像著了火似的，被大腳鴨子攙扶著下轎來啦，通道上照例擺著馬鞍、火盆之類討吉利的物事，老伴娘攙扶著新娘子從那上面跨過時，旁邊看熱鬧的賀客，便會大聲說出些吉利話來，像：

新娘跨馬鞍啊，黃金堆成山啊！
新娘跨火盆啊，大人養小人啊！

更有些話，在平常被認爲是黃穢的，但用在喜事的日子，都成了吉利和喜話啦，當大腳鴨子牽著矮胖的新娘跨過火盆時，新娘的大紅裙子太長，不小心絆了跤，仰臉朝天，紅鞋高舉著，旁人便笑說：

「這跤跌得好，夜來做元寶！」

做新郎的二傻子根本不懂得這話裡的意在言外的趣味，只管傻傻的笑著，不知道的人，還以爲新郎的心花怒放，全顯然到臉上來了呢！

辦喜事，鋪陳得一片喜氣，賀客們一個個喝得醉醺醺的，一面湧進洞房去鬧房，時辰拖晚了，志嬸嫂急得團團轉，像是熱鍋上的螞蟻，大腳鴨子看著，不得不連推帶拉的請走那些鬧房的，她說：

「噯呀，列位街坊，俗說：春宵一刻值千金，諸位爺都是老鄰居了，何必耽擱小夫妻的時辰，早點散了罷！」

「妳瞧，連二傻子都不著急，妳急個什麼勁兒？」有人嚷說：「咱們不鬧久，鬧到起更就散罷！」

「不成不成！」志嬸嫂說：「每人送一封雲片糕，帶諸位帶回家去甜甜嘴好了！」

果然雲片糕奏了效，賓客都散了，洞房裡只留下新郎新娘和大腳鴨子三個，朱志老夫妻倆放心不下，匿在窗戶外面，隔了一層油紙，豎起耳朵在聽著。

油紙窗是半透明的，只看得見新房裡的一點影子，但房裡說話的聲音，倒是聽得清楚。按理說，一般人家孩子娶親，公公婆婆很少操心到躲在窗戶外面聽房的，但二傻子的父母實在太掛心了，若不竊聽，恐怕整夜都睡不著覺，兩個老的側著臉，伸著頭，聽到新房裡頭，不是寬衣解帶的聲音，不是二傻子說話，也不是新娘子牽弟的嬌語，只聽見大腳鴨子陰陽怪氣的嗓子，在唱著，跳著，好像在做獨角戲。

「這個老婆娘，活脫是個小丑，」朱志聽了，緊皺著眉毛說：「天色已經很晚了，她不做正經事，誰要看她做戲來著？」

「噓，你這粗嗓門兒，還是少說幾句罷，」志嬸嫂捏了她丈夫一把：「你家兒子要是這麼容易開心竅，根本就不會借重大腳鴨子來幫忙了！你要捺住性子，多等一會兒，看劉媒婆在唱些什麼？講些什麼？」

兩人靜下來，就聽見劉媒婆在捏尖嗓子唱著大補缸，她不單是唱，更用腳跟著地，或前或後的扭著跳著，配合唱詞的節拍，她跳得滑稽又怪氣，從紙窗上閃晃的影子，可以隱約看得出來。

「那門前它種著千棵柳呀，

門後又種著萬棵桑呀，……」

大腳鴨子劉媒婆嗓音震顫著，緊接著是二傻子嘻嘻呵呵的笑聲。

「我懂了！」朱志點著頭說：「這婆娘是想把二傻子先逗樂，和她廝混熟了，然後再像哄孩子一樣，把二傻子哄上床，慢慢的導他行事！」

「你懂了放在心裡，少嘀咕不成嗎？」志嬸嫂又捏丈夫一把，那個便不再言語了。

大腳媒婆跳了一陣兒，想必是跳累了，停歇下來，說話有些氣喘咻咻的：

「我說，二傻子，天不早了，你要跟新娘子上床歇息了。怎麼？你不睏？你不跟生人睡?!這是你的新娘子，你爹媽特意爲你挑揀來的，挑來和你做伴的。人說：一回生，二回熟，人長大了，都要有個伴兒的。」

「廢話！」屠夫在窗外低聲的說：「二傻子要能懂得這個，他就不是傻子了，我看這婆娘也不比咱們高明到哪裡去！」

「開頭總得要找話說的，不這樣說，又該怎麼說呢？」志嬸嫂很不耐煩的搡了屠夫一把：「你這人，聽壁根兒你就豎起耳朵聽罷了，怎麼老是沒完沒了呢！」

「快上床去呀！二傻子，」裡面劉媒婆的聲音又響起來了：「你瞧，新娘子都寬衣上床等著你了，嗯，你不脫衣裳？那怎麼行?!來，我來幫你解扣子！……你甭躲，你要幹什麼？」

人影子像走馬燈，在油紙窗上閃來閃去的，不用說，二傻子是不願脫衣上床，跟劉媒婆玩起捉迷藏來了，二傻子人生得呆頭笨腦，但很有把夯力，劉媒婆即使捉住他，也無法硬脫掉他的衣裳。

果然，這樣轉了兩圈，轉得劉媒婆上氣不接下氣，自動停住了，指著對方說：

「好，這個遊戲咱們不玩啦，你不脫，我可要脫，我跟新娘子都脫，你要不聽話，就要你坐榻板！……對啦，要脫你自己脫，我不管你啦！」

「這可好！」屠夫彷彿透了一口氣說：「叫她歪打正著的撞對了路，略略沾上一點邊兒啦！」他知道老婆不會理他，所以說來有些自言自語的味道。

屠夫朱志透了一口氣，但志嬸嫂卻緊張得幾乎要把額頭觸在窗紙上，連大氣都不敢喘，不錯，劉媒婆可以用連哄帶騙，軟硬兼施的方法，把二傻子弄得脫衣上床，但自己的寶貝兒子，根本是個白癡，怎麼會?!……

但房裡又有聲音在響了，那是嘻笑打鬧的聲音，摔枕頭、扯被子、滾成團兒，打得氣喘咻咻的，二傻子彷彿很喜歡這種打鬧，呵呵的笑得很響，但屠夫朱志搖著頭，很不以爲然，嘆口氣說：

「真是活見鬼，老婆娘夾在當中，這樣打法，新娘子怎會懷胎得孕呢？」

「你實在捺耐不住，你就回去睡覺好了，你不是還要殺豬賣肉去嗎？」志嬸嫂說：「這檔子事，你們都幫不上忙，使不得力，只有聽憑劉媒婆去調弄了。」

不管二傻子有多傻，做父母的有多急，總不能親自出馬去現身說法，即使現身說法，也未必比大腳鴨子更高明，何況隔著一層窗紙，搔不著撈不著呢！朱志被老婆搶白了一頓，只能縮縮腦袋，嚥了口吐沫。

屋裡的嘻笑打鬧逐漸轉弱了，也許瘋過一陣子，打累了，鬧累了罷，二傻子躺在床上沒出聲，大腳鴨子又在說話了。這會兒，她竟然發出喔喔的喚雞聲，同時，用鼻音很濃的聲音說：

「對啦，喜神娘娘護佑，人到回床歇著，雞也要歸窩啦！」

「要命的！」志嬸嫂紅脹著臉，低低的啐了一聲。

不一會兒，大腳鴨子衣衫不整的推門出來，志嬸嫂問她怎麼樣了？大腳鴨子苦著臉說：

「新娘子牽弟不讓我留在房裡，把我攆出來啦。」

「那？那是說她有能耐?!」

「有什麼能耐？」媒婆沒好氣的：「妳那寶貝兒子早已睡著啦！那個……」她伸出小指比劃著：「縮得像蠶蛾子一樣，妳想要抱孫子？自己想辦法罷！」

不過，事情並沒像大腳鴨子所說的那麼絕望，成婚不久，新娘牽弟就害了喜，她究竟用什麼辦法讓二傻子開心竅的，沒有人好問，她當然也不會講……。

狼神

認識杜武的人，都承認他是個藝術家，無論在生活、風度和氣質上，都充滿了藝術的氣味。因而，杜武在開口說話時，總把藝術像招貼般的掛在嘴上。生活本身就是一種綜合的藝術，他總是這樣的認定。比方青春和夢，是一種藝術，中年的蒼茫感和現實感。是一種藝術，老年的悲哀和寂寞，同樣是一種藝術。一切人生境界都含有美的質素；而美，是藝術的本源。五十歲的杜武頂髮已落成不毛之地了，一樣是穿紅著綠，打扮得像春蝶般的青春。青春是一種美。禿髮呢，是一種荷爾蒙豐盛的象徵，象徵是一種美！杜武常用一串他獨特的觀念和很難理解的藝術邏輯，對許多年輕人宣示他的藝術的信仰。

杜武在藝術表現上，是個通才。他寫過詩，寫過詩論，什麼保羅梵樂希、波特萊爾、T・S・愛略特，提起來都像是他的老朋友，當代詩人更不在話下。由於詩塡不飽極端現實的肚皮，他寫小說。他的小說取材很奇特，多半從意識和感覺出發，以性心理爲焦點，他認爲這世界上只有兩種人，男人和女人，男人是狼，女人是蛇，在正經的、溫文的表態之下，多少總帶有這種原始的潛在的性質，他本人當然更不例外，所以他自己命名爲饑餓的狼神。後來他發現在這方面的若干論點，和勞倫斯不謀而合，勞倫斯有句名言：人不光是用腦去思想，血液也在思想。杜武萬分的讚賞，認爲這是極高的詩境。

廿年來，杜武是個浪蕩的光棍漢，從沒考慮到結婚，他固執的認爲，性飢渴如果昇華移轉到藝術創作上去，那將是一股無比巨大而蓬勃的動力，一般所謂安定而正常的，或是被形容爲「幸福」的生活，只會使人厭倦而懶散。一匹吃得過飽的狼已經不是狼了。不過，這方面的難題總是有的，狼總是肉食動物，飢渴也有個極限，他無法使自己飢死渴死，所以偶爾也難免……所謂交易性的舒解舒解，事先有些無可奈何，事後又覺興味索然。而且諸如此類的，他在手記裡將它命名爲「生之輪迴」。能在這種輪迴中不沉不墜，保持半飢渴狀態，那該是最佳的創作狀態了！杜武內心有著這麼一種論定。

「老杜，咱們等你的喜帖，等了很多年啦！」關心他的朋友，見了面總這樣說，輕鬆裡顯著關切。

「抱歉，沒這個打算！」杜武直截了當的說。

對於婚姻生活的厭棄，並不表示杜武厭棄了愛情，關於靈與肉的觀念，始終在杜武心裡亂成一團，混淆不清；這些年來，他所體認的愛情，只是孤獨時所興的種種神秘的幻想；唯有在肉體上舒鬆之後，才會有情致展開這種幻想；像裊裊上升的煙圈，當時覺得頗有情致，過後也就消失了。火熾的、神秘的，或者是純純的，迅雷閃電般的，可生可死的愛情，在人類歷史上都留過許多範本；杜武也曾仰望過，企慕過，說它是可遇不可求也好，說它是情緣未到也好，總之，在杜武的生命中從沒擁有過，更不曾有過這樣高的企望。

一個人在理想輝煌的青春年代，有關男女之間的事，容易透過美的幻想而昇華，但對一個曾經滄海的禿頂中年人來講，一切形而上都成爲不切實際的東西，杜武常常形容說：

「我的精神都被攪渾了！」

這句話裡，並沒含有絲毫自卑自嘲的意味，杜武確認在渾濁中更容易體悟真實的人性，口頭所標示的道德和意識剝離後，顯得毫無價值；他在手記裡直承他的生命是開在黝黯裡的花朵，因此他的思想，喜歡進入渾濁，去撈取一點含潮帶濕的東西；境界如何，他先不去管它，至少人味很濃，是可以肯定的。

在形而上與形而下之間，上帝與魔鬼之間，他活著，既非聖賢，也非愚劣，杜武很能夠認識他自己。

他的住處狹小而雜亂，四處堆滿書籍、畫冊，牆壁是用沙樂美女郎糊成的，這使他覺得精神上很豪華，簡直自疑身在古代阿拉伯帝王的後宮，這種望梅止渴式的想法，促使他產生飢渴感，也使他的感覺年輕起來。

「美，不是一種純粹的東西，」他在手記裡寫著：「至少，我可以從自我經驗裡獲得這種認知，即使我們在欣賞自然景物，它也有一條無形的線索和我們潛在意識相連著，並且深深融進我們的血流裡去，我們慣把剛陽的美和男性聯想在一起，把陰柔的美和女性聯想在一起，眾多的美多是從兩性的軸線上開展的，這也正是藝術的主要軸線！」

在杜武住處不遠，圓環邊有座很雅緻的咖啡座，杜武常到那裡去，叫一杯紅茶，消磨一個黃昏。那裡有些愛好文藝的年輕人，也是座上的常客，他們認識杜武，經常不拘形式的舉行沙龍式的聚會，杜武也很坦然的發表他個人所秉持的藝術觀點。

「這不是說教，只是嚐試性的釋放我自己，」他說：「忠於藝術的人，首先要忠於他自己，也許我的論點有許多驚世駭俗的地方，但它是真實的，我毫無怯懼的面對著社會道德的壓力，如果摒除了昇華和轉化的因素。顯露原始的本我，我該是一匹性飢渴的狼，但這只是意識的，不是行爲的，一念之興，快如閃電，一念之滅，迅如泡沫，在閃滅之間，我看見過自己，一個真正的自己，形體的我並不是真我！」

「說說你的真我罷，這是最流行的藝術論題！」瞇眼的女孩穿著一身艷黃的洋裝，像一隻黃蝶。

杜武摸摸他禿了頂的前額，笑著說：

「我可能算是終身不二色的人，像妳穿的衣裳一樣，——全黃！」

「那是你不結婚的理由？」穿花襯衫的男孩說。

「部份如此。」杜武說：「結婚等於買轎車，一輛專用的轎車，不論是嶄新的一手貨或是二手貨，你得付出相當的感情的代價。要珍惜，要保養。要添油，更會有許許多多意想不到的麻煩，車子用老了，三步一停，五步一修，到那時，已經無法脫手了，踢它、怨它，沒有用的，在形式上，它還是你專用的車子。把這種理論引回人生方面來，你可以看到那些怨偶，同床異夢者有之，移情別戀者有之，悔不當初者有之，反目相向者有之，分道揚鑣者有之，各行其是者有之，我記得史家評論漢武帝的一段話說：色衰愛弛，愛弛恩斷，恩斷情絕。這和一般原始的男性心理極爲吻合。現代有人說：郎心狼心！……我覺得足可列進現代的經詁典訓裡面去：我自知狼性未滅，所以免得自找麻煩，過後再用嘆詠的感傷，怨自己進入墳墓，——結婚是戀愛的墳墓，說這話的人，是我的先知。」

「那你是逃避婚姻，」瞇眼的黃蝶說：「你能逃避戀愛嗎？在性質上，它們完全是兩回事。」

「我沒有戀愛過！」杜武說：「當我孤獨想像時，戀愛的感覺很美，但不真實。當我真實時，感覺卻又不美，我只覺得自己是一種動物，既原始，又本能，像歷史上的隋煬帝那樣直覺！我常常形容自己是搭巴士的人，偶爾坐坐計程車，幻想它是專用轎車，等到下車付賬才明白過來，誰有錢它載誰，不過不像巴士那樣擁擠罷了！」

「有趣，有趣，」穿花襯衫的男孩笑著拍手說：「你的話，充滿了文學上的象徵的趣味，黃得很典雅。」

瞇眼的黃蝶臉有些紅，側過臉去，白了男孩一眼。杜武的性慾藝術觀，在年輕人的心目裏，是一項很嚴肅的課題，他們非常欣賞杜武裸現自我的坦率，以及很露骨卻又不失雅致的表達方式。

談論只是一種自我釋放的方式，有時感覺談倦了，他就去覓求生活裡的新的感覺。車水馬龍的都市中心的圓環，人群旋繞著，在柔和的黃昏光影下像一隻什錦果盤，容人選擇適意的，仔細咀嚼，緩緩的消化。當然，杜武所選擇的，完全是異性；打傘的，吊在別人手臂上的，古典的和現代的，赫本型的和夢露型的，土的和洋的。最先是一種美，逐漸在心裡渾濁起來，換句話說就是人性起來，便沾有些佛洛依德的味道了。杜武想到一個詩人試用「星空很希臘」的句子，曾引起軒然大波，部份人士堅持它不通，但現在，當他用感覺去消化異性的時候，滿心都是類似的語句。

「我的心靈很剛果，我的眼睛很非洲，」他搖著頭，陶然的喃喃著：「我的幻想很希臘，我的行爲太拉丁！」不通嗎？固執的文字學者，冥頑的批評家們，你們開三天三夜的圓桌會議去罷！難道要我杜武去畫蛇添足，解釋早期剛果人那種吃人肉的慾望？非洲土人眼睛裡那種原始的光亮？希臘神話的多采？拉丁民族傳統的浪漫和熱情？與其如此，還不如直接發出一聲長長的，尖亢的狼嗥，把那些孱頭們嚇得面如灰土，還更妥切一點呢！

在靜夜的燈光下面，杜武的手記又添了新頁：

「生命的意義，恍惚繫存在記憶，印象的反芻和對未來的想望上，摒除前瞻和後顧，它便覺空空盪盪，一無所有了！我爲萬有，亦爲萬無，有無之間，存於一念，這幾乎凌駕於呼吸之上。」

那群年輕的男孩女孩，常像蛀蟲般的跑來，啃食他的精神，杜武被他們啃倦了，懶得發表他的滔滔長論，便把他的手記捧出來，分擲給他們說：

「啃罷，這一灘手記，該是我的五臟六腑，你們如果對吃狼肉有興趣，可以活活的生啖！邊吃邊討論是你們自己的事，我要出門搭巴士去了！」

「我們投反對票，」瞇眼的黃蝶說：「我們討論的結論，一定是一堆急需答覆的問題，你爲我們犧牲一點，好不好？」

抗不住嗲氣的蛇纏，杜武還是把時間賣了，不過他強調，每個人都有著各自不同的藝術觀，他說：「我寧可被人認爲是怪物，但比起虛僞的道學，總要略勝一籌，我認爲一個藝術家有權利堅持他的生命觀點，以展示他的個性，失去這一點，藝術的創造性也就喪失了！這也可以說是我的結論罷。」

藝術和生活的糾纏，也是杜武頗爲困惑的事，他的手記上許多記載，處處都顯示出他的苦惱來，比如他沒有衣櫥，便習慣把洗衣店的櫥窗當成藏衣處，夏季來時，把冬衣全部送過去，取冬衣時，又把夏季的衣裳來個大調班，有一件領口略小的舊大衣，在那家店鋪裡掛了三年多，他索性不要了。他雖然習慣了一個人獨處沉思，但也有萬分苦寂的時刻，當寒雨灑落的冬夜，當朦朧春月窺窗誘引，當口袋空空偏又生病的時候，他便翻騰著，忍不住內心那種煎熬。

在手記裡，他這樣寫著：

「有些人渴望成家，自築一個遮風擋雨的窩巢，該是普遍而正常的想法，他們不但覓求一份溫暖和慰藉，更是在覓求一種責任，或可說是一種莊嚴沉重的人生壓力，否則便會感覺飄浮。而我是一片雲，在浮盪中瀏覽人間，我的夢，恆是一絲絲寒雨。」

有時候，他抱著一種探索的心情，回到開初的記憶裡去。想覓出一個人是怎樣被環境塑造的？如果戰亂不興，他也會像一般人一樣，築一個那樣的窩巢罷？但他卻嗅著硝煙，成爲驚飛的漂鳥，愁紅慘綠和秦樓楚館分不開，本份和真純都被漂成另一種顏色，在放縱與悲嘆之間，他取擇了前者，及至後來生命的深度隨著年歲的增長加深了，但他已經在不知不覺中被塑成一種很難更易的模式，命定的上下浮沉著。

藝術認定也就是生命認定，改不了的。

說自己這種觀念是特異獨行嗎？那倒不見得，據他所知，在當代文壇上，不論是年輕和年老的作家和藝術家，也有少數人抱有同樣認知的，不過沒潛心朝深處研探，並發而為文罷了！有位詩人把性能力視為「人生底牌」。並且發表宏論說：

「底牌不硬，只有棄牌！」

另一位頗負盛名的老作家，在生理上失調後，把鋼筆換成酒瓶，懷著比曹孟德對酒當歌更深的感慨，借用孔老夫子「哀莫大於心死」的話，不過把「心」字改成另一個只可意會的字，便起了轟動，被讚為現代名言。杜武非常傾服於他們那種發自內心的真率，當然，這些並不能構成實際的藝術表現，但誰能否定青春為創造的泉源呢？如果這種原始的，基本的衝動，不能經過轉化和昇華，那就什麼都不是了。

實際生活中放浪形骸，杜武仍然具有他個人的道德觀：一種是交易的，他會給予對方人與人的尊重；一種是兩情相悅的，必須達到不傷害對方的前提，否則他會毅然退卻。兩年前，他在沙龍聚會裡，認識一個風姿撩人的小肉彈，叫沙吉玲的，那個妞兒看上去年紀並不大，卻是個處處顯出成熟風韻的鬼精靈。開始是友誼的，彼此又都帶點心照不宣的曖昧成份，卻又以藝術話題的探討作為掩飾，談藝術離不開人生，談人生又離不開飲食男女，這像一支唱針繞著唱片旋轉一樣，圈子越兜越小，最後逐漸顯示出彼此都有意的主題來。

杜武對沙吉玲雖有些佛洛依德，但他表現得非常含蓄，在這方面，他已是積多年經驗的老手，對於利害得失的判斷和反應極爲敏感，按照他過去的經歷，一部份灑脫的女人最利爽，彼此一拍即合，過後各不相干，不會留下情感上的糾纏，最怕的是所謂純情的小妞兒，若是被她一口咬上了，那就沒完沒了啦！他不去沾惹那類純情的好女孩，倒不是怕惹麻煩，而是顧慮加給對方情感上的傷害。

他和沙吉玲交往了一段時間，覺得她的身世如謎，使他失去了判斷的準確性。沙吉玲有她過人的慧黠，從杜武對她的言談態度上，同樣揣測到杜武的心理，她對他展開主動而熱烈的攻勢，有意透露她一樣是曾經滄海的，不要求什麼，也不在乎什麼！這使武杜動了興致。

「我既非童男，妳又非玉女，交個朋友倒蠻相配的，不是嗎？」

「你何不乾脆點，說它是露水姻緣呢？」女孩子露骨的說：「這是戀愛、婚姻、交易以外的一種形式，你不至於審慎到要各塡一份志願的保證書罷？我不會帶給你任何麻煩的。」

杜武笑得有些苦澀，同樣是「生之輪迴」，這卻是新的形式，不是搭巴士，不是坐計程車，無以名之，只能用借車來打比方了！即使這樣，杜武並沒有立即答應什麼，他把話題扯到別的上面去，很愉快的談了一陣，用這種談話，間接的表示了默許的意味，這是一種既不勉強又不熱切的意味，有著可有可無的微妙。

但沙吉玲竟然找上門來了；一個飄雨的黃昏，她打著傘找到杜武的住處來，收攏了滴水的傘，站在門口喘息的笑著說：

「你這地方真難找，我能進來嗎？」

「妳最好不要進來！」杜武笑著說：「這裡是狼窟，妳卻是一隻白嫩的肥羊。」

「謝謝你的警告！」沙吉玲笑露出一口誘人的牙齒：「但我卻是來獻祭的。」

她走進來，黃昏的窗光很黝黯。她卻成爲一個強烈的，發光的焦點，她穿著半長喇叭袖的短洋裝，大群彩蝶在她胸前飛著，一條威格牛仔褲，充份顯露出她下身的曲線。半截白藕般的胳膊，渾圓而立體，這使牆壁上貼著的，平面的沙樂美女郎都相形失色了。

她臉朝著他，抓著滴水的傘，笑著，滿不在乎的用腳跟反著把門踢著關上，然後說：

「好了！我已經把所有的文明關在外面了，這裡是我們精神上的伊甸園，讓上帝和魔鬼去爭論罷，我們是人，人是命定被爭論的。」

「妳坐下來罷！」杜武說：「我不會拒絕祭物的。」

天色轉黑了，雨聲在窗外響著，杜武開始淺淺的品嘗自動投懷的祭物，情慾的成份並不濃烈，感覺裡反而有著些索落悲涼的味道，苦短的人生，無奈的輪迴，他用手指繞纏著沙吉玲柔細的髮絲，隔著單薄的衣裳。感覺著對方的溫暖，但並沒更進一步。

「狼會如此斯文嗎？」沙吉玲調皮的說。

「妳可以想像到排隊擠巴士的樣子！」杜武說：「你如果在那種場合斯文，我會被罵死，妳知道那些女人罵起人來，都是禍延三代那種罵法。」

「談談你乘過的巴士怎樣？」她說。

「幾乎沒有什麼好談的，」他說：「其中有個淪落的女孩，當時年紀跟妳現在差不多，什麼名字？好像是叫小娟罷？人長得瘦瘦小小的，有些發育不良的樣子，面貌非常清秀柔美，看上去楚楚可憐，……她是一個環境悲劇，她原不該屬於那個地方，當然，最初我是個狎客，後來我們卻成了朋友，再沒有幹那種交易，我請她看過一場電影『蝴蝶夢』，但不久，她就離開了，再沒有消息了！」

「凄凄涼涼的，像一首詩。」沙吉玲說：「在那種固定交易之外的呢？」

「當然也有過，」杜武說：「在一場舞會裡，我遇上一個梳馬尾頭打蝴蝶結的女孩，我請她跳了兩支舞，便認識了，她給了我她的電話號碼，後來我約會過她多次，在海灘戲水，在公園漫步，全是卿卿我我的普通戀愛的形式，最後歸入那種內容，最後我發現，我不過是眾多拜倒在她裙下的男士之一，她很快便踢開我，使我害了一場軟軟的小病。」

「你總是沒吃虧不是？」

「當然，」杜武說：「自古多情空餘恨，那時候，我還是太認真了一點！」

「如今你還這樣認真嗎？」

「要是認真的話，我早把妳吼得遠遠的了！」杜武說：「後來我便成爲典型的食肉獸，開門見山，行就行，不行就算！我不再用自己的姓，按照百家姓的趙錢孫李，輪流說上一個，二天就變成路人，這樣的事，這些年總有十多回罷？有一回我在街上走，遇著有人喊老李，我以爲是喊別人，後來對方扳住我肩膀，對我說：『老李，不認識了？』我仔細看了她的臉，才恍然想起那夜我姓李！」

沙吉玲咯咯的笑起來：

「你真的是一匹狼神！」

「那都是當年的荒唐歲月，如今的遠夢了！」杜武說：「最後一回，我在電影街遇上個年輕噴火的，她主動要我帶她看電影，我挽著她到電影院，卻沒買到票，我提議換個地方敘敘，她說隨便！但從那次起，我自覺我的創作力減弱了很多，根本不敢再以狼神自居！……狼也有老的時候。」

「我不嫌你老，」沙吉玲說：「你的狼矛還沒脫落，可以享受祭物！」

夜來了，雨聲更緊密了，沙吉玲在言語上，充份表示出浪漫、大膽，甚至自稱是閱人甚多的老手，但杜武感覺不對，當他發現她根本還是雛妞之身時，忽然推開她，冷冷的說：「拿起妳的雨傘，回家去！妳原是個好女孩，我們之間，到此爲止了！」

女孩是掉著臉，哭著離開的，後來她仍常到沙龍找杜武，叫他杜大哥，她結婚時，發帖子給他，他也去做了賀客，彼此清清白白的，再不去記憶那回事了，杜武自承不是坐懷不亂的柳下惠，但他在最後關頭，卻放過了沙吉玲，沒曾糟蹋那個送上門來的女孩，這件事，他甚至在手記裡都沒提過一個字。

什麼樣的行爲才是道德呢？人生起伏浮沉在無數泡沫般的意念當中，杜武在意念中總被情慾的火燄燒烤著，歪斜的，渾濁的，什麼樣怪異的都有，甚至朋友結婚，那天夜晚。他會編織洞房春暖的想像！沙吉玲事件後，他仍然在飢餓時外出覓食，寫下另一些故事，在手記的另一段中，他寫著：

「由此可見，我骨髓裡還留有殘餘的分泌，它支持著我對藝術創作的自信，我相信川端康成之死，倒不是所謂的江郎才盡，而是內在的生命火焰已然熄滅的緣故。人生一切的境界如塔之壘立，而性的渴望卻是無形的塔基，經過昇華，一層層壘疊起來的，這將是我永不更易的精神信仰……即使到我放下筆，離不開酒瓶的日子，我將仍堅信著我所悟及的。」

杜武的故事，沒有完，因爲他仍活著，甚至在街上行走，他總仍願意走在年輕女郎的後面，他的感覺，從美開始，然後，浮爲形上或是降爲形下，那就不得而知了！

杜武是我的朋友，我讀過他厚厚的隨感錄——《狼神手記》的全稿，儘管在藝術論點上，我們之間頗有參差，生活型態更全然不同，但他是個藝術家，我倒是承認的。我喜歡他的真率和善良，他的心，在《狼神手記》裡，幾乎完全赤裸著，他毫無掩飾的記錄下他的思想、意識；醒著和睡著的夢，在文明之外的，他承認有隻狼蹲踞在他的心裡，如果他能逆著時光走回歷史，給他權勢，他可能學學隋煬帝，給他錢財，他可能學學西門大官人，原始他是這樣的，他不覺得這有何奇特之處？因爲他是個男人，總從獸性的一面去挖掘出自己，並從那裡出發，嚴苛朝形上發展，追索生命真實的意義。

他是一隻懂得參禪的狼，或者是在妓院裡坐關的和尚，有人給他這樣的評斷，而我寧願保持沉默，我覺得自己尚無品評的資格，在滔滔的人性的海洋上，意識的浪濤洶湧著，把手摸在心上，誰是一條不顛不覆的船？每個人都在尋求自渡罷了！